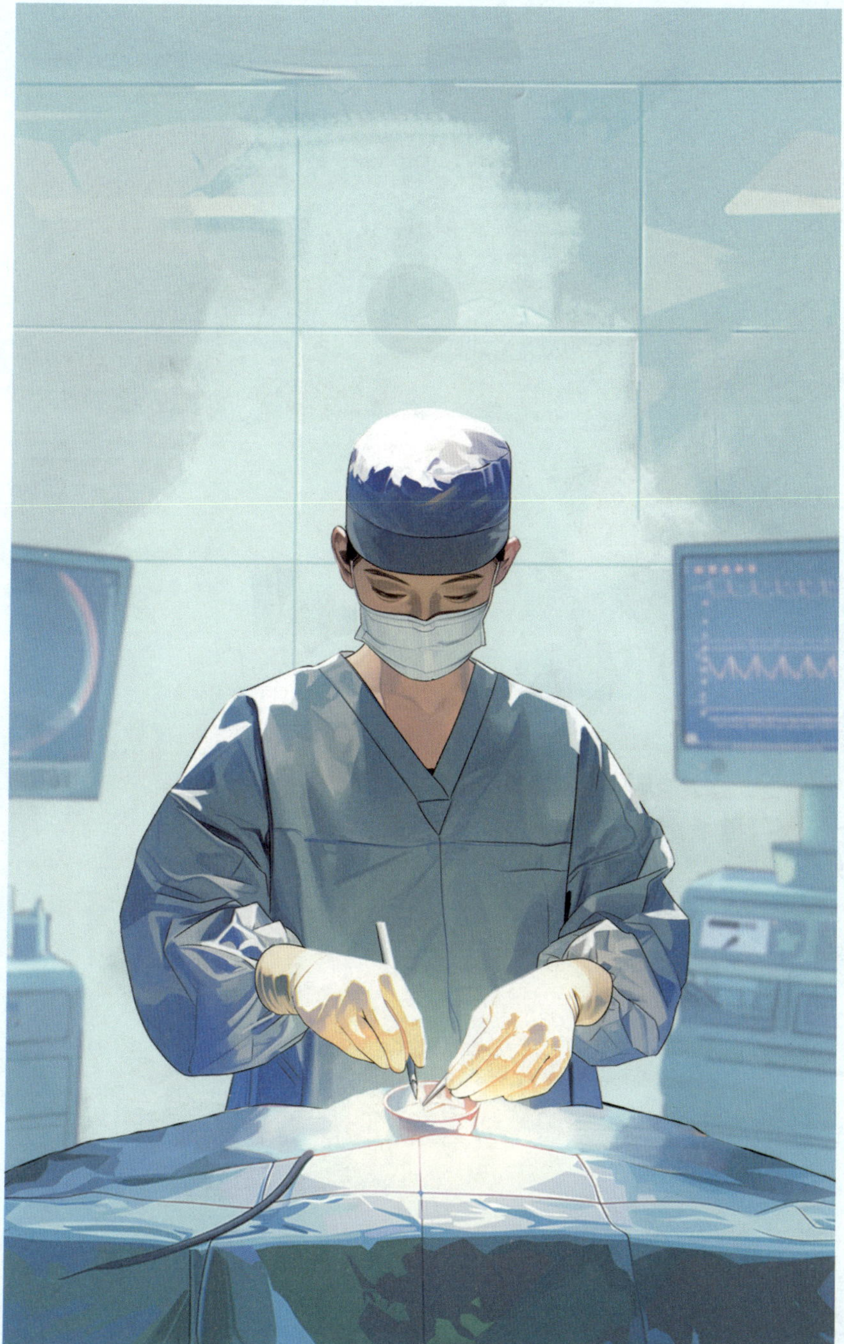

“我能理解她的心情，毕竟这场手术不能失败。”

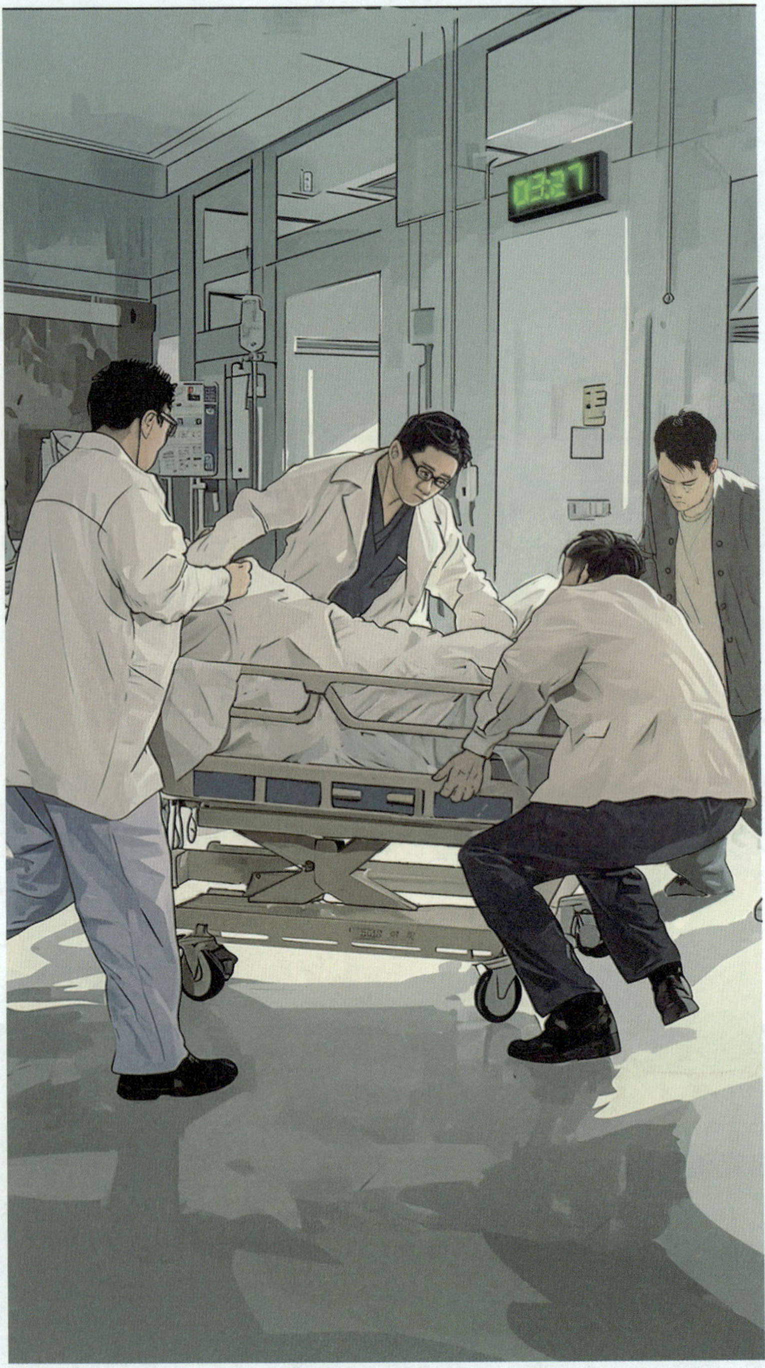

“坚持一下，我们马上进行急救。”

老徐的手机通讯录上只有两个联系人，一个是他儿子，一个是我。

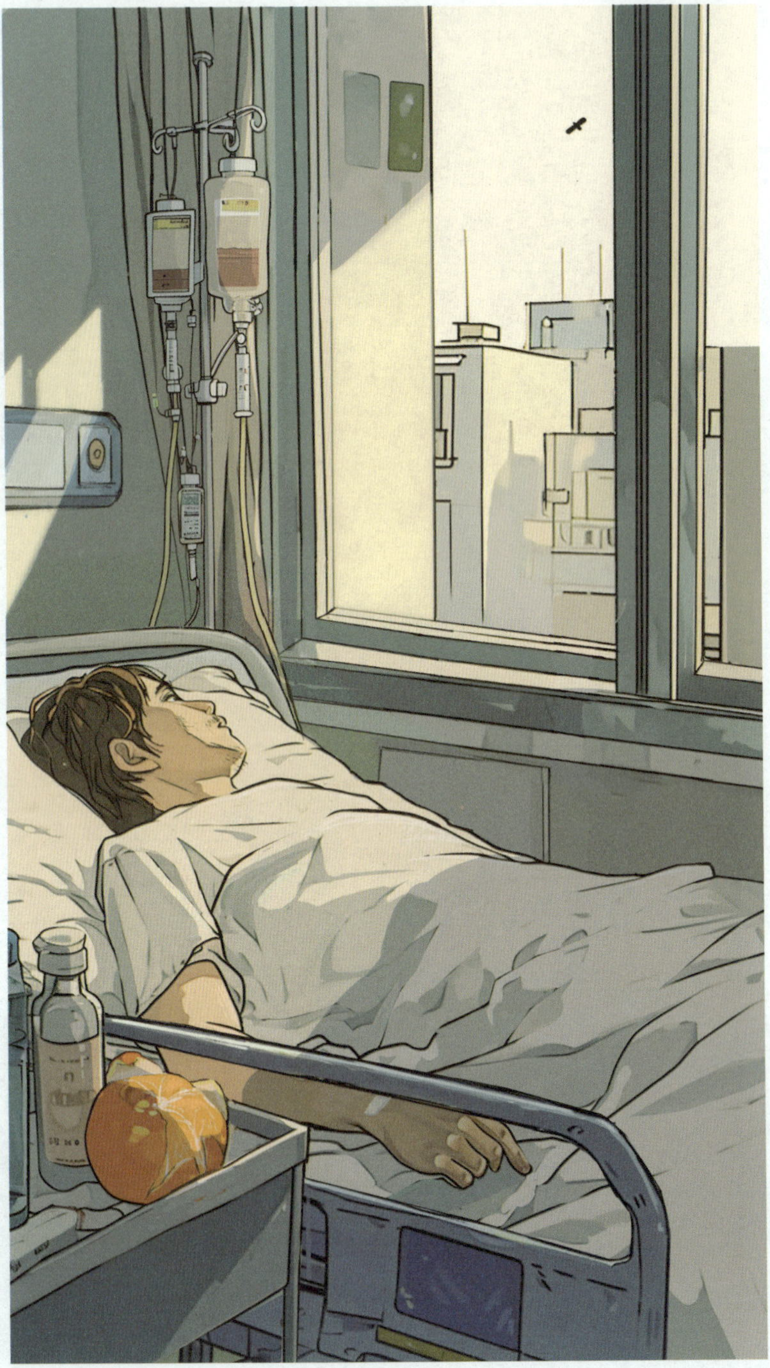

哭也是一天，笑也是一天，想开了就好。

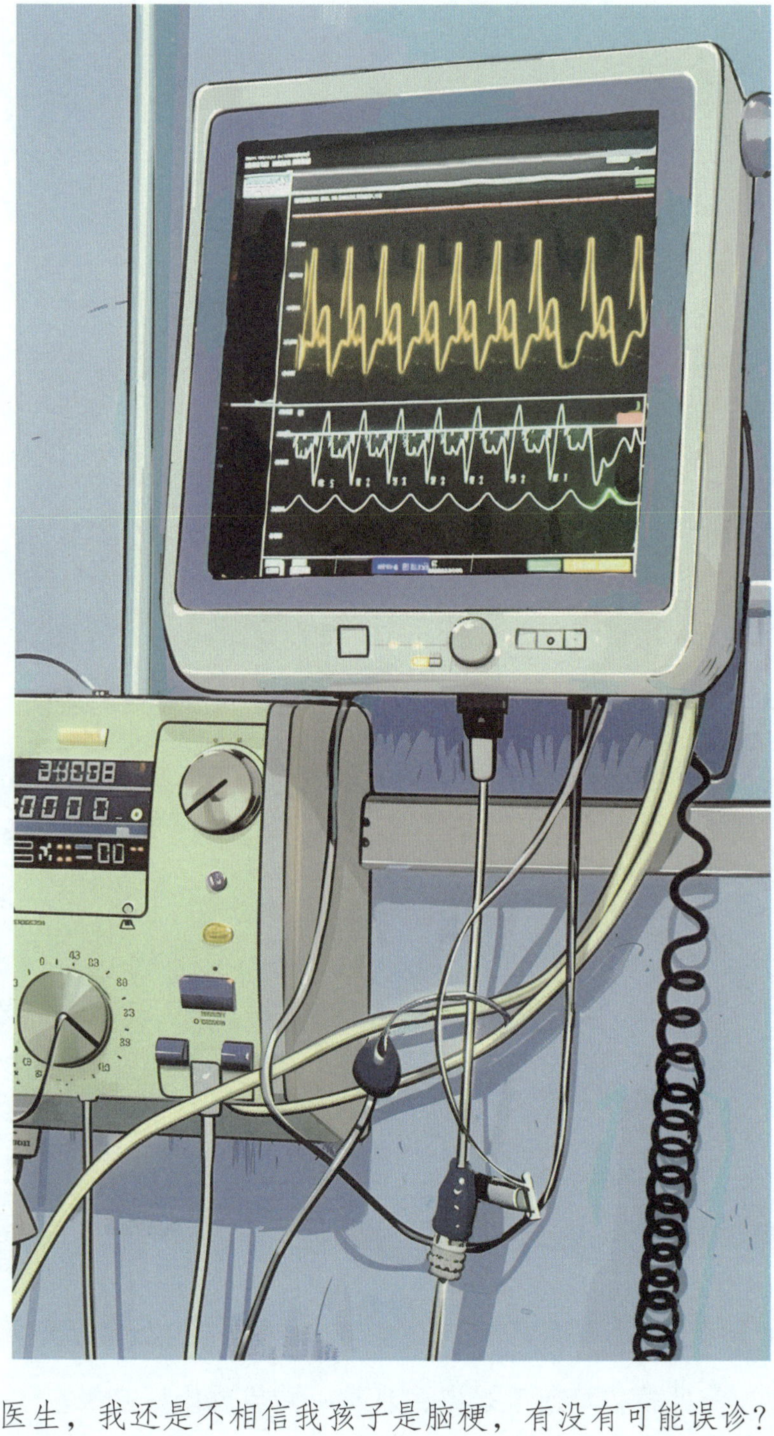

“医生，我还是不相信我孩子是脑梗，有没有可能误诊？”

他坐救护车回了老家，我真心希望他能好起来。

全民故事计划

亲历者说

其实，每个人的故事都惊心动魄

亲历者说

病房生死录

完结篇

唯有医生看透的人性

全民故事计划 著

湖南文艺出版社
HUNAN LITERATURE AND ART PUBLISHING HOUSE
博集天卷 CS-BOOKY
·长沙·

图书在版编目（CIP）数据

唯有医生看透的人性 . 完结篇 / 全民故事计划著 .

长沙 : 湖南文艺出版社 , 2025. 3. -- ISBN 978-7-5726-2235-9

Ⅰ. I25

中国国家版本馆 CIP 数据核字第 2025JZ7088 号

上架建议：畅销・纪实文学

WEIYOU YISHENG KANTOU DE RENXING.WANJIE PIAN

唯有医生看透的人性 . 完结篇

著　　者：全民故事计划

出 版 人：陈新文

责任编辑：吕苗莉

监　　制：于向勇

策划编辑：布　狄

特约编辑：王成成　罗　钦

营销编辑：时宇飞　黄璐璐　邱　天

封面设计：利　锐

版式设计：李　洁

内文排版：谢　彬

图片绘制：伟　达

出　　版：湖南文艺出版社

（长沙市雨花区东二环一段 508 号　邮编：410014）

网　　址：www.hnwy.net

印　　刷：三河市航远印刷有限公司

经　　销：新华书店

开　　本：680 mm × 955 mm　1/16

字　　数：292 千字

印　　张：20.5

版　　次：2025 年 3 月第 1 版

印　　次：2025 年 3 月第 1 次印刷

书　　号：ISBN 978-7-5726-2235-9

定　　价：59.80 元

若有质量问题，请致电质量监督电话：010-59096394

团购电话：010-59320018

序言

大家好，我是全民故事计划的主编蒲末释。

全民故事计划创办于2016年1月，是国内最早一批的非虚构平台，由出版人吴又、作家蔡崇达发起。这个计划发起的初心，旨在“用真实故事，记录中国当下的日常风貌”。

由亲历者讲述，用最质朴的语言，将他们或她们的人生中最惊心动魄的故事写下来。自创办以来，全民故事计划收集到了近一千个打动人心的真实故事。这些亲历者来自全国各地，不同职业，不同年龄，有医生、护士、刑警、消防员、快递员、外卖员、流水线工人等等。

在众生相中，疾病面前，人人平等。

身为子女，最怕的应该就是父母身患重病。苗怀强的母亲因腹痛入院检查，复查后确诊宫颈癌中期。放疗出院后，母亲精神上很难恢复，一次偶然机会经人介绍加入了癌友俱乐部。她在癌友的鼓励下，重燃对生活的希望。

作为医院护士，初一遇到过很多中途放弃治疗的癌症病人，徐冬英就是其中一个。徐冬英患的是直肠癌，放化疗后癌肿未见缩小，必须放弃肛门。但丈夫有赌博恶习，徐冬英再是勤劳能干，也支付不起高昂的手术费用。

因女儿突发高热惊厥，十安进入了儿童神经外科的住院部。4号床住的是一个五年级的小女孩，入院后一直惦记着舞蹈比赛，为此每天都坚强地在走廊上练习走路，但她不知道自己患的是脑梗，而且她的梦想是考上北京舞蹈学院。

季冬末的奶奶患了阿尔茨海默病，已经忘记了所有的子女。疫情来临之际，照顾奶奶的重担落在了父亲一个人身上。因为父亲没能成为城里人，从前并不受到奶奶的喜爱。但这时候，照料她晚年的，却是这个最“没出息”的儿子。

张捷在高中时因高烧而查出白血病，医生宣告最多只剩两个月，父亲却坚决不放弃。两个月后，她创造了奇迹，达到了血液学缓解。虽然还需要继续治疗，甚至有百分百复发的魔咒，但她依然考上了大学，并在毕业后参加工作、结婚。

秋爸是一名肿瘤科医生，不想异地的妻子却确诊了甲状腺癌。夫妻俩原本决定，在医生丈夫所在的医院做手术，但因为医保问题没能如愿。几经周折，妻子顺利出院，恢复情况较好。这一次他又会做出怎样的选择？

疾病类故事之所以受到读者的关注，很大原因或许是出于恐惧。有人说，人类最大的恐惧便是源自未知。世界上得病的人太多了，疾病的种类也太多了，而看到和了解可以说是战胜恐惧的第一步。

本书的讲述者有病患本人，有守护在病患身边的亲友，有ICU的护士，有同一病房的病友。二十五个与重疾相关的真实故事将告诉你，这些患者在确诊重疾后，如何跟疾病抗争，如何跟自己相处，甚至如何跟这个世界告别。

全民故事计划主编　蒲末释

2024年3月27日

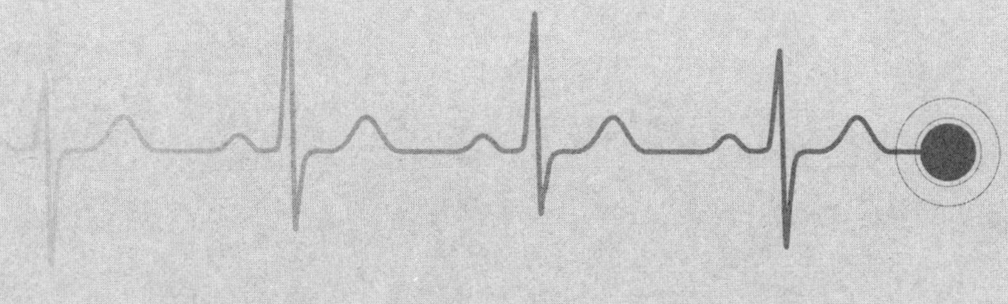

作者介绍

苗怀强

他的母亲确诊宫颈癌，三期放疗后精神状态不佳，后母亲在朋友的推荐下加入癌友俱乐部，重燃生活的热情。

秋爸

工作于三甲医院肿瘤科，近十年一直从事晚期肿瘤的一线救治工作，见证了众多患者与恶性肿瘤的抗争过程。

第七夜

拥有十年临床一线经验，工作以来先后在内科、外科、妇产科、重症医学科等多科室轮转，后长期从事急诊一线工作。

和鸽子

16 岁那年突然患上了“厌食症”，后因心理反弹，又开始暴饮暴食，在家人和朋友的关怀下，慢慢搭建自己的内心世界。

徐雅媛

母亲确诊白血病晚期，带母亲来上海治疗，开始了上班、医院两头跑的生活。

大熊

刚毕业就进入保健品行业，并在这里认识了罹患胃癌晚期的老张。老张主动提出合作，想多挣一些钱留给小孙女。

初一

小县城手术室护士，2020 年进入医院岗位，曾在 ICU 等多个科室轮转学习，每日穿梭于不同的手术室。

走水

护理专业毕业后做了精神科男护士，独立当班后，带他入行的同事甘哥遭遇了不测。

洛简兮

护士，她所在科室的透析病人阿龙因为慢性肾功能不全，已在医院透析十三年，34 岁的他没有朋友，医院走廊上的一张床就是他的家。

季冬末

93 岁的奶奶确诊阿尔茨海默病后，脾气变得暴躁，家族里最不受奶奶待见的父亲扛起了照顾老人的重担。

张小冉

大年三十因生产而进入产科病房，因胎儿体重过大而选择剖宫产，在产房里见到了各种准妈妈的困境。

吴薇薇

进入一所特教学校做志愿者，认识了一群患有唐氏综合征的孩子，在与他们的相处中，收获了温暖与感动。

张捷

高中时查出白血病，医生宣告她最多只剩两个月，父亲却坚决不放弃。她创造了奇迹，渐渐拥有了普通人的生活。

珠珠

在照看确诊生长素缺乏症的女儿的漫长岁月，自己的精神状况出现问题，女儿的病治好后，开始治自己的病。

张安安

爱美的大姨因婆媳关系不睦离家出走，与丈夫团聚后却确诊乳腺癌骤然离世。

帕三绝

一个慈善群的志愿者，她在群里收到一位产下一名单肾无肛男婴的产妇的求助信息，产妇因无力负担治疗与护理费用，想要寻求帮助。

十安

因女儿突发高热惊厥而进入儿科病房陪护，在那里见到了确诊重症肌无力、急性脑梗死等陌生病症的小朋友。

岚影

腿部残疾的她，不想成为别人眼里的“怪胎”，常年到医院的理疗科做康复训练，在理疗科认识了一群患有残疾的病友。

目录

01
第一个故事
苗怀强

癌友俱乐部给了我妈第二次生命 /001

我看到台下的人面带笑容，拍手鼓励，大家的笑容都特别真诚。我妈走上讲台，迟疑了一会儿，开始介绍自己，这是她第一次在公众场合发言。

02
第二个故事
秋爸
肿瘤科医生

谢谢你啊医生，以后就不要再联系了 /015

跟老马一家的熟识，让我误以为对他了如指掌，其实这是医生角色失位，我的情感胜过了理智。

03
第三个故事
第七夜
急诊科医生

医生，我们是失独家庭 /029

我看到她踮着脚，重症监护室门外没有玻璃窗，但她依然反反复复这样做，像是希望那道铅门能突然开一扇窗。

04
第四个故事
和鸽子

从“厌食症”到暴饮暴食，我差点没活下来 /041

我的脸颊和胸部一日日地干瘪下去，脸色和嘴唇变得惨白。饭桌上，我常常盯着桌布一言不发，思索着今天应该怎么蒙混过关。

05
第五个故事
徐雅媛
909 号病房的虎尾兰 /057
我才发现自己的衣服全都湿透了，手心也全是汗，银行的密码都输错了三次。这是我第一次强烈地意识到这个病来势汹汹，没有任何道理可言。

06
第六个故事
大熊
和我一起骗老年人买保健品的老张 /069
我第二次上门拜访时，老两口的退休金已经发放两天了，客厅里居然同时坐着三家保健品的推销员，都在争取老两口的青睐。

07
第七个故事
初一
县城医院护士
在小县城的 ICU，穷是另一种病 /083
作为医护人员，看着自己抢救过的病人慢慢好起来，内心的喜悦是别人无法体会的。可我知道，这次永远也看不到她好起来了。

08
第八个故事
走水
死在精神病院里的男护士 /095
他的眼神一直躲闪着，突然间他抬起头，看到了我手里的约束带，眼里满是惊慌。我心里瞬间一沉。

09
第九个故事
洛简兮
月薪四百元的时候，我要每个月去做透析 /107
两年后，阿龙又一次打药的时候留心看了说明书，说明书上写着该农药如果进入血液，易引起肾衰竭、尿毒症。

10
第十个故事
季冬末

家里最没出息的儿子，安置了她的晚年 /119

父亲在床边陪着她睡觉，她费力抓起床头柜上的剪刀刺向父亲的头，好在当时她感染新冠还没有完全康复，手没有太大的抓握力，剪刀掉在了被子上。

11
第十一个故事
秋爸
肿瘤科医生

医生，我不太舒服，先回家了 /131

在病房里他是一个身体还不错的病人，可一出医院，他就成了一个孤独的患癌老人。

12
第十二个故事
张小冉

19 岁的我，治病十年，不会再哭了 /145

后来橙子得知，同时期一起进仓做干细胞移植的四位病人，只有她活了下来。

13
第十三个故事
初一
县城医院护士

癌症复发后，她放弃了复查 /159

在知道自己可能连肛门都无法保留时，她再也忍不住，坐在那儿低声抽泣。

14
第十四个故事
吴薇薇

谢谢你们，让我成为一个更好的大人 /169

在特教老师的指导下，我教一名 10 岁的患有唐氏综合征的小朋友翔翔扣衣服上的扣子。在此之前的一个月，特教老师都在教他这个技能。

15
第十五个故事 **罹患重疾的中年人** /179

第七夜
急诊科医生

这次的检查结果再度给了她晴天霹雳，左乳的肿块也是恶性的，她不得不切除了左侧的乳房。

16
第十六个故事 **我和白血病相伴的二十余年** /191

张捷

父亲那天起得很早，跟我说他要去一趟学校，跟老师说明我不能按原计划复学。我站在门口，看父亲推出自行车，“哇”的一声哭出来。

17
第十七个故事 **女儿的病治好了，我想跟丈夫离婚** /201

珠珠

哭了很久，我终于缓了过来，望着不远处的家闪着柔和的光，我突然没有勇气靠近，可是女儿还在家里等我回去给她打针。

18
第十八个故事 **产房里，不愿让丈夫陪产的妈妈们** /213

初一
县城医院护士

她又说道：“有的男人或许会在陪产后更心疼自己的老婆。但也有人因为目睹了这一幕，有了心理阴影，最后以离婚收场。”

19
第十九个故事
张安安
爱美的大姨得了乳腺癌 /225
大姨当初坐了两天两夜的火车逃到乌鲁木齐，投奔了一个老乡，在老乡开的小饭馆里打工。没过一年饭馆就倒闭了，大姨又跑到库尔勒摘棉花。

20
第二十个故事
张小冉
生孩子，对女人来说就像过一道鬼门关 /233
3 号床的孕妇蜷着身体，侧卧在我左边的床上。喉咙里一直发出“哼哼”声，沉闷又生硬，还伴随着抽泣的声音，应该是疼哭了。

21
第二十一个故事
帕三绝
在产房门口抛下残疾男婴的一家人 /245
一开始，王姐以为乔立新是想跟她分享一些孩子目前的状况，没想到电话刚接通，乔立新头一句话就说：“这个孩子我养不了。”

22
第二十二个故事
十安
儿童神经外科内，藏着很多家庭的难堪 /259
这是一种叫作“不死癌症”的疾病，几乎没有治愈的可能，只能眼睁睁地看着患者丧失一切劳动力，却无能为力。

23
第二十三个故事
岚影
27 岁，我想拥有两条一样长的腿 /271
可当我看到路人投向我的眼神时，我知道，自己依然是那个格格不入的残疾人。

24

第二十四个故事

秋爸
肿瘤科医生

身为肿瘤科医生，我的老婆患了癌 /285

说不紧张是假的，即使是作为医生，面对亲人在手术室里，我也只能是盯着钟表，站在手术室门外，除此之外，我什么也做不了。

25

第二十五个故事

初一
县城医院护士

作为 ICU 护士的她，却突然确诊患了急性白血病 /297

我其实有些庆幸小孟的爸爸自始至终都没说过要放弃治疗，想起当初那个 21 岁的脑出血女孩，她出院的那一幕我至今都还记得。

医院每天在发生
什么样的故事？

听**他们**亲口说。

本书通过二十五个与重疾相关的故事，看这些身患重疾的人如何与疾病抗争，如何跟自己相处，甚至如何跟这个世界告别。

我看到台下的人面带笑容，拍手鼓励，大家的笑容都特别真诚。我妈走上讲台，迟疑了一会儿，开始介绍自己，这是她第一次在公众场合发言。

01

第一个故事

癌友俱乐部给了我妈第二次生命

苗怀强

我看到台下的人面带笑容，拍手鼓励，大家的笑容都特别真诚。我妈走上讲台，迟疑了一会儿，开始介绍自己，这是她第一次在公众场合发言。

01

我妈是在2010年确诊癌症的。一天晚上她突然感到小腹痛，爸爸打了120，把她送到医院，经过医生检查诊断为宫颈癌。一周后，我妈又去了辽宁肿瘤医院复查，确诊为宫颈癌中期，需要住院治疗。

我当时还在沈阳上研究生一年级，爸爸打电话给我，让我去医院。我到了医院，才知道妈妈得了癌症，对我来说这件事仿佛是晴天霹雳，我不敢相信这样的事会发生在我的家庭。我哭着对妈妈说："妈妈，你不能有事。"我妈说："我没事，我还没有看到你研究生毕业，还没看到你结婚，我还要带孙子，我会好起来的。"

住院期间，我妈一共进行了三期放疗。可能是因为有我在，我妈很坚强，每回从放疗室出来都笑着看着我。可是放疗对身体的伤害还是很明显，我妈每回出来都需要在外面坐一会儿才能回到病房。医生给我妈开了四种药，每天早中晚都要吃。药物的副作用让我妈呕吐，吃不下去饭，晚上失眠。一个月后我妈出院，体重从120斤变成只有86斤。

医生对我和我爸说："出院并不代表就没事了。以后就要看患者的免疫力了，多休息，适当运动，最主要的是情绪，千万不能让她认为自己是癌症患者就没救了。记得每半年来医院进行一次复查，做到早发现早治疗。"

出院后我妈不再上班，提前办理了退休，那一年她刚51岁。

我妈回家后，身体上已经没有了任何癌症带给她的感觉，她做的是放疗，不是化疗，头发也没有少，只是精神没有过去好，心理上始终无法回到正常人的状态。她总爱发脾气，经常一个人看着窗户外面发呆。我问我妈在看什么，我妈说："我感觉自己活不长了，肚子里好像有个东西。"我说："妈，你别这么说，你忘记了你住院的时候对我说的话了吗？你要看我研究生毕业，看我结婚，然后还要给我带孩子。"我妈说："可是现在你还在上学，那要等多少年！"我哭着说："多少年都要等，你为我操心了半辈子，马上就要享福了，你可不能放弃。"我妈看着我，激动地哭了，说："我坚持。我一定要等到那一天。"

我因为上学不常在家，但是沈阳和抚顺很近，我妈病了以后我每个周末都回家看她。

我爸和我妈时常因为一点小事吵架，我就当着我妈的面训我爸。有时候并不是我爸的错，是我妈得了癌症后跟换了一个人似的，动不动就发脾气。

我家经济条件不好，我妈总说是因为自己住院治疗让家里雪上加霜，我说："比我们家穷的人有的是，穷点好，穷点没人惦记。我马上就要毕业工作了，到时候家里会因为我变得更好，我多自豪啊，那些富二代根本不会比我有成就感。"

我总逗我妈笑，为的是让她开心，但是我发现那只是暂时的，出院后我妈很少出门，和朋友来往也少了，待在家里就容易想东想西，我得让她有事干才行。

有一天，我在小区里看到我妈的好朋友刘阿姨，她问我："怎么好久不见你妈了？"我说："我妈病了，癌症，不想出门。"她说："有这病也不能一直待在家里，要走出去，多和人交流，你看我像是得癌症的人吗？"

"刘阿姨，你也得癌了？""乳腺癌，去年查出来的。"我这才知道刘阿姨也是去年查出得了乳腺癌，但是我在她身上根本看不到癌症的影子。

刘阿姨说，那是因为她现在和一群癌友在一起。刘阿姨是通过病友知道癌友俱乐部的，她一开始情绪也不好，就想找个懂她的人说话。当进入癌友俱乐部后，刘阿姨发现她们一个个都很乐观，因为同病相怜，所以更能相互帮助。

我说："可以让我妈加入你们吗？"刘阿姨说："当然可以，我现在就去和你妈说这件事。"

刘阿姨一进屋就感觉气氛不对，见我妈没精神地坐在沙发上，就说："这怎么行啊，我听说你得癌症了，医生不是说你没事了吗，如果像现在这样无精打采的，好不了。"

我妈说："我就是害怕，我感觉自己已经被判了死刑。""哪有那么吓人，医生一定和你说过，心态很重要，你如果整天想着自己是一个癌症患者，就无法战胜病魔。你看我，像得癌症了吗？我感觉自己和正常人一样。"

我妈吃惊地说："你也得癌症了？""是，但我可不像你，自己吓自己。人都是要死的，我们要好好活着，能出院就证明你没事。"

我妈说："如果连死都不怕，那我们还怕什么？"我对刘阿姨说："快和我妈说说癌友俱乐部。"

刘阿姨说："我刚开始和你一样，可后来我想与其病恹恹地活一天，不如开开心心地活一天，既然癌症剥夺了我们的健康，就不能再让它把快乐也剥夺了，那不是更亏？于是我通过朋友介绍，加入了一个癌友俱乐部，里面都是像我们这样的癌症患者，但是在那里没人讨论癌症，每个人都是为了快乐来的，快乐真的是会传染的，所以我想让你加入。"

我妈说："真有这样的俱乐部，都是癌症患者，没有谁看不起谁？"她说："是啊，因为都是癌症患者，所以更加懂得互相帮助，你如果愿意，我明天就带你去。"我妈说："我愿意去，快带我去。"

我看到我妈在说她愿意去的时候眼里有光，那是自从我妈得了癌症之后久违的光。

02

第二天，我和我妈跟随刘阿姨去了癌友俱乐部。

这是一个在基督教堂里改造出来的俱乐部，房顶还能看到十字架，五排椅子干净整洁。一进入房间，我就闻到一股清香的味道，跟着味道寻找过去，抬头看到每个窗台前都摆放着郁金香，是郁金香的味道。

我妈问："这些郁金香是谁种的？"刘阿姨说："是小丽，她是一个养花达人，我们这里的郁金香都是她培育的。""她也是癌症患者吗？""我们这里的会员都是癌症患者。"

刘阿姨先是带我妈见了俱乐部的主席赵丹，她是一个年轻漂亮的女人，40多岁，是一家企业的中层干部。俱乐部里分工明确，有一个主席，两个副主席，还有负责组织、后勤等相关事务的人，都是根据各自的特长选派的。

我妈见主席那么年轻，说："我就知道，还是你们年轻人有想法，像我们这样50多岁的人，怎么能知道癌症患者还可以办一个俱乐部？"

赵丹说："我们不能因为自己得了癌症就认为生活没有意义了，我是看到了太多的人都因为癌症失去了正常生活所以才办的这个俱乐部。你来了这里，我希望你能和正常人一样，从此过上健康的生活。"

刘阿姨说："在这里我们从不讨论生死，也不会总想着自己有病，只会想怎么好好地活。我们改变不了生命的长度，但是可以改变生命的宽度。"

刘阿姨和我妈一样，都是化工厂工人，可是我妈发现她说话和以前不一样了，有了深度。

我妈问："你这些话都是和谁学的？"刘阿姨说："我们癌友俱乐部里都是能人，我说的话是跟吴教授学的，他是大学教授，教哲学的。想不到吧，人到中年，竟然也可以让大学教授给我上课。"

赵丹说："从今天起你就是我们中的一员了。我只有一个要求，就是你不能把自己当成是癌症患者，不管别人怎么看你，你得认为你是健康的人，不能影响到我们俱乐部的其他人。”我妈答应了。

这个癌友俱乐部成立于2008年，也是赵主席得病的那一年。在单位组织体检的时候，她发现自己得了乳腺癌，她无法接受这个事实，去了北京复查，还是这个结果，从此她一蹶不振，认为生活没有意义。她那年41岁，还没有结婚，就是为了出人头地，但没想到职场得意却得了这个病。她辞了职，回到家里不再出屋，郁郁寡欢。一天她在电视里看到一群癌症患者跟健康人一样旅游聚会，她突然醒悟了，认为自己不能这样活，她觉得只有和她一样的癌症患者才能让她重新回到生活中。

于是她组建了癌友俱乐部，起初只在户外见面，后来人多了，她想得找个地方，于是买下了这个原来是基督教堂的荒废平房，当作癌友俱乐部的聚会地点。会员也从最开始只有她自己，现在发展到三十三个人。

新来到癌友俱乐部的人都要进行自我介绍，我妈从不敢在公开场合发言，在我和刘阿姨的鼓励下，我妈走上了讲台。

我看到台下的人面带笑容，拍手鼓励，大家的笑容都特别真诚。我妈走上讲台，迟疑了一会儿，开始介绍自己，这是她第一次在公众场合发言。

刘阿姨小声对我说：“我认识你妈二十多年了，这是第一次见你妈上台发言。你妈胆小，要想战胜病魔，重新回到正常人生活，这是第一步。”

我妈一直都不敢对别人说出自己的病情，这一次我妈竟然滔滔不绝地说了十多分钟。我妈说完后顿时感觉自己轻松了许多，我在她的脸上看到了自信的微笑。那一刻我感觉我妈不再是一名癌症患者，她和正常人一样。

那天晚上，我妈睡了一个自从确诊癌症后少有的安稳觉，一觉睡到天亮。

03

癌友俱乐部每天下午两点有活动，所以我妈每天下午都会去癌友俱乐部。除了个别的几个人因为有工作，不能天天去，其他人几乎都是天天去癌友俱乐部。

主席把俱乐部里的活动安排成课堂形式进行，从周一到周五，每天都有不同的内容讲。周一是国学课，讲课的是吴教授，他是一名退休大学教授，五年前在医院体检的时候查出了肺癌。起初他也接受不了这个现实，即便当时他已经72岁了，他还是说自己有很多事情没有做，不能死。在医院里经过半年多的治疗后，他出院了，经过这么一折腾，体重从一开始的150斤瘦到92斤，头发也掉光了，为了不显老，他戴上了假发。一天，他儿子在网上看到癌友俱乐部的介绍后，便把这个消息告诉了他。后来，吴教授加入了癌友俱乐部，赵丹主席得知他是大学教授，就让他给癌友们讲课，他当时正在看国学书，就当起了国学老师。他讲起课来通俗易懂，癌友们很爱听。

我妈就非常喜欢听他讲的内容，坐在下面一边听讲，一边做记录。我妈最大的遗憾就是自己没有上过大学，她是有机会上大学的，但是我姥爷把这个机会给了舅舅，结果妈妈去了工厂上班，成了工人。我妈做梦也没有想到因为自己是一个癌症患者，所以听到了大学教授上的课，这也算是圆了她上大学的梦。

周二是音乐课，上课的是一位中学老师，40多岁。她也是所有癌友里最不像得过癌症的人。她谈吐优雅，面容姣好，有着普通人没有的气质。这种气质和她的专业密切相关。她毕业于沈阳音乐学院，五年前因为大出血去医院检查，发现是宫颈癌，出院后她返回了工作岗位。她和赵丹是高中同学，是赵丹把她拉进了俱乐部，她也是最早进入俱乐部的那批人。她只有周二和周末有时间，每次来都会选择一首歌教大家唱。她把大家分成两组，男生低音，女生高音，然后还有和音。虽然每回学一首歌总是有人找不到调，可是经过她的耐心指导，癌友们都可以把歌唱得洪亮。唱歌让我妈感到放松，这一天也是上课人数最多的一天。

那天离开俱乐部，刘阿姨开心地哼唱着学到的歌曲《浏阳河》，我妈也跟着唱，于是两个人从俱乐部唱到车站，开心得像两个孩子。

我妈说："谢谢你，老刘。"刘阿姨问："谢我干什么？""谢谢你把我带进了癌友俱乐部，让我又活了一次。"刘阿姨说："活一天就要潇洒一天，因为真的没有下辈子了。"这都是我妈后来告诉我的。

我爸看到我妈的转变后也非常感谢刘阿姨，他说这比吃任何药都管用多了。半年后，我妈去了医院复查，医生说恢复得很好。这让我妈更有了战胜病魔的信心。

我妈也变得更加开朗了，每天都去菜市场买菜，给我和我爸做饭，饭菜还是我喜欢的味道。

俱乐部周三到周五也都有课，周三是诗歌创作，周四是历史，周五是画画，到了周六日因为都放假，人也多，所以大家一起去户外郊游。

教诗歌创作的是一个男作家，他得了肺癌。他说自己不抽烟就写不出诗歌，一天能抽两包烟。家人让他戒烟，他却总找借口说："人家抽烟喝酒活到80多岁都没事，我也不会有事。"结果一天他在写作的时候剧烈咳嗽，竟然咳出了血，去医院检查是肺癌，他得知后放声大哭。他现在写的诗歌和没得病前变化很大，很有生活气息，激情澎湃，让人读了起劲。他说那是死过一次的人才能写出来的。

教历史的是一个男医生，他说每个人都有癌细胞，不知道哪天癌细胞就被激活了，这和个人基因有关。"我虽然活不过正常人，但是我懂历史，上下五千年，我活了五千年。"他后来结婚了但是没要孩子，他说不想让自己的基因遗传给孩子，让孩子得癌症。妻子理解他，同意了。父母想要孙子孙女，但是他们知道儿子这么做的原因，也答应了。

教画画的是一个拍微电影的女导演，她画的画足以以假乱真，我妈妈除了国学课，最喜欢的就是画画课了。画画能让人精神放松，把心里的感受画出来。

女导演有一个心愿，就是出国旅行，但是因为经济原因，没法去。赵丹主席想要圆她的梦，就对大家说给她捐款。所有人慷慨资助，有资助一百的，也有资助一千的，差的钱赵丹主席和音乐老师都出了。导演激动地说：“谢谢大家，这回我可以圆梦了。”

周末那天，是俱乐部人最齐的，俱乐部组织郊游聚会。这个时候组织委员就派上大用场了，他也是除了主席之外最忙的一个人。

癌友俱乐部里有两个20多岁的年轻人，一个是组织委员小张，一个是后勤委员小杜。

小张211大学毕业，在国企当会计，一天加班时他突然感觉自己头痛得厉害，朋友把他送到医院，经过检查发现脑袋里长了一个瘤。动完手术虽然发现瘤是良性的，但是医生说还有复发的可能。此后他一用脑就头痛，单位照顾他，给他转岗到档案室，负责档案管理。

小杜是一家舞蹈学校的老师，她是在体检的时候被告知患有胃癌的，这都是她平时不好好吃饭造成的。小杜家里经济条件很差，她大学毕业后一个人在这里，为了减少开支，她吃得很省，结果得了胃癌。

出游那天组织委员小张扛起一面大旗走在最前面，大旗上面写着“癌友俱乐部”，其他人穿上统一的服装跟在后面，后勤委员小杜殿后，负责照顾其他人的安全。

一群人所到之处都是人群的焦点，一开始我妈不习惯被别人看，后来她想明白了，别人的眼光不重要，重要的是自己开心，开心才能对身体好。说不定他们的目光不是歧视，而是敬佩呢。

我妈对组织委员小张很有好感，他年轻帅气，对人有礼貌，总爱帮助俱乐部里的老年人。那天我妈问他结婚了没有，他说没有，他得了癌症以后就和女朋友分手了。我妈说："你就没想再找一个？"他说："没有人会喜欢我这样的，一说自己是一个癌症患者，人家就不同意了。"我妈说："那我在俱乐部里给你物色一个吧，这样人家就不嫌弃你了。"

我妈给小张物色的人是负责后勤的小杜，她活泼开朗，长相美丽。其实我妈早就看出来小张喜欢小杜，但是小杜性格内向，单纯，并不明白他的心思。我妈对小杜说："我给你介绍个对象，是小张。"小杜低着头，脸红着同意了。

半年后两个人领证了，婚礼就是在俱乐部举办的，所有人都参加了他们的婚礼。我和爸爸也去了，妈妈成了证婚人。我还担心我妈不敢上台讲话，可是想到她在俱乐部里的转变，我又不担心了。

在婚礼上，小张说："谢谢大家能来参加我的婚礼，我们都要好好活着，和正常人一样地活着。"如今小张和小杜的孩子都出生了，非常健康可爱。

04

进俱乐部两年后，我妈的体重恢复到了病前水平，睡眠也好了。五年后，她每天除了都去俱乐部以外，上午还会出去做保洁的工作。

我妈问我什么时候可以停药。我说得问问医生。再去复查的时候，我妈问："什么时候可以停药？"医生说："药还得吃，但是可以加大间隔，以前一天吃三次，现在可以一天吃一次。建议有条件的话可以吃一些保健品。"

我毕业后进入央企工作，爸妈也退休了，家里因为治病借的钱也还清了，现在我家的条件有了很大的改善。我对医生说："有条件，买得起。"

医生给我妈做了全面检查，没有发现任何问题，说："恭喜你，你已经不是癌症患者了。"我妈说："癌症不是治愈不了的吗？"医生说："好心态很重要，其实很多人是被吓死的，你如果能保持一个良好的心态，再加上科学的治疗，还是会和正常人一样。"

我妈喜极而泣，我也哭了。我哭是因为我也在努力实现我妈的愿望，我已经毕业了，工作了，结婚了，有了小孩。虽然这些对别人来说都是最普通的事情，但是对我妈来说，这是她用第二条命等到的。

05

我妈是幸运的，因为癌友俱乐部救了我妈，可是并不是每个人都能像医生说的那样，只要心态好就可以成为一个健康的人。

一天，吴教授在给癌友们上课时突然说："今天是我最后一次给大家上课了，因为我的癌症复发了，而且有了骨转移。"大家听完后都哭了，震惊之余，也想到了自己会癌症复发。癌症终究是不可治愈的，能做的只能是尽量延长生命。但吴教授站在讲台上面不改色，说："我虽然只和大家认识了两年多的时间，但我感觉这两年是我最快乐的两年，我感觉这两年比过去十年都值得。我真没想到生命的最后还能交到这么多的朋友。我住院后会积极治疗的，我还会好起来，等我回来。"

然而吴教授并没有回来。他因为年龄大了，住院后化疗让他身体极度虚弱，癌细胞反而扩散得更快，只一个月就去世了。

吴教授住院期间癌友们轮流去照顾他。一天，我妈买了国学书去看望吴教授，对吴教授说："我现在每天都会看国学书，是你让我有了文化，让我懂得了生命的意义。"吴教授说："如果我回不来了，以后就你教大家国学吧。”我妈不同意，说：“不行，你必须回来教。”吴教授严肃地说：“答应我，这是我的遗愿。”我妈哭着同意了。

吴教授是个好人，他对那些经济困难家庭的孩子进行资助，承担了两个大学生的学费，还有三名初中生和五名高中生的辅导材料费。他还发动学校，让大学生志愿者给癌友的孩子免费辅导功课，得益于此，癌友孩子的学习成绩都得到了提升。

吴教授走的那天，癌友们全都去送他。每个人都穿着朴素，手里拿着郁金香，因为吴教授说过，他喜欢癌友俱乐部里的郁金香。赵丹主席写了一千多字的发言稿来感谢吴教授对俱乐部做出的贡献。那些俱乐部里被他资助过的孩子大声喊：“吴爷爷，我们会好好学习的！”那天天空下起大雨，刘阿姨说人走了下雨是好事，说明老天爷都感动了。

所有人都哭了，我妈也哭得很伤心，说她的人生导师走了。

去年，刘阿姨也走了，她和癌症抗争了十四年。在俱乐部里待了十三年，终究还是没能赢得与癌症的这场战争。在病床上，她对我妈说：“我走了以后你要继续和病魔做斗争，不能被吓倒，俱乐部需要你。”

葬礼那天，我妈抱着我说：“我失去了最好的朋友，没有你刘阿姨，就没有我的现在。”我说：“妈，刘阿姨不想看到你这样，你一定要好好活着，不能被病魔打倒。”我妈说：“为了你刘阿姨，我一定要把癌症打倒。”

06

俱乐部里每年都有人离开，也有人进来。我妈加入俱乐部时共有三十三人，到现在已经有四十二人，人数一直都在壮大。

最近新来了一个和我妈同龄的阿姨，我妈在她的身上仿佛看到了自己刚进入俱乐部时的样子——胆小、自卑。我妈想起刘阿姨当时对自己说的话，就对新人说："我们改变不了生命的长度，但是可以改变生命的宽度。加油，你会好起来的。"

如今赵丹主席还在让更多的人加入俱乐部，她还和医院取得联系，定期到医院举办抗癌心理讲座。

女导演说要拍一部关于癌症患者的纪录片，让大家做演员。

音乐老师组织大家参加了社区举办的歌唱晚会，得到了社会好评。

诗人则把癌友们写的诗歌投寄到地方报纸，我妈也有幸在报纸上发表了她的第一篇文章。

小丽在俱乐部旁边租了一个院落，经营起了一个花房，赵丹主席入股，两个人把郁金香卖到了东南亚。

跟老马一家的熟识，让我误以为对他了如指掌，其实这是医生角色失位，我的情感胜过了理智。

02

第二个
故事

谢谢你啊医生，以后就不要再联系了

秋爸

肿瘤科医生

跟老马一家的熟识，让我误以为对他了如指掌，

其实这是医生角色失位，我的情感胜过了理智。

01

2020年国庆节前夕，节前的调休加上夜班让我已经连续工作八九天了，看着病房里满满的病人，看来这个国庆节又是放假不放心了。那天下午，上级医生通知我收病人。其实下午收病人很纠结，因为病人病情稍微重一些，我就无法按时下班。

那天我打开工作站，简单的几个字让我的心提了起来，“马某，69岁，男，咯血、呼吸困难”，这个病人应该病得很重。我拿起听诊器，快步走入病区，到病房门口便听到一阵剧烈的咳嗽，护士在帮忙连接吸氧管。病人半靠在床边，面色苍白，全身随着一声声咳嗽上下起伏，一口鲜血咯了出来。

“抽血，测生命体征，上监护，准备报病重。”我对护士下达几个能立刻想到的指令。

她瞪了我一眼，报病重意味着这位护士今天也要加班。

心率110，血压100/70mmHg，脉搏血氧饱和度90%，这种生命体征让我心率加快，我必须抓紧判断，及时处理。病人在门诊拍了CT，可以看到左肺尚可，右侧大量胸腔积液，上腔静脉也有压迫。我把上级医生请到床边看病人，张主任说：“这是我上午门诊收的病人，片子我看了，病人近两天咳嗽、咳痰，以为是感冒在家吃药，越来越重，咯出一口血，这才来的。等等化验结果，一会儿准备胸穿吧。”

安顿好病人，在等化验结果的工夫，我把病人家属叫到楼道问病史，这是一家三口，老伴在屋里照顾病人，女儿跟了出来。

女儿白白净净，看起来30多岁，一问一答毫不拖沓。他们是河南洛阳人，女儿是我们石家庄一家部队单位的女军官，老两口原本是来给女儿看孩子的，没想到老人突然病了。“既然您是军人，我就不绕弯子了，通过你们拍的CT，和几个已经出来的化验结果，初步推断你爸是肺癌，从肿瘤标志物判断应该是小细胞肺癌，您一会儿可以上网搜搜，这是一种恶性程度非常高的癌症。右侧癌症形成了大量胸腔积液，压迫肺叶导致呼吸困难，咯血也是肺癌侵犯周围血管的缘故。还有就是上腔静脉受压，这属于肿瘤急症，非常危险。一会儿其他化验结果出来，准备给你爸做胸腔穿刺置管引流，解除压迫，缓解症状。但是有创操作是有风险的，你要是能接受风险，签了字我就去准备。”

他女儿又询问了一些关于病情和穿刺风险的事，准备签字。我问：“要不要再问问你妈？”她说她妈没啥主意，一切听她的。

不一会儿，各项化验结果出来了，我呼叫床旁超声前来协助引导穿刺。超声科医生用探头一打，说：“胸腔积液满了，随便找个点都可以。就是病人咳嗽得这么厉害，你敢做吗？”说完他用记号笔在胸壁点了一个黑点，推车离去了，走之前告诉我要小心。

我对家属说：“确实不好做，病人咳嗽得太频繁，风险太大，穿刺针在胸腔里的时候，他剧烈咳嗽，容易刺伤肺叶。我动作快点，让他坚持5分钟，穿刺针拔出来就安全了。”

女儿说：“大夫您看着办吧，我爸他太难受了，我害怕他一会儿憋死了。”

“那就打针吗啡试一下，吗啡有镇咳的作用。”

一针吗啡下去，病人逐渐平静下来。我一边快速打开穿刺包，一边跟病人说：“老马，坚持一下，很快。一会儿就不憋了。”主任在一旁压阵，给我当助手，实习同学在一旁求知若渴地探着头看，但是现在谁也顾不上给他授课。

老马背对着我，跨在一张大椅子上，手搭椅背，后背挺了起来。摆好体位、消毒、局部麻醉，一切就绪，正要进针的时候，老马又开始一阵咳嗽。我急忙说：“老马，咳一会儿吧，咳好了告诉我，一会儿我进针了你可就得停了，我让你咳你才能咳，憋不住咱今天就不做了。还有别的招儿，别害怕。”

老马边咳嗽边点头，还挤出了一点笑容，他深呼吸几下之后，说了句：“中了。”

老马配合得好，穿刺很顺利。张主任看我拔出了穿刺针就点点头回办公室了，实习同学也长出了一口气。暗红色的血性胸腔积液顺着引流管流了出来，胸腔压力很大，不一会儿引流袋中便引出了六七百毫升的液体，我将管路夹闭，问实习同学：“胸腔积液首次引流量最大是多少？”这是一个代代相传的问题。实习同学的脸变得通红，我也没告诉他答案，转头跟老马说：“今天就这么多吧，不再放了，感觉怎么样？好点没？”

老马又边点头边说：“好点了。”他扭头试图看看自己后背这根管子，但没有成功，问我：“这管子有多粗？多大个窟窿？”

“就是个粗针眼那么大吧，胸腔积液没了就给你拔了。你别问那么多了，舒服了就好好休息，吸吸氧。”

我喘口气开始写病历，护士进来说：“王医生，穿刺之后病人是不是好点了？病重还报吗？”

我冲她笑笑：“该报还得报啊。”

她又瞪了我一眼转身走了。

02

小细胞肺癌很有特点，恶性程度高，生长、播散速度很快，但是对化疗、放疗极其敏感，一旦治疗有效，两个周期化疗后效果异常显著。这段

“蜜月期”，医患关系是最好的，病人往往认为自己遇到了神医，其实是他命当如此。

老马命就不错。两个周期标准方案化疗之后，老马的胸腔积液消失了，咯血也明显改善，加上持续输血支持，老马基本恢复了生病前的生活质量。

一天查房，正赶上老马吃饭，看到他拿包子的手不停地颤抖，我提高了警惕，不会是脑转移的神经压迫症状吧？我立刻安排做脑核磁，他老伴赶紧说：“没事儿，这是老毛病了，他以前在饭店当厨子，他几个朋友天天带着酒到厨房找他，日日喝，夜夜喝，最后喝成了这样。现在病了，不能喝酒了，手还是这么抖。”

老马也赶紧点头说：“别查了，最近什么CT、磁共振，总是让我往小洞里钻，我害怕，我这就是缺酒了。”之后他对我们的食堂饭菜质量做出了非常专业的批评，也算是同行相轻，这个我们医生是最熟悉的。

这次治疗正赶上河北的一波疫情小爆发，他女儿的部队大院实行封闭式管理，里面的人不让出，出来的不让进，回老家又怕进不了石家庄。为了不错过下周期化疗，他女儿问我能不能不出院。那时周围郊县的病人全都封在了外面，病房里空床不少，我就照顾他们住下了。朝夕相处，我与他们老两口也渐渐熟悉了起来。

赶上一天值班，我正在值班室吃晚饭，听见外面传来“咚咚”的敲门声，护士们一般没有大事不会在吃饭时敲门，我急忙放下碗筷，准备处理病号。只听外面传来一声“王医生，开开门”，我一开门，是老马的老伴提个塑料袋站在门口。她说：“我看你提着饭盒子进这屋，估计你是吃饭呢，给你加个菜。”我推托了半天，看见塑料袋里真的只有点吃的，最后才接了过来，是一块酱大骨，食堂买的。老马的老伴个子不高，烫个老年人常见的卷发，穿一身花衣服，是个活泼健谈的小老太太。

那天她讲了很多家里的故事。老马没什么文化，但是做饭手艺不错，也还算是吃穿不愁，就是爱喝酒，每天醉醺醺的，家里大事小情都是他老伴做主。什么闺女当兵了，闺女考军校了，闺女结婚了，闺女生小孩了，都是老太太帮着操持。“俺家老马就负责在外面上个班，喝醉了回家一躺，我天天骂他，不管多难听的话，人家听了就是个嘿嘿笑，说啥都‘对对、是是，都听你的’。这回生病，还是得我伺候他，我血压高，想回去歇歇换个班，人家拉着不让我走。再这么熬，我看我得走到他前头。”

我嘴上没说，其实心里想：不至于，老头儿得了小细胞肺癌，应该还是老太太送老头儿。

她接着问：“我看隔壁床那个老汉，化疗完吐成啥了，咋你说老马没事儿啊，是不是化疗药没起效啊？”

我告诉他，隔壁那人不会喝酒，酒量大的人化疗后的呕吐反应比较小。

“呀，那俺家老马喝酒还沾光了。王医生，你说这老马还能活多长时间？”

我说：“晚期的小细胞肺癌寿命从确诊到最后的最后，也就是不到一年的时间，不过这都是平均数，你非要问你家老马能活多久，等疫情结束了，你去找我们医院西边有个算命的，他比我算得准。”

老马那次住了足足一个多月，我也吃了他们家的包子、香蕉、苹果、瓜子，总之一到我值班老太太就敲门。这期间因为女儿在单位隔离，他们的医保备案、异地就医等等这些需要手机操作的事都是我帮着办的，甚至手机交话费、看视频特别卡这种事老两口也来找我帮忙。

就这样，老马一家度过了他生病以来还算轻松体面的三个多月。

03

2021年春节前，老马又来住院，这次他没有按时来化疗，推迟了将近一周。老太太说老马最近总是没劲，又赶上过春节，他们想化疗一次，把病控制控制，好回老家过年。

入院后进行各项常规化验，发现老马血钾只有2.7mmol/L，而且中度贫血，经过对症支持治疗之后渐渐好转。全面复查，肺部CT显示肺部病灶控制良好，颅脑核磁也没有明显异常。

一次主任查房，带领大家来到老马床前。老马正在转脖子，主任问："您脖子不舒服啊？"

"是，我有颈椎病。"

我也说："对，他有颈椎病。"

主任看了我一眼走出病房，在楼道里，表情严肃地说："颈椎病完善检查了没有？小细胞肺癌常见转移部位有哪些？颈椎病什么临床表现？"

学业不精，我憋红了脸，作为内科医生，颈椎病我确实接触得不多。听从主任指示，我给老马预约了颈部核磁。结果出来那一刻，我后背一凉，只见老马颈段脊髓有一个3厘米多的长信号影。小细胞肺癌中枢神经系统的转移很常见，也是致死的常见原因。这个病灶发现不及时，发展下去可能会让老马致死、致残。跟老马一家的熟识，让我误以为对他了如指掌，其实这是医生角色失位，我的情感胜过了理智。从那以后，我努力地不再跟病人嘻嘻哈哈，他们更加需要的是一位严谨认真的医生。

小细胞肺癌是一种恶性程度很高的肿瘤，规范治疗的情况下病人的平均寿命不到一年，尽管治疗肿瘤的各种新药层出不穷，但对小细胞肺癌目前没有效果很好的靶向药物，化疗依然是它的主要治疗手段。

老马的癌细胞向颈段脊髓发生转移，尽管目前没有什么症状，但是可以预见到，随着癌细胞的复制、蔓延，等待他的可能是高位截瘫和死亡。我叫了老马的老伴来办公室，准备把老马现在的病情和下一步的治疗方案跟她讲讲。

我问她："您知道什么是小细胞肺癌吗？"

“知道，手机不知道咋回事，我总是能刷到这个病。反正就是活不长了。只要少受罪就行。”

“我跟您说说受罪的事，”我打开电脑上老马的核磁图像，“您看，这是脊柱，这是脊髓，您看这块是不是比其他地方亮。”

“我可看不懂。”

“您不用看懂，这块亮的地方，长在了脊髓里，再长大一圈，脊髓里的神经就该被它压住了，老马就瘫了。”

她一阵沉默。“那可咋办？闺女封在单位出不来啊。那咋办？”

“您闺女那边我会给她打电话的，”我看老太太确实没了主意，“现在趁着他还没有什么不舒服，下一步得考虑放疗了。”

“放疗贵不贵，多少钱啊？”

我实习的时候听老师们跟病人交代病情，听到病人问这个治疗方法贵不贵的时候，总是打心底里厌恶，生命面前怎么能提钱呢？干了这么多年，当自己开始挣钱养家的时候，我才发现钱也是生命的一部分，尤其在医院，尤其在我们肿瘤科，钱是决定生命长短很重要的一部分。人没了是悲剧，人财两空是更大的悲剧。

“不贵，两三万元吧，能报销。”

我当着老太太的面拨通了她女儿的电话，她女儿依然很痛快：“大夫，我在网上查了很多，但还是一知半解，我听你们的专业意见。我们同意，让我妈给您签字吧。”

电话挂断后，我对老太太说：“您女儿说你们同意，让您签字。”

她点点头说：“同意，同意。我听你的。”

放疗持续了三周，每天十分钟，每周五天，放疗的同时，我们还给老马上了另一种方案的化疗。同步放化疗顺利结束，老马扛住了。再复查的时候，老马颈段脊髓的肿瘤消失了，肺部原发灶依然稳定。

我时常幻想，恶性肿瘤可以通过规律的化疗、靶向治疗、免疫治疗，变成像糖尿病、高血压一样的慢性病，可是目前还只是幻想，尤其是对老马这种小细胞肺癌。该发生的总会发生，老马的病情恶化了。

经过一段时间的治疗，病情稍一平稳，老马就回了趟洛阳老家，在洛阳一家医院治疗。我们也有一段时间没有联系。再联系的时候是2021年的夏天，一个酷热的中午，11点半，急诊科给我打电话，点名让我去会诊。

我有点不高兴，在电话里说："会诊还能指定医生吗？我不值班，我也不是住院总，再急你们也得讲医疗常规啊。"

"王医生，是病人家属让你来的，应该是你以前的病号。"

到了急诊科，我发现老马躺在床上，面色苍白，一脸淡漠，旁边的心电监护仪不停地发出令人紧张的报警声。他老伴看见我后勉强挤了一个笑脸给我。我皱着眉头看着急诊科同事拿给我的化验单，血钠117mmd/L、血钾2.9mmd/L，这样的电解质水平非常危险。

"带走吧，你的老病人。"急诊科的同事看着我说。

看着老太太迫切的目光，我拿起电话给护士站打电话："收个急诊的病人，有床吗？"

到了下午，床位腾了出来，老马的家人推着转运平车来到了病房。平车上监护仪发出的报警声吸引着病房里的医生、护士和其他病人的目光。老马大约10天前开始没有胃口，随后症状逐渐加重，到前天开始出现恶心、呕吐，直到今天老太太感觉老马快不行了才来到了急诊科。

我让护士把监护仪的报警声关了，这种声音搞得我有点心烦意乱。血压80/50mmHg，心率110，结合他老伴讲的病史，我考虑是入量严重不足导致的低血容量性休克，加上呕吐，又合并有严重的电解质紊乱。经过补钠、补钾、扩容补液，老马的精神逐渐好转了，用他老伴的话就是"又有人模样了"。

有时看病就像破案，尽管老马又有了人模样，下一步还要查明为何老马会突然不吃不喝。经过仔细询问这段时间老马在洛阳的治疗过程，我发现了线索。老马在当地接受了免疫检查点抑制剂治疗，这是一种目前抗肿瘤界的“明星疗法”，它可以松开人体免疫系统的刹车，重新让免疫细胞攻击癌细胞。尽管免疫治疗疗效神奇，但副作用也很多，老马的症状像是免疫检查点抑制剂相关的肾上腺皮质功能不全。当然还有很多其他可能，我一一安排化验检查。那天老马抽了7管血。老太太早已熟悉我们的套路，不会再问“这么多管血，不会给我们抽坏了吧”这类问题。

一项项化验结果印证了我的猜测，诊断明确后治疗水到渠成，经过补充糖皮质激素，老马又站起来了，能吃能喝，面色红润。“这老汉吃得比我还多。”查房时老太太笑着对我说。

老太太在病房里恢复了欢声笑语，经常在各个病房间串来串去。一次查房时见老马的老伴不在，护士告诉我老太太现在查房比我还勤。然而，意外在暂时的欢乐中发生了。

04

一天下午，科室组织了一场规模不小的学术会，除了值班人员外，大家都在会场帮忙。办公室电话丁零零响起，电话那头传来护士的声音：“王医生，快来55号床，快！”

电话那头是个老护士，遇事从来不慌。听她这么着急，我急忙往病床跑去。55号床是老马，这些天病情稳定，能出什么意外呢?

我到的时候，值班护士已经把心电监护连接好了，心电监护已经变成上下略微浮动的直线，输液架上挂着一瓶白蛋白，我首先想到的白蛋白造成的过敏性休克。老太太在床边弯着腰不停喊着“老马、老马”。老马面色晦暗，颈动脉波动消失，胸廓无起伏，呼吸、心跳停止，我大喊两声老马的名字没有反应，便转向老太太：“压不压？压了啊，抢不抢救？快说。”

估计老太太也没明白什么意思，只是点了点头。

我迅速做起了胸外按压，边指挥护士：“蛋白撤了，盐水冲管，肾上腺素1支、地塞米松2支，肌注。按铃叫人，搬除颤仪，建液路。”

奇迹发生了，按了一个循环，老马大口吸了一口气，活了过来。之所以称为奇迹，是因为在我不长的行医生涯中，他是第一个被我按压活回来的病人。心肺复苏是非常消耗体力的，我也大口喘着气，看着心电监护从直线开始变得杂乱无章，看着他一百六七的心率，我的心情又紧张起来。心肺复苏成功后的知识和经验我可没有，我不想生命的奇迹因我的无知被辜负。

我急忙给心内科负责会诊的李医生打电话，李医生说她刚好在我们楼上，并在电话里指挥我先给老马静注了1支利多卡因。幸而李医生火速赶到，处理及时，老马到晚上的时候心率、血压恢复正常，并能点头、眨眼了。

等科里的大会散了，和我一起抢救的护士把下午发生的事绘声绘色地跟大家讲了，护士们都夸我年纪轻轻遇事不慌，而大主任、上级医生则让我把这次抢救中的不足做成幻灯片在科室学习的时候汇报一下，重点是心肺复苏后的生命支持。

尽管死里逃生，老马却依然虚弱，从那天起老马开始生活不能自理。这种情况，抗肿瘤治疗已没有机会，老马的生命到了终末期。

05

就这样过去了半个多月，老马的哥哥、嫂子从洛阳老家来了，老太太告诉我他哥是来接他们回去的。我问她回哪儿，她告诉我女儿家没法回，女儿家里有两个小孩，一个3岁、一个5岁，还有亲家公、亲家母，她要带着老马回河南。而且老马有一天说自己想吃烩面了，还说我们食堂的面条不好吃，老太太说他这是想回家了。当天下午，老马一家出院了。

又过了十多天，我接到了老太太的电话，老马走了。

“谢谢你王医生，最后两天我家老马开始折腾，说胡话，不吃不喝也不吃药，再后来就不认人了，连我跟闺女都不认识，就是每次一说‘你再不听话王医生就不管你了’，他就老实了，最后不管让他干啥都提你。这老汉不亏，一辈子享福，有吃有喝，我伺候了他一辈子，得了这个病又活了快两年，挺好的。”

老太太说她来石家庄两年，除了认识闺女家，就只认识我们医院，别的哪儿也没去过，以后也不想再来了。

“我以后可能也不会跟你联系了，一看见你的手机号心里就难受，最后再谢你一次吧。再见王医生。”

我看到她踮着脚，重症监护室门外没有玻璃窗，但她依然反反复复这样做，像是希望那道铅门能突然开一扇窗。

03

第三个故事

医生，我们是失独家庭

第七夜

急诊科医生

我看到她踮着脚，重症监护室门外没有玻璃窗，但她依然反反复复这样做，像是希望那道铅门能突然开一扇窗。

01

2015年5月起，我在重症监护室开始为期三个月的轮转学习。

重症监护室的病房由一道沉重的铅门与外界隔离开。由于收治的都是最为危重的患者，这扇铅门就像是隔绝着人间和死亡的最后一道关口。

我第一次见到她，是一个周五的下午。快到5点，科室的电话铃尖锐地响起来。是急诊科打来的。

监护室的那扇铅门尚未完全打开，一个中年妇女便踉踉跄跄地挤进病房，一看到前来接诊的医生，满脸泪痕的她便死死抓住我的手。

她的身子骨纤细，让人觉得一阵风就能吹走她。当我的手被她抓住时，我感觉这个瘦弱的女人体内似乎有一股惊人的力量，像一个在海里快要溺毙的人抓住了最后一根救命稻草。

“先别着急，现在在医院里了，你爱人怎么了？”我扶住她询问。

“他几天前受凉感冒，就是有点咳嗽、咳痰，我给他喂了感冒药，也没发烧。可就在一个小时前，情况越来越糟，无论我怎么喊，他都不应我一声。”

我看了一眼患者，已经深度昏迷，对外界刺激没有任何反应。虽然在救护车上就一直进行高浓度供氧，但他面色青灰，口唇发紫，各项生命体征更是极不稳定。

患者的体形偏肥胖，几个医生护士费了好大力气，才将他从转运平车搬到抢救床上。负责抢救的医生准备做急诊气管插管，护士也在配合建立通道、抽血、导尿、调试呼吸机……

我没有独立值班的资格，在其他医生抢救病人时，我就负责和家属签字谈话。

医院规定，抢救时不允许家属在现场，因为情绪激动且六神无主的家属会严重干扰抢救的进行。可我劝离这个女人多次，她都是嘴上答应着，每往铅门外的方向走一步，又频频回望。

出了病房大门，她慢慢镇定下来，没有了刚才的惊慌无措。在询问既往病史时，她告知我，六年前，她的爱人得了脑出血，做了手术，但后遗症很严重，吃喝拉撒基本在床上进行。

在她听到病房里传来“重症肺炎、呼吸衰竭、死亡率超过50%”时，她的手开始止不住地颤抖，那支轻巧无比的签字笔似乎变得有千斤重。过了很久，她才颤颤巍巍地在病危通知书上签下自己的名字，字迹歪歪扭扭，像一个初学写字的孩童写的字。

签完相关的通知书，我返回病房，准备协助正在抢救的医生。就在我要进门时，她再次拉住我的手，眼睛直勾勾地望着我。

“医生，我们是失独家庭……”半天，她极力压抑着情绪，说出这句话。说话的嘴唇很干，上唇粘在了牙龈上，像要掉渣的酥皮点心。

我的心瞬间一沉，她却咬紧牙关，再没说话。

02

经过抢救，女人的丈夫的生命体征总算稳定下来。她再次看到我，眼神里充满感激，并且熟络地让我喊她罗姐。

每天下午4点，是监护室的探视时间，家属可以和病重的患者见面，探视时长为半小时。在这半个小时内，病人多半是没有意识的。

监护室的铅门被打开，罗姐总是第一个钻进病房。她快步走到丈夫身边，第一件事是拍打丈夫的肩膀，呼喊他的名字。丈夫没有回应，她眼里的光就又慢慢黯淡下来。

短暂的失望后，罗姐打开保温杯，将流质饮食用注射器打进丈夫的鼻饲管里。喂完食物后，她又用自己带来的毛巾，小心翼翼地为丈夫擦拭身体。末了，她又麻利地帮丈夫按摩四肢。

半个小时的探视时间，罗姐安排得满满当当，几乎不肯浪费一秒钟。

我们医护都知道，长期卧床的病人容易出现褥疮，在监护室里，每隔几小时就要给病人翻身。每次给罗姐的丈夫翻身，人都累得够呛。

一般情况下，骨折的病人需要打石膏固定制动，过一个多月，不动的那一侧肢体很快就会出现肌肉萎缩，明显比健康的一侧纤细很多。让人意外的是，罗姐的丈夫卧床六年多，四肢的肌肉却依然丰满对称。

我不敢想象这六年多的时间里，罗姐是如何悉心照料丈夫，才会让他浑身没有一处褥疮且丝毫看不出任何肌肉萎缩的迹象的。

探视时间结束，家属会被劝离病房，在门外与医生沟通谈话，了解病人当下的情况。罗姐丈夫的病情不见好转，接连好多天，我们谈话的内容基本都是在重复。

我告诉她，她丈夫的肺部感染太重，而且是多重耐药菌感染，用了顶级抗生素后，效果依然不好，且开始出现多器官功能衰竭的趋势。她立即说：“没关系，该用最好的药就用，花多少钱都无所谓，只要人能回来。”

听到她的殷切希望，我还是忍不住告诉她，希望她做好心理准备。很多家属一开始也是要求竭尽全力救治，可是医疗上有太多的不确定因素，到最后很可能面临的是人财两空的状况。

她叹了口气，有些自嘲地说：“没事，你们放心治。那种情况，我也不是没想过。可是人这一辈子，只有到闭眼的那一天，心里才能不悬着挂着。只要是活着，指不定就有新的麻烦事找上门来……”

说着说着，她的眼泪开始往下掉，可她很快抹了一把脸，扒着监护室的那道门缝往里看，试图再看看丈夫。

门缝很紧，尝试了几次后，她悻悻地走到门外的座椅上，把头埋进臂弯里。我没听见抽泣声，只看到她的肩膀在不时抖动。

外面烈日灼灼，医院里的空调开得够足，冷得让人有点哆嗦。

03

我安抚好罗姐的情绪，她说起她和丈夫的事，有关她的失独家庭。

罗姐和她的丈夫都是高知，在这个不大的地方，算是高素质人员，自然是要响应当年的计划生育政策，“只生一个好”。

“我儿子1周岁时抓周，满床的东西，他抓了离他最远的一支笔。我们觉得这孩子长大一定是个文化人。他从上学开始，成绩就一直拔尖，基本不用我和他爸操心。”

说起儿子，她的脸上有藏不住的骄傲，像任何一个母亲和人拉家常时，提到自己的孩子时那种发自内心的喜悦。

“那会儿马上就要中考了，他前几次模拟考的成绩都很好。老师都说他能考到主城区的巴蜀中学……”

她的神色突然黯淡下去：“就在中考的前几天，他在放学回家的途中被几个混混敲诈勒索。本来交出身上的钱就当破财消灾，可他年轻气盛，硬是不从，和那几个混混打了起来。”

在之后的讲述中，罗姐的声音一直在打战。在那次不起眼的打斗中，一个混混一刀戳中了她儿子的胸口，正中心脏。在被送往医院的路上，孩子就没了。

“还差几天，他就满16岁了。”

我不知道该怎么接话，此刻的她极其克制。

“我们看到他时，血都快流干了……”

失去孩子后的前两年，罗姐和丈夫活着的唯一目标就是打官司。“我们想给儿子报仇，可那几个王八羔子都是未成年，被关进去没几年就放出来了。动手杀我儿子的那个，他爹是坐牢的，他妈早改嫁了，只有奶奶在。法院判决的赔偿金，到现在我们都还没拿到。”

罗姐和丈夫打官司的那段时间，他们从原来的房子里搬了出来，她说在那个房子里只要一闭上眼，就到处都是儿子的影子。

“很多亲戚朋友，在这件事后怕我们两口子触景生情，不敢靠近我们，渐渐就疏远了。”

罗姐抹了一把脸，叹了口气，眼神空洞地看着监护室的那道铅门。

我不自觉地跟着罗姐的目光看过去，那道铅门看着又厚重了一些。我不知道如何宽慰罗姐，恰好在这时，一对年逾八旬的老夫妻在监护室门外看见了我，走过来问他们小儿子的情况。

他们的小儿子和罗姐的丈夫同龄，两人的病情也相似，均是脑出血后长期卧床。得病的那一年，他们恰好没买医保，手术加后期治疗的费用一下就掏空了老两口一辈子的积蓄。手术后，儿子活了下来，而照料他的重担又全部落在两个老人的身上。

即便是这样，罗姐投向那对老夫妻的目光里，多少仍带着些羡慕的成分。

04

后续的监护中，罗姐的丈夫由于感染太重，医生给他用了最好的抗生素，但感染还是压不住。他开始出现多器官功能障碍，靠着呼吸机和大剂量的升压药物，才让心电监护仪上的基本数据勉强保持在一个“正常值”内。

我们都知道，一旦撤掉仪器、停用药物，他的生命体征就会迅速消失。

罗姐的丈夫在监护室住了快一个月，我们下了多次病危通知书，慢慢地，罗姐似乎也对此变得麻木。

每天下午四点，罗姐依旧准时到病房。那几天，她的丈夫并发消化道出血，不能再进食、饮水，罗姐就省略通过鼻饲管给丈夫注食的工序，只给丈夫按摩，偶尔伏在丈夫的耳边，自顾自地说些什么。

我知道她在等待奇迹出现，毕竟只要人活着，就会有希望。

科室的医生不得不面临一个尴尬的处境：在治病的同时，还得小心盘算费用，当患者欠费的数目可能影响到治疗时，药房就不给发药了，甚至医院的电子系统会被锁死，医生连医嘱都下达不了。

这些年，罗姐为了给丈夫治病，卖了两人的商品房，那笔钱到现在也所剩无几。我们都知道罗姐的情况，面对费用的事情，也都欲言又止。

既往的经验告诉我们，常年出入医院，花费金额过大，家属的期望值过高，外加家属可能再无所寄托和牵挂，在治疗不甚理想时，引起医患纠纷的可能性极大。

而罗姐，基本符合以上所有条件。所以整个科室在尽心竭力救治她丈夫的同时，也尽可能将所有的医疗文书都写得找不出纰漏。

让我们意外的是，罗姐比很多家属都容易沟通，也非常配合治疗。

丈夫因为白蛋白过低，需要自费购买几百元一瓶的人血白蛋白，一天至少两瓶，她毫不犹豫地说：“好的。”

丈夫因消化道出血必须禁食、水，需要去其他医院营养科购买营养液时，她毫不犹豫地说：“好的。”

丈夫因为合并肾衰，肌酐非常高，需要上血液透析时，她毫不犹豫地说：“好的。”

丈夫出现了顽固的心力衰竭，需要用数千元一支的自费药物时，她毫不犹豫地说：“好的。”

看着罗姐赌徒一般地孤注一掷，我们心里五味杂陈。私下里，科室里的医生不止一次委婉地告诉她，看她丈夫现在的病情，基本没有奇迹可言，只是在花费着巨额的医药费拖时间。

以现在的医疗技术，或许这样可以延长患者的生存时间，但是这种没有任何生存质量的“活着”，对患者本人来说，未尝不是一种煎熬。

05

慢慢地，我看得出罗姐开始有一些动摇。

那天下午，罗姐的娘家人陪她一起来探望她的丈夫。探视时间结束，我照例站在监护室门外，向前来咨询的家属告知患者目前的病情，下一步需要哪些治疗。

罗姐没有像先前那样，迫切想要了解丈夫当下的状况。在那天不久前，每天和她一起咨询家属病情的老夫妻没再来了，在无力承担高额的医疗费且始终看不到儿子有任何好转的迹象后，他们选择了放弃。

一直以来，罗姐和这对老夫妻都像是同盟的战友。我不知道，这对老夫妻决定放弃治疗的决定是不是也影响着罗姐的抉择。

罗姐听完她丈夫依然没有好转的情况后，缓缓地从我面前走开，一个人呆坐在门外的长椅上，垂着脑袋，像雕像般一动不动。站在她旁边的中年女人小声对她说：“这么多年了，你为他付出了多少，大家都看得到的。”

女人顿了顿，考虑了一下才说出口：“现在他姐和他弟也不帮忙了，从哪方面讲，你都是仁至义尽了。这样下去也不知道什么时候是个头。这个钱真的就像丢在黑泥潭里一样，扔下去连个泡都不会冒……”

“可是我舍不得他，我已经什么都没有了……”说完，罗姐用双手捂住脸。

过了许久，她用手背擦掉脸上的泪水和鼻涕，拉着旁边的女人，哀求道：“二妹，你再帮帮我，就帮我最后一回。我还有工资的，每个月从我的工资里扣……”

女人往前靠了靠，任由罗姐拉着她的手微微地摇动，没再吭声。

一天后，罗姐在住院账户上交了一万元，而这些钱仍不够缴清之前欠的费用。

几天后的一个清晨，罗姐的丈夫又出现了恶性心律失常。负责抢救的医生喊我给罗姐打电话，让她快点来一趟医院，患者的病情极不稳定，随时有生命危险。

当我给罗姐打电话时，她告诉我，她一直在监护室的门外。

透过医生值班室的玻璃窗，我看到罗姐就站在监护室病房门口。当时并不是探视时间，也许是她跟丈夫有心电感应，预感有不好的事情发生。

我看到她踮着脚，重症监护室门外没有玻璃窗，但她依然反反复复这样做，像是希望那道铅门能突然开一扇窗。

第二天清晨，我去交班，进了病房，发现罗姐丈夫的那张床空了。

一开始，我心里希望是罗姐的丈夫因感染多重耐药菌换了床，可我在不大的病房巡视了一圈，心里一下子空落落的——没有他。

我问值班医生病人的去向。他告诉我，昨天一整天，罗姐都在病房门外。患者昨晚反复发作恶性心律失常，想到罗姐的特殊情况，护士破例喊她进来，让她看丈夫最后一面。

由于反复电除颤，罗姐丈夫的胸口都快被电焦了。看到那一幕，罗姐彻底崩溃了，她意识到对丈夫来说，这种治疗只是一种消耗，于是选择了放弃。

从那天后，我再没见过罗姐来医院。就连她丈夫的死亡证明，也是由其他亲属代开的。

四个月后的中秋晚上，在公园外，我意外遇到了罗姐。她一个人坐在石凳上，目视着前方。直到她最后起身离开公园，我都没敢上前跟她搭话。

她就那样保持着四个月前坐在重症监护室外的姿势，头顶的月亮很圆，像是一扇清冷的窗。

我的脸颊和胸部一日日地干瘪下去，脸色和嘴唇变得惨白。饭桌上，我常常盯着桌布一言不发，思索着今天应该怎么蒙混过关。

C4

第四个故事

从“厌食症”到暴饮暴食，我差点没活下来

和鸽子

我的脸颊和胸部一日日地干瘪下去，脸色和嘴唇变得惨白。饭桌上，我常常盯着桌布一言不发，思索着今天应该怎么蒙混过关。

01

16岁那年，我忽然不想吃饭了。

这并不是某个突发事件的结果。某些想法在很久之前，就埋下了种子。恰好在我16岁那年，这些种子破土而出了。

发病之前的懵懂模样，我已经没什么印象了。我从小被外祖父母带大，没有注重外表的意识，甚至羞于去追求美丽。外祖父母仍然以对待自己子女的方式培养我，全然不顾外面的世界发生了剧烈的变化。

上初中后我离开外祖父母家，回到父母身边。那时的我打扮得像扎着辫子的外祖父，而这样的形象维持了很多年。

我印象中，自己总是不苗条。母亲一边安慰我说这是婴儿肥，一边把我面前的面食和肉食收走。父亲曾直截了当地评价我：腿比较粗。朋友比画着跟我描述那天在游乐园里看到的穿着玩偶服的工作人员：胖乎乎的，跟你一样。

我懂得如何利用自己体形的优势。当班里的男生骚扰我漂亮的班花朋友时，我用自己的身体将他们隔开。男生一面冲我挤眉弄眼，做出各种鬼脸，一面推搡我。后来我被书包绊倒在地，大家笑着一哄而散。

有无数的好心人提醒我。买衣服的时候，吃饭的时候，散步的时候；在学校里，在家里，许多闲言碎语飘浮在我耳畔。我忍一忍，就过去了。

16岁那年，我第一次注意到有人在看我。那是坐在班级最后一排的一位男生。当我无意间转头的时候，正好四目相对。有一次男生演了一个小品，班里气氛热烈，大家都掏出手机在录像。我也录了，回家看的时候发现那个男生一直在盯着我的镜头。

好似被点醒一般，我开始在意自己的形象了。在镜子前走来走去，观察着自己身体的每一个角度。照着照着忽然就懊恼起来，掐着自己的大腿，骂自己又多吃了一口饭。

冬天刚刚过去，我迫不及待地脱下了臃肿的秋裤，好让自己显得瘦一些，宁愿被寒风吹得流鼻涕。那是我为了变美丽做出的第一步尝试，以无人发现告终。同学依然跟我谈论班里的漂亮女生如何如何，我敷衍着，目光里带着愤懑。没有人对我感兴趣。我托着腮，看着别人纤细的身材、收紧的腰肢、绷直的小腿、小巧的脚踝，叹息着。

我下定决心做出一些改变，从外表开始着手，央求母亲给我办了一张健身房的会员卡，成了那个健身房里年纪最小的人。我在课业中尽力挤出时间去锻炼，放弃了所有不必要的社交活动，还精细地控制饮食，阅读了无数关于健身和饮食的文章。母亲给我买了一条花裙子，我不敢穿——必须等到蜕变的那一天。

16岁的少女心中有太多的愿望，我想脱离不起眼的角色，成为发光体，被顶礼膜拜。这种野心建立在一种病态自恋的基础上。在梦里，所有路人的视线都被我吸引，虚荣心在幻觉中得到满足。

再转过头，望向教室的最后一排的时候，那个男生早已不再看我。

于是我把发条拧得更紧、更紧，就像摇着小船奋力地向终点划去，却渐渐地从道路上偏了航，开始走火入魔了。我对食物的要求变得越来越苛刻。一开始只是拒绝油炸物和糖，后来连炒菜、米和面也不吃。再后来，连粗粮也不肯吃了。

我的脸颊和胸部一日日地干瘪下去，脸色和嘴唇变得惨白。饭桌上，我常常盯着桌布一言不发，思索着今天应该怎么蒙混过关。

我假装吃东西，一片菜叶嚼几十次，直到它化成绿色的水。嘴巴里没有东西了，还在机械性地假装在嚼，像牛一样。

很快，头发只剩薄薄一层，月经也一年半没有来了。洗澡的时候，脱落的头发密密地铺在地砖上。我不觉得有问题，不过是瘦的代价。大家有舍有得，各取所需。

02

减重不仅减去了脂肪和水分，离开身体的东西远远比想象中的更多。我感到心理上也更“轻”了，很多事情变得不怎么在乎。我仍然保持写日记的习惯，与其说是日记，不如说是记录，记录每天进食的数量，摄入的卡路里，运动的时间，消耗的卡路里。

如我所愿，我开始变瘦了。我的衣服开始膨胀，如同一面旗帜。校服裤子越来越宽，在我的腰上挂不住了，不住地下滑。我开始更频繁地照镜子，量腰围，检查马甲线。

我开始注意到运动软件上的漂亮姑娘：那些大学生左手端着咖啡杯，右边腋下夹着笔记本，穿着紧身瑜伽服，赶着去上金融学院的课，她们吃饭只吃沙拉和全麦面包，沙拉里只放油醋汁。每一张照片里，她们嘴角翘起的弧度都一样。赞美声潮水一般涌入评论，铺天盖地。她们矜持地回复，就像仙女。

我控制不住地频繁查看她们的照片和帖子。她们的逆袭故事和减肥经验被我烂熟于心。那些青春靓丽的、留着一头棕色波浪卷发的姐姐，在照片里对着我招手，浑身金光闪闪的。在她们璀璨的光环之下，班里的小美女显得不值一提。

芭比们承诺：任何人都会变成和我们一样，只要继续努力下去。

我摸着腹部柔软的皮肤，将它们揉捏，掐红。还不够，我对自己说。我怎么会停呢？作为一个好学生，没有把自己逼到极限是不会收手的。

我在生物书上学到，骨骼肌战栗可以消耗热量，于是在严冬大开窗户。那个冬天总是有霾——空气中有一股金属的腥味，有些呛。从窗户往外看，马路对面的高楼没有颜色，只剩一个轮廓。零下摄氏温度的风灌满卧室，吹得肌肤和骨头都发痛。我赤着脚，在漆黑而冰冷的地板上来回踱步，跳跃，蹲起。

有一天——“砰”的一声，门被打开了。父亲大踏步走了进来，沉默地关上了窗户。“你什么时候变成这样了？”父亲发问。我躺在床上不回答，双手在脑后交叉，维持着卷腹的预备动作。“不能再锻炼了。你再锻炼，我就叫你妈过来了。”父亲迟疑着威胁我。我含糊地应答了一声，父亲说：“你要向我保证。”我从床上爬起来，开灯，坐在桌前摊开练习册，余光挑衅地瞥着父亲，头歪着，好像在说：可以了吧？

这样下去我的成绩越来越差，放弃了数学的倒数第二道题，然后是倒数第三道、倒数第四道……一个朋友说：“你只是马虎，下一次就能考好了。”大家环绕着我，目光充满同情。我反而觉得奇怪，你们干吗这样看着我？只是模拟考而已。

又有人开始看我了。起初，只是有不熟的女孩在走廊里迎面走来时捉住我的两只胳膊，前后摇晃着我说：“你怎么这么瘦？”话里带着一点羡慕和担忧。后来，注视越来越多，让我变得难为情起来。化学老师在讲台上走来走去讲卷子，忽然在她的讲桌前停下了。老太太从老花镜的上方看着我的脸，叫出我的名字，叫我多吃一点，就像在客厅里对着孙女讲话一样。我感到愤怒和丢脸。好不容易瘦下来，为什么全世界又要和我对着干？班里那么多漂亮的纤细姑娘，为什么要把我拎出来羞辱？

我隐约意识到，自己的瘦也许已经超出正常的范围，但是我不承认，并把它视为自己独特的标志。我在体重秤上踩上踩下，近乎骄傲。

母亲带着我重新去买了一些合身的裤子。我终于敢穿牛仔裤了，大腿处也没有恶心地紧绷着，向外凸出来。两条腿再也不会摩擦到彼此，我惊喜地在落地镜面前走来走去。没有人说我腿粗了，再也不会了。

苍白的虚荣填满我的心，十几年未曾尝过的甜头令我眩晕。

有一天我和朋友去打水，朋友忽然说："我觉得你的脖子没什么的，你只是太瘦了。"

我瞪大了眼睛，说："谁说我的脖子怎么了？"

我到洗手池边上的镜子前仔细查看，却什么也没看出来。脖子上有一些骨骼和血管的凸起。端详了一阵，我问："我的脖子很恐怖吗？"

朋友也很惊讶，说："你家长没跟你说吗？班主任担心你得了甲亢。"

果然班主任给家里打电话了。一周后，母亲忽然带着我去做了一次激素检查，结果没告诉我。母亲只是说："再不吃饭，就把你送进专门的机构，会有人强迫你吃饭的。"

"那高考怎么办？"

"不考了。"

吃就吃。我怒气冲冲，投出仇恨的目光。母亲眼都不眨地盯着我，防止我再搞什么小花样。她监视的目光一秒也不离开我——防止我悄悄将食物吐在手里或者用纸包起来。她给我拨出了必须要消灭的分量——两条小黄鱼，一小碟菜，小半碗米饭，还在旁边放了半个花卷，以供选择。

"必须要吃鱼吗？"我问。

"必须吃，你必须吃肉。"

我用筷子夹起一点鱼，放在嘴里。父亲只吃素，自然不吃鱼；母亲在家里也吃得很少。为什么偏偏我必须吃下去呢？我不理解。

一家三口一起吃饭，就像三个苦行僧食斋。昏黄的灯光下，三个人的脸都像木头刻出来的。大家从勺子上方互相打量着，交换着隐忍的目光。

母亲是个瘦削的娇小女人。可能因为瘦，母亲的眼睛显得更大了。我想："我应该也没有比母亲瘦多少。为什么她就是健康的呢？为什么我就要被送进精神病院呢？”

多年以后我迷恋上了美剧《我们这一天》，剧中从小到大一直受超重困扰的女儿对美丽的母亲投去一种艳羡的、嫉妒的，甚至是怨恨的目光。我一眼辨认出了这种熟悉的感情。

“快点吃，”母亲用筷子敲着我的盘子，“鱼都是你的。”

我往嘴里塞米饭，嚼都不嚼一下，两腮像河豚一样鼓起来。

“咽下去了吗？”母亲说，“张嘴，我看看。”

“我已经吃了米饭，可以不吃这个花卷吗？”我问。

其实这是个谎言，因为我感觉不到胃的重量。

父亲帮我说话：“那今天就先这样吧，循序渐进。”母亲同意了。

03

那天晚上，我跑到厕所里，手指伸入喉管，企图引起呕吐。我的身体立刻产生了强烈的反抗——我注定没办法催吐。我只能吐出几口唾沫，透明的，一点点。马桶里的水仍然是干净的。我站起来，往脸上抹了把水，冲了厕所。

我在网上求助，发现在网上聚集着很多像我这样，把矛头对准食物的人。有一个女孩发了自己的自拍照，眼球凸起，两颊深凹，吓了我一跳。难道我也是这样的吗？有的网友分享自己的日常，事无巨细，我不断向下滑，直到看到一条回复：“我是她的朋友，楼主已经去世了，没抢救过来。”几百次更新，事无巨细地分享着日常饮食的帖子就在这里戛然而止了。

我猛地打开母亲房间的门，母亲斜靠在床头看书。

我宣布：“我以后会多吃点东西的。”然后仰起脸，等待表扬。

母亲合上了书放在床头，平淡地说："太好了，那今天早点休息。"

我做了一件自己都无法解释的事情。睡觉前走到了厨房，打开冰箱门，拿出晚餐没吃的那半个花卷。咬了一口，又拿出两条小黄鱼，有一种大义凛然的感觉，好像有什么东西敲了我脑袋一下，暂时忘记了有关节食的一切。

当时已经是深夜。父母卧室的门关着，他们已经入睡。房间里黑漆漆，只有冰箱发出一片橙光。这束光照着我的侧脸，而我在往张大的嘴里送食物。

那是个开端。此后无数个夜晚，我都会把冰箱乱翻一通，吃掉所有能找到的东西。当我回想起那一段时间时，这幅景象已经永远地刻在了我的脑海里，就像一个安宁的符号。我对那种橘黄色的小灯产生了一种感情。当我在深夜打开冰箱时，它永远在等着我，为我照亮所有我需要的食物。我的身体浸泡在黑暗里，没有人看得到。

我抱着这样的幻想：当我醒过来时，一切都会恢复原样。午夜发生的事情总是魔法，南瓜膨胀变成马车，灰姑娘变成公主，被精灵和动物簇拥着走向宫殿。

当我在卧室冥想时，脑子里被一团乱的思绪困扰着；但当我用饭勺刮下电饭煲内胆上的米饭送进嘴里时，却感到从未有过的宁静。

米饭干成锅巴，为了咽下去，我将酱油倒进去搅拌，或者就咸菜，或者挤一些乱七八糟的酱：番茄酱、烧烤酱、蚝油——找到什么就用什么。

父亲从单位拿回来的豆沙包，有婴儿头大小，我一晚上消灭两三个。秘诀是就着牛奶吃下去，就不会噎着，或者觉得太腻。

我总是站着吃。没想过要让自己吃得舒服一些，或者开个灯什么的，一切都在黑暗中进行。我的肚子像小山一样撑起来，宽松的睡衣甚至遮不住。胃在费力工作，我却能很快睡着。

此后的一段时间，我分裂出了两个自我，互相敌对。其中一个努力控制一切，另一个制造混乱。这两个自我同时存在，拉扯出一种怪异的平衡。

于是出现了这种情况：前一天晚上，母亲还企图多让我吃一块肉；第二天早上，她看到厨房杯盘狼藉，冰箱里空空如也。这样的状态一周之内会出现两三次。

从科学角度来说，厌食症和暴食症是同一枚硬币，只不过是正反面罢了。大部分的暴食症患者都曾患过厌食症，或者有过极端的绝食经历，就像把弹簧压到顶点，紧接着一定会有一个激烈的反抗，然后在两个失序的极值点做往复运动。这种疾病叫作进食障碍——英文直译过来是进食失控。自从我在网上寻求帮助，我就知道自己有可能从厌食症转化为暴食症。或者说，也许二者是一体的。

我不知道母亲对我的情况了解多少，她本能地认定这两件事其实都是一码事。她把厨房门上了锁，杜绝了我晚上偷吃的可能。

这把锁一直锁到高考结束，此前，我也用自己的压岁钱去外面买过东西吃。但是只能在白天出去，没有那种迷狂的状态，顶多只是买一袋西红柿，藏起来，像一只囤积过冬的松鼠。

高考结束后那个晚上，爸妈早就睡下。我带着一种期待解放的心情熬到了午夜，踏进无人看管的厨房，打开了冰箱。我把一袋子冰冻的面点拿出来放到房间里，准备慢慢地啃食。困意袭来，我把这一袋豆沙包靠着床头放着，睡着了。第二天依旧早醒，再去摸豆沙包时，还没有完全解冻，枕头因为冷凝的水而湿了一片。我躺着，没有感觉到愧疚。

04

母亲带着我去买衣服，在西单的人群中挤来挤去。我陷在俊男靓女组成的人潮中，我的衣服被各种时尚布料摩挲着，鞋又不知被哪一双脚踩了一下。试了几家衣服之后，我说什么也不肯再和母亲一起逛了。我说：“我要自己挑。”母亲看我一眼，说：“那过一会儿集合。”

她还是怀疑，但是不再为我担心了。母亲走后，我直奔快餐店，点了一大份餐，靠着角落慢慢吃完，还得到一张优惠券。我坐在那里过了一两小时，等母亲来找我，又跟着母亲吃了一顿饭。

那个暑假，我企图学习一些时尚的知识，却总是不了了之。笔记总是停在那一页——为你的身材挑选合体的衣服。最终我没有自己挑选任何新衣服，姥姥和母亲为我买了一些。我把这些衣服带去大学，开学一个月后再也没有穿过。

节食的人总是做饕餮的梦。瘦得仅剩一把骨头的时候，我总是从过量进食的噩梦中惊醒，害怕自己有朝一日控制不住自己的胃口，让自己十年如一日的挨饿成果付诸东流。患上暴食症的这一年半，我就像做了一个长长的狂欢的梦。

我不再学习，不再去社团，变得很胖。我只身往返于超市、食堂、宿舍之间，总是低着头匆匆走路，很怕遇到认识的人。书包里总是鼓鼓的，塞着各种零食。

母亲听说了我的异样，从北京飞来看我。到的那一天，我正在躲在超市后面的空地上大快朵颐，尽管我刚吃完午饭没多久。

我知道我必须要和母亲一同吃晚餐，而我已经很久没有和别人一起吃过饭了，这让我有一些不安。我已经比离家的时候胖了几十斤有余，我害怕母亲无意中说出我最不想听到的话。母亲发微信催促我去她所在的宾馆（与学校不过几十米之隔），但我一直无法动身。

我最终还是去了。母亲开门，正要责怪我为什么来晚了，笑容却一下子凝在了脸上。

她说：“也没有很胖吧。”

最终母亲陪我在厦门的海岸上来回散步，听我抱怨了学不会的专业课、无法处理的人际关系以及习惯不了的气候。我们的谈话最终还是落在了那个话题上——

“你吃饭吃得怎么样？”她小心翼翼地问，“我同事卖代餐饼干，她女儿吃了瘦了几十斤，要不要给你也买点？”

我听到某些词语就会忍不住难过，就像巴甫洛夫的狗。这些词，无一例外都是和减肥有关的。原来我拒绝从狂欢中醒来，只是为了逃避这一件事。这件我曾经为之变得疯魔的事，我竟然又遇到了。

我的舍友把一块巴掌大小的面包切成七片，分作一周的口粮；我的朋友每天晚上在操场跑五公里；我的同学一袋薯片吃一个月，每天规定自己吃一片。她们积极地在体重秤上走上走下，密切地关注最末位小数的波动，并以此作为一天的心情根源。我只能把耳机调到最大声，躲在上铺，用被子盖住头。

现在母亲又立在我面前，邀请我，敦促我。

我说：“你不是说我也没有很胖吗？”

“你不是觉得自己不够好看吗？”母亲反问。

浪花冲着沙滩，我们两个人僵持地站在栈道上。我穿着不合身的滑稽的大码衣服，尽可能地藏住身体的每一寸肌肤。夜跑的人们不断穿过我们之间，脚踏在木材上发出“嗒嗒”的声音。

难道时间又要重新运转一次吗？我拒绝了母亲。

此后一年内，我就像一个发面馒头一样迅速膨胀起来，体重秤上的指针一路飙升。在不断下沉的过程中，我总想抓住某种扶手——但是始终无法唤醒控制的能力。

最终指针停在了150斤的位置，刚好是一年前体重的两倍。尘埃落定了，进食的手也渐渐停下来了。

05

多年以后，丹麦的尖端医学杂志宣布厌食症找到了治疗办法：尽管治疗周期需要五年，但是可以有效解决这个10%死亡率的精神疾病。我却歪打正着，以一种矫枉过正的方式粗暴地解决了战争。

我不知道丹麦的治疗方法是怎样的，国内的解决方法通常只有一个，那就是逼迫。严格地逼迫。我没有住过院，但我认识一些病友，她们告诉我医生的治疗方法——必须吃足够分量的东西，吃不够不让动，再不吃就绑起来，绑起来如果再不吃就鼻饲。那些治疗成功的案例，都是这样逼迫出来的。

“每天十二勺安素（肠内营养粉剂），一片佐洛复盐酸舍曲林。”她说，“安素这种东西就是催肥剂，我妈按着我的头吃，怎么哭都不管用。他们早就铁石心肠了。”

那些治疗不成功的呢？偷偷拔掉输血管的女孩子，因为胃下垂而连续住院三次。第三次她再也没有能出院，她的朋友帮她最后登上了社交软件的账号。“她去世了……”

我握着手机说不出话。当时，我魂不守舍地坐公交车去上课，头靠着颤抖的玻璃窗，不断被撞击。我见过她的照片，漂亮，当然也很瘦，戴着贝雷帽，斯斯文文的。

“我终于又可以用两只手指环住上臂了！”这是她在群里的最后一句话。

我却歪打正着，以一种矫枉过正的方式粗暴地跨过危险。方法就是吃，不停地吃，让自己自动停下来。再也不要对未来有什么期许，打碎每一面自己能看到的镜子。在街上看见反光的玻璃，远远地低下头避开。如果不幸反应慢了，瞥到了，那一天就毁掉了。

我拒不承认这个臃肿的身体，企图忘记，也企图叫别人忘记。我极力避开人群，不和现实生活中的人有过多的交往。我不敢在别人面前吃饭，既怕吓到别人，又怕无法吃得尽兴。

普通的食物和寻常的饭量无法刺激我。排骨也好，青菜也好，都太过寡淡了。它们从我的喉咙上滑过去，消失在胃部的深渊里，就像打在泥土里的雨。

食堂人头攒动，白气氤氲。同学们在这里进进出出，填饱肚子，但这只是我进食的第一站。吃完后，我会去面包房，暴躁地撕破甜面包的外衣。

夜深人静，我想起高中时憧憬过的大学生活。那些生活得金光闪闪的芭比学姐已经成了镜中花、水中月。没想到，自己提前开始努力，过分努力，收获的18岁竟然是这样的形态。我翻来覆去，不敢出声哭泣。

在那段时间里，我一遍遍地找女主角体形异常，或者有进食障碍的影视剧和文学作品。我是在寻找证据，证明我也可以被爱，被家人接受，被朋友认可。我一遍又一遍刷着《我们这一天》，冒出想回家的念头。想向爸妈坦白这一切，想见到之前的曾经被我因为自卑而拒之门外的朋友们。告诉他们：我过得不好，连饭也不会吃了。

治愈的过程是漫长且反复的。现在想来，回家是第一步。父母看到我愿意回来，掩藏不住地高兴，但也不问我原因。在这场漫长的互相折磨中，大家都变了。

母亲知道我会忍不住吃零食的，但她还是买。她说："吃啊，买了就是让你吃的，吃总比不吃好，胖不胖的都不是问题。"

父亲从衣柜里拿出几件肥大的Polo衫，说："这是给你的，我衣服太多了。"等我换上Polo衫，他又说："果然是衣服的问题，你穿上这个一点也不显胖，挺好看的。"

他们扯谎的能力笨拙得可以，被我一眼识破了。那一段时间里，母亲甚至努力让家里的饭菜变得好吃些，因为看到我胃口好，竟然也有了下厨的动力。

我的老朋友们看到我，也约好了一样，一句多余的话也不说。我们几个人在玉渊潭一起划船，有一个朋友想自拍，正把手机举起来，想把我们几个都拍进去，又放下了。

我说："没关系的，你拍吧。"她才又举起来。他们小心翼翼呵护我的样子，像是保护一块玻璃。

我有时候会因为想起那个去世的女孩子而感到难过。她在生命最后的日子里是孤单的吗？她的家人和朋友们是和我的一样善良温柔吗？我是不幸中的万幸，爱的针缝合了我破碎的一切。

慢慢康复的日子里，仍有人主动牵起我的手。刚开始我是狐疑的，恐惧的。怎么会有人喜欢这么不正常的一个女孩呢？怎么会呢？

渐渐地，朋友们都知道了我的毛病。吃吧，吃吧，你开心就好。被聚光灯照着，被温暖包围着，我抓取食物的贪婪的手垂了下来。

我饱了。我开始感觉到饱了。我不再需要它们，那些封在塑料袋里的"旧情人"，身披糖衣的、洒满椒盐的"旧情人"。

时间继续流逝着，膨胀的气球慢慢泄气了。我重新穿上了合体的衣服，又开始照起了镜子。曾经历过那样难熬的苦痛，现在想起来都变得不咸不淡。这些记忆已经被封进了罐子里，很少再被打开。

而那些金光闪闪的芭比，近几年在互联网上爆炸式生长、繁殖，就像批量生产的假人。我再看到她们，没有一点钦佩和羡慕，只感受到恐怖。

我才发现自己的衣服全都湿透了，手心也全是汗，银行的密码都输错了三次。这是我第一次强烈地意识到这个病来势汹汹，没有任何道理可言。

05

第五个故事

909 号病房的虎尾兰

徐雅媛

我才发现自己的衣服全都湿透了，手心也全是汗，银行的密码都输错了三次。这是我第一次强烈地意识到这个病来势汹汹，没有任何道理可言。

01

2015年9月的某个中午，天气沉闷燥热。我接到姐姐的电话："妈妈生病了，医生怀疑是白血病。"顿时，我感觉天塌了，话未出口，就哭了出来。

我家只有两姐妹，姐姐在江西老家，我在上海工作。爸爸去世得早，妈妈退休后经常往返于江西和上海两地。妈妈平常没什么大毛病，只是看上去有些气血不足，我和姐姐第一反应都是不相信医院的诊断，暗自奢望着也许是个误诊。

于是，我们决定让妈妈来上海重新做检查。姐姐订了从江西到上海的最早一班的火车票，我也早早地在火车站内等待。见到妈妈的一瞬间，我差点要认不出来她。距上次分别不过3个月，妈妈憔悴的速度远远超出了我的想象。她脸色苍白，看上去瘦弱无力，整个人像一下老了10岁。我的心一阵阵地痛，却强忍住泪水，笑着走上前去抱住了妈妈。

第二天，我带着妈妈去挂了瑞金医院的专家号，医生看着江西医院的报告单说："情况不容乐观，但如果要确诊，需要重新约时间做检查包括穿刺。"等待检查结果的那几天里，妈妈的精神不太好，每天窝在床上不愿动。我只好想方设法地给她做各种好吃的，妈妈都说没啥胃口。

没想到还没等到穿刺的结果，意外就先找上了门。那天晚上，我正睡得迷迷糊糊，仿佛听到妈妈在喊我。我连忙跑到客房，打开灯一看，吓了一大跳。只见妈妈的手上、脸上，还有身前的被子上都是血。妈妈有气无力地说："我鼻子出血了，用纸巾怎么也止不住血。"

妈妈无助得像个孩子，我的心跳得厉害，却假装镇定地安慰她："没事，没事，我马上带你去医院。”我一边喊丈夫去开车，一边帮妈妈套好外套，然后抓起钱包和钥匙就往附近的三甲医院冲去。

晚上的医院依然是人头攒动，我把病历卡给护士，急切地说：“护士小姐，我妈情况严重，您看能不能开通绿色通道？”护士看到妈妈满嘴都是血，立刻启用了绿色通道，直接把我们带到了急诊医生的房间。急诊医生检查后，连忙做了急救措施，然后告诉我说：“这个病很危险，急诊科不具备条件，需要住院治疗，不过我们住院部目前没有床位。今晚我先在走廊给你们加张床，你先去交费，等天亮后看看有没有空床位。”

缴费的时候，我才发现自己的衣服全都湿透了，手心也全是汗，银行的密码都输错了三次。这是我第一次强烈地意识到这个病来势汹汹，没有任何道理可言。

一切安排妥当后，我让丈夫先回去照顾女儿，我一个人在医院守着。医院的过道里狭小逼仄，充斥药水味、咳嗽声、尿臊味。妈妈虚弱地躺着，她一直很怕吵，此刻更觉头痛欲裂，不时皱着眉，无法入睡。我轻轻揉着妈妈的手，安慰道：“妈，你再坚持一下，等天亮了有床位，我们就搬进去。”

药水一滴一滴顺着管子慢慢滴落，妈妈的呼吸逐渐平稳，我稍稍松了口气。过道里连个站的地方都没有，我靠在墙边，困得不行却不敢闭眼，好不容易熬到天亮，终于接到护士的通知，九楼血液科有病床空出来了。我赶紧收拾东西，推着妈妈住进了909号病房。

02

909号病房有四张床，床和床之间用帘子隔着，窗朝南，窗台上有一盆虎尾兰，叶子深浅交错，看着有些蔫，却依然顽强地向阳生长。我们进去后，大家很快就熟悉了起来。

1号床的小星妈朴实热情，2号床的王姐外冷内热，3号床的小林夫妇甚是恩爱。

折腾了一夜，我的腿都麻了，终于能坐下来捏一捏酸痛的腿。小星妈说："妹子，你要准备个折叠床，晚上躺一躺，白天才有精神，我们做家属的一定要先照顾好自己。"

小星妈还热心地带我去打热水。她们母女是从安徽来上海看病的，13岁的小星去年查出了白血病。小星长得白净清秀，一双眼睛清澈透亮，忽闪忽闪的，一看就是个乖巧懂事的孩子。即使输液的时候，小星也是靠在床上看语文书。

小星妈说："当时我真的恨不得得病的人是我。这孩子从小就不用我操心，学习也努力。去年进了重点初中，我们都替她开心。没想到却得了这个劳神的病。她真的太懂事了，打针从不喊疼，不管我做什么菜，她都说好吃。你不知道她真的很喜欢读书，上学期她住院耽误了一些课，可期末考试也还是考了班里的前五名。"

小星妈头发蓬乱，眼角的皱纹多得不像这个年龄的女人。当问起小星爸时，小星妈愤愤不平地说："这男人真不是个东西，当初我生小星时他就嫌弃小星是个女儿，非要让我再生个儿子。我没同意，他就去外面找女人给他生，我一气之下和他离了婚。小星归我，他倒好，每月抚养费也不按时给。现在小星得了这个病，他就打过一次电话，钱一分也不肯出。医生建议做骨髓移植，我想让他来做个骨髓配对，他到现在也不肯露面。"

我心中也是唏嘘不已，13岁，多么美妙的年龄。

医院的节奏单调又紧迫，每天查房，化验，吃药，挂水。

妈妈一天需要挂六袋水，她的生活完全慢下来，每天躺在床上数着什么时候吊完一袋药水。医生说病人不适合多动，上厕所也有风险，让我们买纸尿裤给妈妈穿上。妈妈一生爱干净，赌气不肯穿，坚持要自己下床。护士小姐说：“你如果想早点出院，那就听我们的；你如果想多在医院陪我们聊聊天，那你就不要穿。”妈妈想了想，最后还是乖乖地穿上了。

住院的第三天，妈妈鼻子里的血还是没能止住。喝水时，妈妈呛着了，血一口喷到了杯子里，瞬间，杯子变得一片猩红，让人触目惊心。我连忙去问医生有什么办法能快速止血，医生指着验血报告说：“病人血小板指数太低了，只有1×10^9/L，所以根本止不住血。”

“那可怎么办啊？”我急了。

“我们每天开的药里都有止血的成分，但见效也没这么快。目前最有效的方法，就是给病人输血。但是，目前上海市所有血库的血都很紧张，血库中心只给生命垂危的人输血，我们医院也调配不过来。像你妈妈这个情况如果要早点输上血，只有找到家属朋友为病人到指定的地方献血，凭献血证才可以拿到同样配额的血。”

我听完赶紧联系丈夫，让他想想办法。

这样折腾了两天，妈妈终于输上了血。看到新鲜的血液一滴一滴进入妈妈的身体里，我长舒了一口气。

医生还建议妈妈每天补充两瓶人血白蛋白以增加抵抗力，一瓶五百元，不在医保范围内。短短七天，我已经预付了五万元，每天去打清单，清单上都是一长串看也看不懂的药品流水，看得我胆战心惊。

妈妈刚恢复了两天，没想到好景不长，她突然高烧，烧到41℃，嘴唇都烧脱皮了，整个人迷迷糊糊的。医生说肺部也有感染，各种进口退烧药都用上去了，热度反反复复退不下去。

那几天，妈妈像个鼓风机，呼噜呼噜地吹着。我根本不敢合眼，整晚守在她身边，不时用纱布蘸水给帮她滋润嘴唇，冷敷的毛巾干了又换一条。折腾了三天，妈妈终于退了烧。

这样一趟下来，妈妈也瘦了一大圈，精神更差了。

那段日子，当我喘不过气的时候，就会无意识地走到窗边，轻轻地抚摸虎尾兰的叶子。那盆虎尾兰的叶子柔软厚实，油绿坚挺，我甚至有些羡慕它。

03

这盆虎尾兰是3号床的小林央求医生允许他为妻子种的，林太太喜欢花，可是医院不能放，他只好买了虎尾兰，想给病房增添一些绿色和生气。

小林夫妇常给我一种“有情饮水饱”的感觉。小林长得普普通通，却是我见过的脾气最好的男人，不管妻子怎么发脾气，他都是微笑答应。他还会给想着法子给妻子讲笑话，逗她开心。小林喂药的时候很细心，总会贴心地说“小心烫”。他还会用手帕把从外面摘回来的桂花包好，让妻子闻一闻花香。

可惜贫贱夫妻百事哀，我在走廊听到过护士催促过几次小林交医药费。小林用近乎哀求的声音说道：“护士小姐，药千万不能停，我再想想办法。”护士也很无奈：“我们也没办法，这是医院的规定，你要是凑不出药费，只能按规定停药。”

护士走后，可以远远地看到小林到走廊尽头打电话，应该是借钱。哪怕是远远地看，我也知道这个男人在电话这头非常卑微地找对方帮忙，但都一个接着一个被挂断拒绝。

此时的我也正处于崩溃阶段，穿刺结果出来了。没有奇迹，妈妈确诊为急性骨髓性白血病晚期，寿命在6—12个月。医生说可以化疗，也可保守治疗。化疗有可能会延长病人1—2年的寿命，但也要看病人的身体状况。化疗的费用比较高，一期大概需要12万元，很多是进口药，不能报销。平均一个月需要做一期化疗。如果化疗的话，基本上这两年就是待在医院了。保守治疗就是继续吃抗癌药，病情发作的时候再住院，这样也能维持6—12个月的生命。

我万万没想到妈妈的病情比我预计中的更严重，而巨额的医药费也让我一时不知所措。

由于妈妈的医保不在上海，所有医药费都需要先垫付后报销。我在上海没什么亲戚，什么事情都只能靠自己，我感到一股巨大的压力压得我透不过气来。

初秋的上海阳光很好，但我却觉得浑身发冷。小林抬头看到我时，我们俩相视后一阵苦笑。

他感慨地说："谁家轮到这事不得扒几层皮啊？我工资本来就不高，这一期化疗就要十几万，前几期还能靠积蓄，现在已经第六期了。这两年亲戚朋友都借个了遍，人家也不愿意借了，我也能理解，毕竟我也不知道什么时候能还上。"

"那你准备怎么办？"

"无论如何，我是一定要治好她的。她在我一无所有的时候嫁给了我，给我生了一对双胞胎女儿。她那么贤惠善良的人，一心一意地对我，我不能不救她。我们现在剩下的就是一套房子，我已经在联系买房的人了。只是我们那房子也不值钱，最多也就值三十几万。"

"房子卖了，孩子以后住到哪里去？"

这个问题，小林应该也想过无数遍，最后只说："走一步算一步吧。"

我不知道他还能撑多久，看着他窘迫的样子，某一瞬间，像是看到了以后的自己。

医生告知我们后续的治疗方案后，我和姐姐商量到底怎么办。姐姐说："病是肯定要治。至于是化疗还是保守治疗，要看妈妈自己的意愿和身体的状况。钱的问题我们一起想办法，我们先把老家那套空的房子卖了，应该也能卖个十几万。"

于是，我们一边筹钱，一边给妈妈治病。在医院的那些天，公司也不断有电话来催我回去上班。虽然我和公司商量，带了一部分工作在家做，但有些事情还是需要去现场处理。妈妈这里根本离不开人，我本来想从老家请个熟悉的人来帮忙，可一时之间也找不到合适的。在公司的再三催促下，我只好请护工来帮忙，一天三百元。

可是，妈妈总是对护工挑三拣四，三天时间，我们换了三个护工，我真是头痛欲裂。原来那个通情达理的妈妈不见了，她变得敏感、脆弱、易怒。做的菜不是嫌太淡就是说太咸，喝的水冷了也不行，热了也不行。护工也说：“老太太很挑剔，真难侍候。”我实在也有些烦了。

后来，还是王姐一语惊醒梦中人。她说：“妹子，我是过来人，人生病了，性格都会发生变化。我理解你妈妈的心情，其实她是觉得没有自己人在身边心中不踏实，再加上又心疼钱，故意赶人家走的。”

妈妈哭着说：“我是真不想治了，每天这么多医药费，我们家又没有印钞机。我真是恨死我自己了，得这种鬼病，拖累了你们。”

我听到后，也哭着说：“妈，谁也不想得病，有病我们就好好治。以前是你照顾我，现在换我来照顾你。你要是再气走一个护工，我就向公司辞职不上班了，天天陪着你。”

辞职可以陪着妈妈治病，但辞职后就没有钱给妈妈治病了。我深知这一点。最后，我还是每天在公司和医院间奔波，短短十几天，我瘦了十斤，也和小星妈一样头发乱糟糟的。

04

如果说909号病房的每个人都有一个故事，王姐的经历就是最跌宕起伏的。

王姐的美带着种霸气，明艳大气。她从小做事就很有主见，敢想敢拼。读书时就是她追的她老公，一毕业后就结了婚。孩子出生后，王姐自己创业，做母婴产品的线上销售，她自己找厂家，正好赶上第一批做直播带货，35岁已经成为行业的佼佼者。38岁时，她发现老公出轨。眼里容不下沙子的王姐，毅然选择了离婚。为了争取儿子的抚养权，王姐给了老公几百万。没想到的是，39岁时，王姐确诊了白血病，而此时她的公司又遇上了危机。那段时间，王姐心力交瘁，她经常自己来住院，做完治疗就接着回公司处理业务。

最让王姐头痛的是，这些年儿子被惯坏了，养成了不少坏习惯。15岁的孩子，看上去人高马大，却什么也不会干，生活无法自理，学习成绩一塌糊涂。王姐说："我最怕的是我走了以后，他无法在这个社会生存下去。"虽然王姐现在开始对儿子严厉管教，但这也让儿子变得更加叛逆。

即使王姐住院，儿子也不愿意来看她。这已经是王姐住院的第三年，病情并没有明显的好转，她早已接受现状，正在整理手上的事情，慢慢和世界告别。

王姐非常坚强，所有化疗的流程她都很熟悉。

她说："我现在自己还能动，根本不需要人照顾，等到我真的连床也爬不起来时，我也就不治了。我既不去ICU，更不插管，我要一个人安静地离开。"

我亲眼见过王姐化疗的过程，非常痛苦。她不时呕吐，吐得整个胃都空了，黄胆水也出来了，却还是忍不住干呕。有好几次，我都感觉她要虚脱地倒下，但她又再次撑住胃继续吐，直到浑身没一点力气，脸色苍白如纸，躺在床上喘着气。

妈妈吓得不忍直视，握着我的手说："你答应我，我一定不要化疗，我肯定受不了这个痛苦。"

05

到了约定的最后时间，小星爸依然没有来医院做骨髓配对，电话也不接了。

也是在这段时间，小星迎来了她14岁的生日。

化疗前一天的晚上，小星妈出去了一趟，回来时头上戴了顶帽子。她笑着摘下帽子，露出光溜溜的脑袋对小星说：“你看我是不是很酷？”那天晚上，我去楼下买了生日蛋糕送给小星。在这个充满药水味的病房里，来一点芬芳的芝士，我们的心情都舒畅许多。

小星尝了一口，兴奋地说：“阿姨，我从没吃过这么好吃的蛋糕，谢谢你。”

小星妈在一旁有些不好意思地说：“妹子，不瞒你说，孩子几次说想吃，我都没舍得买。住了医院才知道什么叫一分钱难死英雄汉。”

我搂了搂小星妈的肩膀，心底却在默默流泪。

妈妈的胃口依然不太好，浅尝几口蛋糕就放下了。王姐这几天的胃口已经逐渐恢复，她对我妈妈说：“阿姨，生病的人最重要的就是要保持好心情，有些人不是病死的，而是被吓死的。生死由命，富贵在天，像我们这样的病人多活一天都是赚到的。开心也是一天，担心也是一天，那不如开开心心过。能吃的时候就要大口吃，这样才有力气抵抗下一次的病痛。”

其实在王姐的影响下，妈妈开始渐渐接受了自己的病情，心情也逐渐平稳下来。妈妈说：“其实我这辈子也挺满足的，有两个孝顺的女儿，想去玩的地方也去过了。现在多活一年少活一年，对我来说并不是太重要，我只想活着的日子能少一点痛苦。我不想躺在医院闻着药水味过两年，况且化疗我也是真的吃不消。我宁愿选择保守治疗。”

说完之后，病房里一阵沉默。我心里更清楚，这是妈妈做出的最终的决定。

最后，我和姐姐决定尊重妈妈的选择。

那段时间，我们带她去了她想去的地方，也陆陆续续进出了十几次医院，在医院陪床已经成为我们的生活常态。每一次住院我都在心底祈祷着能有奇迹发生，却也做着最坏的打算。

后来，我还在医院遇到过小星妈，小星的化疗结果还算理想，她正在一边治疗一边努力考高中。小星妈说，王姐也挺好，只是小林太太却没有撑过第六期化疗，小林终于不用再担心钱的问题。小林两口子“离开”病房后，倒是把窗台的虎尾兰留下了。

那盆虎尾兰还在努力生长着。

奇迹并没有发生，妈妈最后比医生预计的时间多活了一年多，她在走之前安排好了身后之事。她告诉我和姐姐，要坚强。她说她再也不用受人间的苦了，只是我再也没有妈妈了。

我第二次上门拜访时，老两口的退休金已经发放两天了，客厅里居然同时坐着三家保健品的推销员，都在争取老两口的青睐。

06

第六个故事

和我一起骗老年人买保健品的老张

大熊

我第二次上门拜访时，老两口的退休金已经发放两天了，客厅里居然同时坐着三家保健品的推销员，都在争取老两口的青睐。

01

我提了箱牛奶，去看望老张。他在床上躺着，病恹恹的，几乎耗尽了活人的精气神，只是将空洞的双眼转向我："你来了。"

房东不希望自己的房子睡过死人，早早下了驱逐令。老张也想回老家，等他咽了气，不会难为阿姨去运尸——除了昂贵的殡仪车，没有车愿意装死人。之所以拖到现在还没走，是和我有关。准确地说，和我们合作的最后一次交易有关。

"买了吗？"他见我来了急忙问。

"买了，"我走到床边，握住他的手，"买了3年的，加了瓶蓝莓素，入账1.5万，提成3000多元。"

我知道他熬不到我下个月发工资，就先从自己的积蓄里拿了3000元，交给他。

"这是您应得的。"

"给你阿姨。"他交代。于是，我又去找阿姨。阿姨在收拾行李，我起身时，她去院里喊玩耍的孙女，我站在门口，看她向我招手，就走了过去。

"钱拿到手了，就剩回家了，可他吃不下饭，水也喝不下，我怕他到家就……"她擦了擦红肿的眼，"你们那个保健品，不是能调理身体吗？这次他找的人就是胃溃疡，人家能吃，老张也能吃。你卖给我些吧。"

老张在屋里听不到，假如他听得到，一定不会同意。我向阿姨摊牌："保健品没那么神奇，叔叔希望你能把钱用到刀刃上。"

所谓"刀刃"，就是眼前还没上幼儿园的小孙女。

我待了不到半小时，走时像往常一样，说了再见。下午，他们坐上回老家中阳县的小车。仅仅三天后，阿姨给我打来电话，老张走了。

老张，是我第一个去世的顾客。

02

2012年，保健品市场还很乱，对离石这样比较封闭落后的地方来说，更乱。

那年，高中毕业的我放弃上大学，找到了一份助老养生的工作。入职时，公司在市中心步行街的地下室里讲养生课，发些砭石小珠子吸引老年人，我只需要负责维持秩序，登记老人的姓名和联系电话。

课程结束后，公司的专卖店搬到另一条街的地下室，地下室里面放了两张磁疗床，一排足疗器，一排足浴桶，我的工作变成销售员，联系名册上的老人来体验磁疗，老人们成了我的目标客户。

公司的主打产品是羊胎盘胶囊，胶囊被装在精美的铁皮盒子里，一盒499元，能吃一个月，半年6盒2699元，一年12盒4999元，据说坚持服用能调节免疫力，延缓衰老。

销售成功就会有提成。我想赚钱，可我生性内向，不擅长与人交流，业绩垫底，工资拿底薪。如果我再没办法售出产品，就只能被淘汰。

那时，老张边泡脚边给人讲命理，我搬了凳子坐在他面前，和他聊天，其实是想推销产品，但我没说几句，他就打断了我。“你这样推销，别人不会买的。”他眼睛亮汪汪的，和善地看着我，“不过，哪怕你们主管来游说，我也不会买，我年轻时是赤脚医生，不信这个。”

你瞧这人矛盾不矛盾，嘴里说着不信，脚却踩在足疗器上。

但我又不敢和别人去推销，只能缠着他，天南海北地聊，送他离开时，他悄悄地提出一个想法："我帮你找顾客，咱俩一块卖货，你的提成分我一半。"

我想都没想就答应了。

第二天，他就带来了顾客。顾客信任他，根本不需要我多嘴，就爽快下单了。从此我把他当作贵宾，我俩之间可以直接大胆地提钱，不需要虚假的关心和奉承。

老张常年在人民医院外做算卦先生，两把小凳子之间铺一张旧旧的命理图，上面摆一些旧书和算卦的器物。他的竞争对手有七八个，人们在七八个算卦人之间走来走去，遛两圈之后，一半留在他的摊位上。大概是因为老张长得道骨仙风，像个高人。后来他不知道从哪儿搞来一身道袍，就更像那么回事了。

因为卦摊就在医院外，顾客不少都是病人或病人家属，问的是病能不能好，这时，赤脚医生的望闻问切基本功就能发挥作用。而且老张尤其擅长手诊，根据病人手上各个部位的异常，来判断病人哪个身体零件出现问题。他只需要用"命"来包装传统的医学知识，顾客就会把他夸得神乎其神，在得到"活神仙""大师"之类的褒奖之词后不久，他便会推荐羊胎盘胶囊。有的顾客就此打住，有的就会颇有兴致，和他约好时间，一起去专卖店找我。

我的业绩就此起死回生，有他壮胆和引导，我的嘴皮子也像开了光，我们把产品夸得天花乱坠，他"挖井"，我"推人"，我们之间越发默契。唯一的分歧大概是，私下里，我对保健品的效果仍然深信不疑，我给爸妈也买了些产品，老张却嗤之以鼻，劝我不要在这上面瞎花钱。

几个月后，我作为优秀员工，被送到陕西工厂参观。虽然工厂做足了准备，但简单的制作工艺还是让我大吃一惊，羊胎盘胶囊，仅仅是将羊胎盘清洗烘干粉碎后装入胶囊那般简单，而且胶囊拆开后，可以看到粉末不足胶囊空间的一半。

回到离石，我就把情况告诉了老张。

“这不骗人吗！”我气得恨不得立刻辞职。老张笑笑：“这社会上哪个不骗人？骗得高明的，不仅赚了钱，还人人抬举。”

说实话，我不会跟钱过不去，心里虽然别扭，但还是打消了辞职做好人的念头，直到老张介绍的一位顾客找到了我。

这位顾客叫薛改莲，她60多岁，长得又黑又瘦又小，动作迟缓，说话小声，好像我大叫一声就能把她吓晕一样。在老张的游说下，她的购买意愿非常强烈，坚信只要吃了羊胎盘胶囊，就能治好自己一身的毛病。只是，她没钱。

老张掐准了她的性格，催我亲自上门拜访，人穷脸皮薄，薛改莲会觉得欠我人情，想方设法凑钱。

城郊村七拐八扭的巷道里，空旷的院子，六孔窑洞，薛改莲住最末的一孔小窑洞，其他五孔是大儿子的财产。薛改莲早早就在路边迎接我，还做了西红柿鸡蛋面招待我。窑洞的寒酸不必多说，她炕头一些挂在空中的奇怪布条吸引了我的注意。

薛改莲解释，她颈椎疼，这些布条是她仿照药店在售的理疗器做的。说着，她钻进头去，亲自给我演示“吊脖子”。这套粗制滥造的理疗器，让我很震撼，我有点不确定是不是要诱导她去买同样粗制滥造的胎盘胶囊。

这次拜访，确实增加了她的心理压力，她没钱，必须得和儿女借，但儿女经济也拮据，她不好开口。我再三考虑，觉得她不该把自己根本掏不出的几千元用来买“神药”，终于下定决心，劝她放弃购买保健品，拿钱去看医生，买正规器械。临走前，我还教了她一套简单的缓解头晕的保健操。

但老张时不时地会打电话“追踪客户”，薛改莲并没被我说服，她偷偷向两儿一女借了钱。儿媳知道后，每天都会站在她门前破口大骂，她只能蜷缩着。

终于有一天，薛改莲很高兴地到专卖店来提货，原来她早晨去超市抢特价鸡蛋时，被蜂拥的人流推倒受伤。超市赔了她五百元，让她去医院，可她只知道自己买保健品的钱凑齐了。但我看着她青肿起来的右脸颊，莫名恼火，恨铁不成钢地把她拉到店外，告诉她真相："保健品不是药，只是食品，它治不了你的病。"

薛改莲到店后不久，老张就急匆匆地赶到了。听说到嘴的鸭子飞了，他动用自己的三寸不烂之舌，再次让薛改莲相信：食品也能治病。

就这样，薛改莲提了半年的羊胎盘胶囊，高兴地回家了。

"你差点黄了这笔单子！"老张很生气，"我费多少口舌才能给你带来这样一个顾客，你就这样不珍惜！"

"她没钱……"

"我也没钱！"老张情绪激动，"我患癌，晚期了！除了止痛片，我什么药都没吃！我为什么要帮你卖货？因为我需要钱！我家里还有个没上学的小孙女，我老伴比我还大3岁，我是要死的人，我得给他们攒钱活下去！"

老张患的是胃癌，在2012年的小城市，癌就是绝症。在老张的认知里，癌更是无药可治。既然无药可治，就不需要浪费钱去治，所以老张在癌症找上门的那一瞬，就举手投降了，同时雄心勃勃地计划赚钱。

我在拜访老张家时，见过他的小孙女，娃长得不好看，有点笨笨的，总是对人傻笑。她爸妈离婚后就离开了这座城市，老张从襁褓中接过她，一直抚养到4岁。笨笨的小孙女在看到老张时像只小鸟飞过去，老张总会抱着她，亲了又亲。

小孙女是他赚钱的动力，我是他赚钱的合伙人。合伙人离心，是他万不能接受的事情，而他没有多余的时间再去寻找新的合伙人了。老张说，人活这么大岁数了，该懂的都懂，老人们必须得相信些什么，才能熬过剩余的日子。老张相信，他去世之后，老伴和小孙女有他赚来的钱，不会太辛苦。

“你都出来工作了，应该成熟起来，这社会只有一条规则：钱！”

话是这么说，我想这件事过后，我再没办法用从前的眼光来看坐在公司专卖店里的老人了，他们不是可被榨取的提成，而是衰老却鲜活的生命。隐隐地，我察觉到自己开始躲避上班，躲避老张，他那双亮汪汪的眼睛，有年轻的我承受不住的贪婪和冷漠，可只要在繁华的步行街上逛一圈，我依然会老老实实地回到专卖店。

实际上，那个年头的保健品行业，算得上是暴利行当，锅里有肉，销售员脸上就不会有菜色。店里的金牌销售更是直言不讳：“老年人的钱是最好赚的，他打开钱包，就等你伸手去掏。你不掏，别人就会掏。”

确实，对很多老年人来说，一旦进了保健品的坑，就是一场只赔不赚的豪赌，丝毫没有理性可言。

03

我在做保健品销售员的两年里，和两千多位老人聊过天，登门拜访过老人就有三四百个，他们来自各行各业，受教育程度和人生阅历不尽相同，但几乎人人都买过至少两种保健品。

一天，老张给我打电话，让我拿上产品和说明书，到医院附近的食品加工厂家属院，他在这里遇到了故人，是从前他做赤脚医生时医治好的患者。据他说，这位爷爷68岁了，他的老伴也到了66岁高龄，两人年轻时都在学校教书，桃李满天下，现在儿女均在外地，忙到只有逢年过节才回来。

“他们对保健品的了解，比你我都多，你叫他们看看说明书，他们相得中，就会买，相不中，咱们再想办法。”老张说着，带我来到一座向阳的独院，院里种着好些花草。出门迎接的爷爷特别激动，张嘴叫老张“恩人”，又对我很不好意思地说：“屋里有几个你的同行，都是突然登门造访，希望你不会介意。”

我上门前已经听说过老两口吃了很多保健品，但开门一瞬间还是惊呆了，保健品的盒子从玄关堆到客厅，床底、柜顶、沙发上都是花花绿绿的包装盒子，单说针对骨头这项的，既有补钙的液体钙、固体钙，又有补软骨的维生素胶囊、牦牛软骨素胶囊、氨糖软骨素胶囊、蛋壳膜软骨素胶囊等，还有烤膝灯、按摩仪、磁疗护膝大小器械……随便拎起一件，都是大几百甚至上千元，还有一张带按摩功能的磁疗床售价超过3万元。

诚然，老两口退休金高，子女也会经常打钱孝敬他们，但他俩向我坦诚，两人银行卡剩余的钱加在一起，还不到200元。

他们看过羊胎盘胶囊的说明书后，就将之放到一边，告诉我得等下月发退休金。显然，他们没看上。

老张失落了片刻，尽管他勉强隐藏，但总会留下蛛丝马迹。从前的深厚交情，如果在苦难面前无法转化成实际帮助，眨眼之间，便只剩淡如水的寒暄客套。当然，老张不会做得很明显，他并不打算放弃他们，理由是他们有钱，既然他们相不中产品，便只能靠人情来突破。

我第二次上门拜访时，老两口的退休金已经发放两天了，客厅里居然同时坐着三家保健品的推销员，都在争取老两口的青睐。

我才短暂地站了不到20分钟，竟又有一家保健品的推销员上门。

这期间奶奶呕吐了一次，所有推销员都在抢着伺候她，以至于爷爷压根插不上手。奶奶的呕吐物只有胶囊，消化的，没消化的，我估计有十几颗。爷爷说，保健品太多了，吃不完太可惜，所以两人都加大剂量，一顿要吃二十几颗，其中不乏因为太贵舍不得扔的过期保健品。吃完这些乱七八糟的小颗粒后，肚子就饱了，而且觉得喉咙那儿总不舒服。奶奶最近总感觉烧心，时不时地就会呕吐。再加上日常要吃的药品，两人一天要吃掉近两百颗胶囊，冲剂另说。

我当真觉得这是谋财害命，那一刻，我感觉我们是一群秃鹫，觊觎着脆弱的猎物，毫无人性可言。

之后我去老张的卦摊，准备向他摊牌，让他另寻高明。他正缩作一团，浑身直哆嗦，脸上一点血色都没有。

“帮我去打点热水。”他拿出他的旧水杯，有些发臭，像是装了他正在腐烂的内脏。我去药店接了水，他从包里拿出一整袋止痛片，一个个地快速剥出，攥了一把，吞下肚。

我被吓出一身冷汗，生怕他随时会栽倒，一命呜呼。等疼痛过后，他抬起脸，露出亮汪汪的双眼，朝我轻轻一笑：“吓到你了吧？他们买了没？”

我们的对话通常就是这样，没有多余的情感，也不需要过渡，他满脑子想的都是钱。

“你不赚的钱，其他人会去赚。”他叹声气，“慈不掌兵。你想赚钱，就要心硬。”

“人活着，哪需要那么多东西。但你是推销的，你就得让他们需要，让他们买。”他早就看出了我性格中的多愁善感，而赚钱本身就是一场残酷的竞技，黛玉注定魂葬花下。

后来我又去拜访了老两口，帮助老两口清点了他们所有的保健品、距离过期的时间、用量等，交代他们过期的食品绝对不能食用，否则可能引发食物中毒。做完了这一切，我平静地展开了羊胎盘胶囊的说明书，告诉他们：我觉得，他们需要这样的产品。

大约一个月后，他们购买了一年量的产品，可我心里却丝毫高兴不起来。更惨烈的打击是，我想躲避的老张终于脱离了我，他的能力终于被店长赏识，承诺只要销售，就给他正式员工的提成。

其实，在我第一次和他谈话的那天，他刚和店长说了自己的想法：做一个兼职销售员，拿和我一样的提成。他的面试相当漂亮，列举了自己做销售的各项优势，条条都让店长心动。但彼时店长刚经历另一个老年销售者的背叛，因此拒绝了他。老张一筹莫展之际，我就成了他的“退而求其次”。

可老张毕竟是我的顾客，店长要从我手里拿走他，得给我一个交代。交代就是：最近老张带来的单子越来越少，因为他同时联络了别的保健品专卖店，成了人家的兼职销售员。为了把他抢回来，他作为兼职销售员拿到了全职员工的底薪。

我和老张开始各过各的，可他的日子并没有红火多久，他带到店里的顾客越来越少，以至于店长怨声连连。终于有一天，店长取消了老张的底薪。老张，被迫重新联系了我。

04

原来老张业绩下滑的原因不在于雄心减退，而是身体支撑不住了。老张的癌恶化速度很快，几天不见，人就会瘦一圈。我与他相识在初春，秋末时，他已形销骨立，两眼也失去了光亮。我再路过医院，很少能看到他的身影，显然，他已经没力气算卦，更不可能帮我跑客户了。

而我，模仿他的说辞，模仿他的心硬，也能独当一面，拿下订单。我似乎不需要他了，恰逢那段时间我谈恋爱，每天有限的时间、精力都是去想甜蜜的事，老张被我抛诸脑后。

后来我回忆，我并非无意识地忘记了他，而是刻意去躲避他，他是我明亮生活里的一道暗痕，他出现，就意味着“必须拿下这笔订单”的压力随即压顶。或者更残酷地说，我已经被他影响了，我不再同情他，亦如我不再同情那些老人，我只在乎钱，和所有能让我生机勃勃的事物。我的眼神像他那样亮汪汪，让老人们乖乖掏钱。

因此老张再联系上我时，我一百个不愿意，直到我登门拜访他，阿姨给我讲了个故事。

老张的病已经到最后的阶段了，他以前吃的那些廉价止痛药完全失去了效用。阿姨和他天天吵架，最终把他逼去了医院，找医生，开了药效最生猛的止痛药。

排队就医的人中，老张的目标出现了。罗玉有胃溃疡的毛病，病急乱投医，老张最后拼了一把，忍着病痛向她推销羊胎盘胶囊。他当时的样子一定很可怜，以至于罗玉一眼就看穿了他。罗玉直白地表示，她不在乎老张能在这笔买卖中赚多少钱，她只想要能真正调理好她身体的好东西。她留了电话，老张把电话又发给我。

“这个单子是老张的一块心病，他想拿最后一次提成。”阿姨告诉我。老张躺在床上，两眼直勾勾地看着天花板，有气无力地叫我要心硬，心硬才能成大事。

心硬，我就会拒绝帮他。罗玉是城郊村某村首富的正室，首富又有涉黑背景，在我们当地算是有名气的不好惹。我一个毛头青年，哪敢登门拜访?

正是心软，我才答应帮忙。

我一次次打电话邀罗玉来专卖店。这段时间，老张彻底病倒了，起先还能勉强下地走走，做些家务，后来就只能整天躺在床上，疼到睡不着觉，吃不下药。

“我时间不多了……”他越来越急地催我，“你再让她买一些，钱对她不是个事，她又容易冲动，只要把她约到店里，这事就差不多成了。”

我几乎是被老张威胁着，战战兢兢地来到首富家中，递上了活动邀请函。所谓邀请函，是我找广告公司的朋友做的，看着很是高大上。我没告诉她，这张邀请函只有一张。

专卖店经常举办低价活动，罗玉应邀而至，地下室的专卖店显然和高大上的邀请函格格不入。罗玉感觉受骗，转头就要走。我发动店长，协助我说服她。店长原先做过讲师，又有多年的销售经验，这次也是发挥出了十二分功力，极力挑动罗玉那根冲动的神经。罗玉确实不差钱，活动还没结束，就一口气买了三年的产品，卡片一刷，说："没用就来找你们退货。"

面对她，店长和我都拍着胸膛保证。送走她后，我的胆战心惊和店长的心虚也就显露出来，我期盼着她根本不会把这一万多元放心上。店长则已经准备好了退货时的话术："您有没有按时吃？有没有按剂量吃？有没有忌油忌辣？作息有没有规律？"

扯淡。

他提前把这套话术传授给我，好像自己和这桩买卖撇清了关系。更扯淡。

唯一让我们轻松的，是对老张有个交代了。对罗玉来说，这笔钱花得不痛不痒；可对老张来说，这笔钱已经是一个让他安心离开的理由。

我粗略计算过，老张在他人生最后一年，只凭在这家专卖店的销售额，能拿到的提成就竟有六万元之多。

2012年，在一个小城市年入六万元，已经算是高薪。

2013年后半年，市里开始整顿保健品行业，许多不正规的保健品专卖店均被查封，虽然店里主打的羊胎盘胶囊及兼售的其他保健品，譬如蓝莓胶囊、壮骨粉等都有蓝帽标识（保健食品专用标志），亦被这场风波影响。老人们收起最初的狂热，免费磁疗的顾客不少，花钱买产品的却不多。我的收入连连下降，只好辞职另寻出路。

今年回到小城市，路过医院。医院已经扩建，老张曾经算卦的地方还在，算卦先生却一个都没了。找到医院不远处的小巷，爬到凤山半山腰，想找到老张曾经住过的院子，尴尬的是我竟然会迷路，好像我不曾经历过那段过往似的。不甘心的我又跑去了专卖店，它依然在地下室，当初光鲜的广告门脸经受了多年风吹日晒，已经褪色发旧。我站在楼梯口向下望，还能听到老人们嘻嘻哈哈的说笑声。

一个年轻销售员出来接电话，看到鬼鬼祟祟的我，大概误会了，热情地招待我："姐，进来坐坐呗，免费磁疗，还能领免费口罩。"

我摆摆手，赶忙逃走了。

作为医护人员，看着自己抢救过的病人慢慢好起来，内心的喜悦是别人无法体会的。可我知道，这次永远也看不到她好起来了。

07

第七个故事

在小县城的ICU，穷是另一种病

初一

县城医院护士

作为医护人员，看着自己抢救过的病人慢慢好起来，内心的喜悦是别人无法体会的。可我知道，这次永远也看不到她好起来了。

01

2021年年底，临近过年时，外面早已张灯结彩，卖红灯笼的、卖年画的，把街道映衬得很是热闹。

走进医院，门诊大厅人来人往，排队缴费的、等待检查的，每个人脸上的神情似乎都不一样。人群熙熙攘攘，却与外面的热闹并不相同。

这是我成为手术室护士的第二年，习惯了消毒水的味道，习惯了一个电话打来就急急忙忙赶去医院的生活，却永远都习惯不了争分夺秒与死神抢夺生命，最后还是落得个生离死别的场景。

那天，我去病房做术前访视。填写术前访视单的时候，普外一科一个病人的既往病史和手术史引起了我的注意。

十八年前因胃、十二指肠溃疡做了胃大部分切除术，六年前又确诊了结肠癌，随后做了手术。

我看了一眼她的年龄，62岁，也就是说她人生的很长一段时间都在经历病痛的折磨。

主治医生考虑她这次的病情是癌肿复发转移，要做剖腹探查术。我进入病房的时候，她躺在床上，头发剪得很短，完全看不出是一个女性。我又看了一眼床头卡，确定自己没走错。有两个家属陪护她。我走到她床旁，叫了她一声：“阿姨，我是手术室的护士，你明天要做手术了知不知道？”

她没吭声，神情淡漠，一直保持着我进来时的那个姿势，像是没听到我说话一样。

那两个陪护的家属忙说已经知道了，主治医生已经跟她们谈过了。

我给她们交代完术前的注意事项就走了。

手术通知单排出来，我正好是那个阿姨的巡回护士。

次日，交完班之后，各个科室陆陆续续送病人上来。她坐在轮椅上，整个人都很瘦，眼里没有一点光。整个交接过程她没说一句话，都是她女儿在回答。

进入手术室，我小心地将她扶到手术床上。为她上心电监护时，我告诉她不要紧张。

“不紧张，已经做过好多次了。”她两眼空洞，缓缓说道。停顿了一会儿，她又说：“其实我不想再做手术了，我知道自己是个什么情况，可我那两个姑娘要我坚持治疗。这些年，为了这个病，真的挺难的。”

我心底一阵苦涩，只能安慰她：“别灰心，总会好的。”

手术刚开始，主刀医生跟我们说她在病房一直不怎么配合治疗。有一天早上，她女儿下去买饭，她就自己把手上的留置针拔了，吵着闹着要回家。女儿回来看到她这个样子，好言好语地安抚了一阵，可她并不领情，拒绝再次打针。小女儿没办法，又打电话把姐姐叫过来劝。

她年轻时丈夫就走了，一个人辛苦拉扯大两个女儿。女儿都长大了，本想着不用再像从前一样辛苦过日子了，可没想到自己的身体先垮了。生病的这些年，两个女儿忙前跑后照顾她。她不想再治疗，就是因为觉得自己拖累了两个女儿。

我不免感叹了一句：“她确实也是挺难的。”

腹腔打开之后，周围脏器已被癌肿侵蚀，最严重的是子宫，已经穿孔化脓了。主刀医生让通知妇科主任来手术室会诊，看能不能切除子宫。妇科主任看过之后连连摇头，又打电话咨询了上级医院的医生，最后是不建议切除，不然的话，她可能下不了手术台。

最后，手术医生只给她做了病变肠道切除。我不知道她的后续生活质量会如何，不过我再也没有见过她。

02

在手术室，最怕的是夜班，白班稍微好一点，择期手术多，所有的东西都是提前准备好的。

一到夜班，总会遇到一些交通事故、酒后寻衅滋事等原因导致的外伤患者。轻微的不用到手术室，在急诊科就能处理；最害怕的是遇到那种创伤性休克的，可能一晚上都在抢救。

那天本来是同事小马的夜班，凌晨1点左右她打电话给我，说正在做一台急诊肝脾破裂手术，病人情况不太好，她忙不过来，叫我赶紧去帮忙。

我赶过去的时候，手术室门口站着一个男人，大概是家属。手术室忙得不可开交，地上到处是血，病人动脉血压极低，麻醉医生让我们赶紧拿血来输。

打电话给输血科那边，血还没配好，麻醉医生忙得满头大汗，又通知了上级医生过来帮忙。生命危急时刻，为了能一步沟通到位，我没叫临床服务中心的人去取血，而是自己匆忙赶去输血科。

出去的时候，她老公跑过来问我人现在情况如何。我告诉他手术还没完，让他不要急，在外面等着。

病人的生命体征一直往下降，因为失血过多已经输了好几袋红细胞悬液和冷沉淀，我一直忙着去取血，小马又通知了护士长过来帮忙。

我第四次出去取血，距离病人进手术室已经超过五小时了。刚到门口，男人又跑过来说："我看你跑出跑进拿了这么多次血，是不是不行了？实在不行就放弃，不做手术了。"

我当时心里窝着一股子气，手术已经快完了，所有人大半夜不睡觉在争分夺秒地抢救，只想着能保住她的命，不过才五小时的时间，结果还未知，他便要放弃。

我没说话，提着血进去了。

早上6点25分，病人出手术室，转入ICU。护士长问主刀医生，能不能挺过去。主刀医生摇了摇头，说情况不是很好，看这两天在ICU的情况了。

那天，我和小马弄完所有手术护理记录单和输血记录单时，已经中午11点多了。她说忙了一晚上，请我吃中午饭。

路上，我跟她说了我去取血的时候，那个男的跟我说要放弃抢救的事。

她说，能想得通，那两口子是她们村的，以前他们夫妻两个在家种地，他家地多，日子倒也过得不错。但那个男的经常赌博，还会打老婆。后面因为赌博欠了一屁股债，那男的只好到外面打工。他老婆不仅要在家种地，还要照顾老人和孩子。听说去年那个男的在外面又找了一个女人。

我内心一阵唏嘘。

隔天上班时，护士长说我们抢救的那个病人出院回家了。我问她是不是在ICU人就没了。护士长说出院的时候人还有一口气，在ICU那边又输了好几袋血。早上才从手术室转过去，晚上她老公就要求出院，说家里没钱治。

我当时内心一颤，忙活了一晚上，其中的艰辛，只有自己知道。借用另外一位同事夏老师的话来说，作为医护人员，看着自己抢救过的病人慢慢好起来，内心的喜悦是别人无法体会的。可我知道，这次永远也看不到她好起来了。

这件事过去还不到一个月，小马就跟我说，男人已经把在外面找的女人带回家了。虽然预想过会是这样，但我没想到这么快。

03

小马说，这男的跟漆美君她老公相比，真是差远了。

漆美君是康复科的一个病人，已经在医院住了三年多，剖宫产术后成了植物人。那个时候，我还没来这里工作。

漆美君是本地人，从怀孕开始就在这里产检。她自身有心脏疾病，孕前检查可以怀孕，但要进行严密监测。

当时，漆美君已经到了孕晚期，产科主任建议她转至上级医院治疗，毕竟本地的医院技术水平还是有所欠缺，去一家好一点的医院对安全也有保障。但她不听劝，认为自己从怀孕到现在也没什么事，一直好好的，况且家在这里，到时候生了也方便一些，她坚决在这里待产。

产科主任无奈，只好帮她联系了市里面的产科专家进行会诊，最后决定提前进行剖宫产。

手术前一天，专家下来了解她的情况。可是，还没等到第二天的手术，漆美君就出了突发状况。晚上8点左右，她心搏骤停，产科的医护人员立即对她进行了心肺复苏。

手术室接到通知后，开通急诊绿色通道进行了手术。最后，孩子生出来了，是一对双胞胎，很健康。漆美君的命是保住了，但她也失去了意识，成了植物人。

从那之后，漆美君再也没回过家，一直住在医院。

小马说，她老公是个实诚人，当时送漆美君出手术室，他拉着她的手哭了。

漆美君在ICU恢复一些后便转到了康复科治疗，孩子在家是外婆带，因为她老公要上班。康复科的同事说，她老公每天都会过来看她，早晚都会送来一罐熬好的细粥。

因为漆美君没有意识，经鼻放置了一根胃管，所有的吃食都从这根管子进去，稍微浓稠或者粗一点的东西都会造成管子堵塞，所以只能进食一些精细的食物。

很多植物病人在床上躺久了都会手脚僵硬，肌肉萎缩，嘴里还经常流口水。如果照顾得不周到，身上就会有一股味道，但漆美君身上没有，虽然平时都是护工在照顾，但他老公每次过来都会端来热水，帮她擦身。

两个孩子会说话走路以后，也经常跟着爸爸来医院。孩子还小，似乎并不知道妈妈生病了，只是站在床头呆呆地看着。

漆美君的妈妈有时候会跟护士闲聊，说自己的女婿确实挺好的，女儿虽然不幸生病了，但遇到他也算是一种幸运。

听小马说完，我挺感慨的，不知道他们的结局会怎样。

04

在手术室，总会碰上一些病人，因各种各样的原因放弃手术。

那天，择期手术特别多，所有手术室都安排了手术。我们刚把一个剖宫产病人送出手术室，准备接下一台子宫切除手术。

上主班的护士通知我们，神经外科那边打来电话，有一个颅内出血的病人，要马上开颅清除血肿。正好我们这边空出了一个台子，妇科那边的子宫切除术往后推，先接急诊。

那天，我洗手上台，夏老师巡回。开颅需要准备的东西特别多，我没有犹豫，迅速地把所需要的手术器械、一次性物品、单极电刀、双极电凝、开颅动力系统全部准备好。

夏老师也跟复苏室交接完了上一台的剖宫产病人，准备好一切之后，他打电话让神经外科那边送病人上来。

我们等了好一会儿，主刀医生都进来了，神经外科那边依旧没有送病人上来。

夏老师又继续打电话催，大概十多分钟后，我们才把病人接进手术室。这是个40岁出头的男性患者，还有一点意识，我们把他从平车移到了手术床上。

这时候，麻醉医生走进来，说患者家属又不打算做手术了，不肯签麻醉同意书。这可陷入了两难的境地，病人已经进入了手术室，不签的话，怎么进行下一步的手术？

正好主任在，麻醉医生就跟主任汇报了情况。主刀医生也一脸无奈，和主任一起出去了解情况。为什么在病房的时候都同意做手术，手术同意书也签了，现在又不肯签麻醉同意书？

门口是一个小姑娘和一个中年女人，主任问她们为什么不愿意签字。

了解了情况后才知道，那个中年女人是男人后面找的老婆，俩人在一起没多久，结婚证也没领。那个小姑娘是他女儿。一开始，那个中年女人扭扭捏捏的，说她也做不了主，不敢签字。让小姑娘签，小姑娘说她叔叔已经赶过来了，要等她叔叔来签。可病人情况紧急，不知道还要等多长时间。小姑娘又打电话征询叔叔的意见，把刚刚主刀医生说过的术中和术后可能会出现的风险和情况说了一遍。她叔叔或许是听到了风险什么的，便跟她说不要签字，手术不做了。

最后，小姑娘的叔叔赶来了，他脸庞黝黑，穿着一件宽大的外套，肩膀处已经磨得失去了本来的颜色，鞋子上还沾着一些黄泥，似乎是刚从地里赶过来的。

叔侄俩商量了一会儿，最后还是选择放弃手术。

我听到她叔叔跟主刀医生说："我也挺困难的，家里面老的老，小的小，哥哥这些年都在外漂泊，没挣到什么钱。如果做了手术，后面肯定还需要一大笔钱，靠我一个人也无力承担，我也是没有办法。"

家属商量完确定不做手术，要把病人带回家后，我和夏老师又把他从手术床移到了平车上，送他出去。那个小姑娘过来推平车的时候，似乎有些无措，或许她并不想就这样把爸爸带回家，可身边没有一个人支持她这么做。

看着他们离去的身影，我也很无奈，可又做不了什么。

05

每年的六七月份是云南最热的时节。那天，手术难得很少，不到中午12点就已经全部做完。

吃了午饭，我和徐晶躺在值班室的床上，值班室空调坏了，报修了几次也不见来修。躺在床上实在燥热，我们便去用餐间坐着。没过一会儿，骨一科打来电话，有一个股骨转子间骨折的85岁老人要安排下午3点做手术。

我过去准备了手术用物，看了一眼医嘱，有术前备血。

接病人的时候，我发现老人只有一个家属陪同，是他的老伴。病人躺在床上，右腿因为骨折往外翻转了九十度。他脾气不是太好，我看他手腕带的时候他都不让看。

签完字，交接完，我和手术医生准备推他进手术室时，他又嚷着不做了，要回去。门外的阿婆让我们不要听他的。才刚说完这句话，老人便激动地挣扎着要爬起来，还一直骂骂咧咧。阿婆让我们赶紧把他推进去，谁知他竟说："我儿子不在，如果我出了什么事，你们敢负责吗？"

这一刻，我大概知道了他的顾虑，或许是想着自己年纪也大了，不知道下一步会发生什么，要等儿子回来他才能安心地进手术室。

阿婆说儿子在外地，暂时赶不过来。最后，她只能打电话给儿子，让儿子劝劝老伴。儿子在电话里苦口婆心地说了好一会儿，他才答应做手术。

手术倒也顺利，只是老人年纪大了，还有些贫血。术后主刀医生决定让老人转入ICU待两天，用点镇静镇痛药物，病人也可以减轻一些痛苦。

我弄好所有手术护理记录单，从ICU交接完出来时，已经晚上7点10分了。那个阿婆还坐在ICU门外，我告诉她可以不用守在这里，等里面的医护人员出来签完字就可以回去了，有需要他们会打电话通知她过来的。

她说里面的人让她明天买护理垫、湿纸巾，还有其他的生活用品过来。

但现在天黑了，她找不到车回去，打算在这里坐一晚，等天亮再回去。

我突然反应过来，她跟她老伴年纪差不多大，80多岁的老人，儿女又不在家，确实出门不太方便。

ICU门口虽然有座椅，但一个正常人在这里坐一晚都是煎熬，更何况还是一个老太太。

我让她在这里等我，我换好衣服带她回去。

出去时，我仔细地告诉了她明天来要怎么走，坐几号电梯，按几楼的楼层键，如果实在不行的话就问旁边的人。

她告诉了我地址，那是一栋很老的居民楼。我本想着把她送到楼下就走，但楼道太黑了，我打开了手机灯照亮，把她送到了家门口。

她拉着我的手，一直感谢我，让我进去喝杯水再走。我没进去，让她明天起来吃了早点再过去，不用着急。

两天后，老人从ICU转到了普通病房，我去骨一科做术前访视时再次看到了他。老太太没在，他儿子回来了，在一旁守着。

他的眼神一直躲闪着，突然间他抬起头，看到了我手里的约束带，眼里满是惊慌。我心里瞬间一沉。

C8

第八个故事

死在精神病院里的男护士

走水

他的眼神一直躲闪着，突然间他抬起头，看到了我手里的约束带，眼里满是惊慌。我心里瞬间一沉。

01

高考那年，我的分数不高不低，家里商量来商量去，没一个结果。

不知道是哪个“有经验”的叔伯说了一句：“要不去学护理吧！”

我爸按着大腿低头思考半天，最后肩膀一耸，叹了口气：“就去学护理吧，好歹有口饭吃。”

当时我对护理没什么概念，跟高中同学说起报考专业时，他们大多调笑我说：“护士啊，那是女人干的活，你去当个医生不好吗？”我嘻嘻哈哈地顶回去：“哟，你以后上医院可别碰到我。”

调笑归调笑，但作为男生去读护理专业，还真是不那么好受。

我们那一届的护理专业录取一百二十来号人，分成两个班，算上我，总共就三个男生。

报到那天，一堆女生站在一边，我跟另一个男生站在另一边。我俩硬挺着接受人们目光的检阅，心想着等最后一个哥们儿来了就好了，三个总比两个强吧。等到最后，那哥们儿也没来。后来听说他为了不读护理专业，直接回去复读了。

因为护理系的男生少，我跟另一个男生被分到和药剂专业的人住一个宿舍。其实我心里还算有些安慰，起码有个伴。只是没想到，我们住进去不到一个星期，那个男生就找关系换了专业。

那个男生搬走那天，对我说：“听我句劝，想转专业就趁现在，能找人就快找人吧。”

由此，换专业的想法便一直在我心里蠢蠢欲动。我写了一份申请，正犹豫着要不要递上去，系主任主动来宿舍找到我，语重心长地对我说："我们专业就剩你一个男丁了，你再走了，那就很难看了啊。"系主任背靠着床边的柜子，眼睛有意无意地瞟向我放在桌子上的转系申请，没有再言语一句。从他的眼神里，我知道转系这事大概是无望了。

就这样，我成了我们那届唯一一个男护士。

不过男护士好就业倒是一个事实。大四实习时，班里的女同学都在抓紧时间做简历，跑各种校招会，而我却早早接到几家医院的面试通知。更有甚者，直接把电话打到系主任那里，想早早把我"预订"下来。

护士的工作部分以体能为基础，例如翻动病人、搬运医疗器材，都是体力活，一个男护士能顶几个女护士。况且男护士没有女护士的生理期，也不用休产假，只要没有原则上的问题，医院大都是来者不拒。对男护士需求较大的科室，无非急诊科、重症监护室、手术室、精神科。这些科室收治的病人，大多病情严重，没有自主配合的能力，需要护士有较强的体能。

考虑到精神科的男同志稍微多一点，我义无反顾地选择去我们当地最大的精神专科医院，成了一名精神科护士。

02

去精神科工作前，我对精神科的印象停留在电影场景里：昏暗的走道，几缕斑驳的光线，走道尽头都是目光呆滞的人。他们在暗处，毫无目的地左摇右摆，身影忽明忽暗。

父母没有干预我的选择，这一切都是我自己选的。虽然心怀恐惧，但既来之则安之，好好做事是我当时唯一的选择。

新护士上岗前，需要先在医院的每个科室轮转一遍，才能正式上岗。一般的精神专科医院，大致分男病区跟女病区；又根据病种不同，分成情感障碍、青少年、老年等各种小病区。由于是专科医院，没有综合医院的内科、外科、急诊科等科室，我的轮转便集中在几个主要的病区，接触的大多也是重度精神疾病患者。

刚开始轮转，还没有师傅带，像我这样的新护士，只能做点粗浅的工作，比如每天的日常护理、清扫、简单的巡视。类似比对医嘱、清点药物、接收病人等“精细”活，我还不能插手。

轮转了九个月，我一直在各个科室干些不费脑子的活，本身我也算身强体壮，对我来说这份工作简直是轻轻松松，我也乐得清闲。我甚至想着，精神科的活也不过如此，没我一开始想的那么坏，在这儿一直干下去也不错。

直到我轮转到老年病区。

老年病区的住院患者的护理工作相对繁杂，人手也紧缺一些。护士长那天对我说：“反正你迟早要干，不如现在就练练手。”

我没多想，接了一个老阿公的护理工作。老阿公是一位偏执型精神分裂症患者，在按时服药的情况下，能够大致配合我的工作。但他的病情比较严重，总以为我们给他的药是毒药，每次都要连哄带骗才愿意吃药，有时候稍不注意，他就把药往窗户外面丢。我只好耐着性子，一直盯着他吃下去再离开。

有一回，我让他吃药，他直接吃了，没让我多费一句话。我惊喜地说：“阿公，今天乖哟。”就在这时，他一把将床头的痰盂拉过去，迅速将含在嘴里的药吐了进去。紧接着，他两手端起痰盂，一股脑地将里面的东西倒在我的身上。我气急了，大吼一句：“放下来！”他可能是被我吓到了，反而更加激动，奋力将痰盂砸到我头上。瞬间，我眼前一黑，瘫坐下来，手却下意识地死死抓住他的手，生怕他再做出什么事。

同事们及时赶过来制止了他。我的额头被砸出一道口子，周边乌青一片。我妈听说后从单位赶来，看到我的样子，她忍不住哭起来，一遍遍地跟护士长说：“哪有这样的？他还什么都不会，怎么能护理这种病人？”我不知道该说什么。换了衣服后，我身上还是有一股散不去痰盂味，让人吸一口气都感觉要吐。

更加让人难过的是，老阿公的家人随后也找上门来，二话不说就要转院。他们指责医院不负责任，派一个还没正式上岗的新人来护理，出了事，谁都负担不起。我当时不在现场，听到后却哑口无言。

大家都说，他的家人这么着急转院，是怕我们索赔。而我开始怀疑自己当初来这里上班的选择是否正确。

03

在家休息没几天，我咬咬牙，想着再试一段时间，便又去上班了。

没多久，医院把我正式安排在男病区的情感障碍科。报到第一天，科室领导给我找了一个师傅：甘哥。

甘哥在这家医院干了有七年，人际关系处理得极好。每天上班下班，甘哥走在路上，遇到的每个人，都会跟他笑呵呵地打声招呼。

“小甘，今儿来得早啊！”

“甘哥，下班啦？”

…………

遇到甘哥，我十分幸运。不管是吃饭还是打球，他都叫上我。有时候甘哥的烟瘾犯了，他就拉着我说：“走，跟哥冒一根去。”一点师傅的架子都没有。

我这个人对电子的东西上手较慢，对医院的系统一直摸不到头脑，经常对自己负责的患者的电子病历一头雾水。每次整理电子病历，其他同事都处理好了，就剩我这里还没完成，结果拖了进度。甘哥也不恼，在电脑前一项一项地教，一直到我弄完为止。他说："你不要怕别人说你，也别害羞什么都不问，谁不是从这个时候过来的。"我有时搞到大半夜才弄完，他也陪我到大半夜。

跟甘哥上夜班时，他会从家里带来做好的饭菜，分给我们几个年轻护士吃。吃多了，大家都有些不好意思。但甘哥总说："吃吧吃吧，你们嫂子做的，多得是，放心吃。"

在甘哥的带领下，我对自己慢慢有了信心。然而，这份工作要做的事情，并不是我想象中的那么简单，或者说没我之前经历过的那么平淡。

正式的精神科护士，特别是男护士，有一个必须要经历的工作——"抓"病人。一般情况下，综合医院出车接病人，都是家属或者患者自己打120，然后医院派车，准备好一些必备工具，再去把人接回来。但精神病人在急性期，几个人都拉不住，除了采取强制措施送到医院，基本没有别的办法。

当时快到中秋，天气转凉，病房也比往日安宁。

那天，我们医院下属的精神防治中心打来电话，说在城东小区有一个小伙子躁狂得厉害，要我们出车去把人弄回来。可能是电话里没说清楚，急诊派了三个护士跟司机去接人，到了现场，他们才发现事情有些不对劲。

病人正拿着刀把自己关在屋子里，死死抵着门，谁靠近就挥舞起刀要砍人。带车的组长报警，请求警察配合抓人，但是小伙子的母亲不同意警察参与，说："给医院打电话就是去治病的，让警察抓人算怎么回事。"那位母亲态度很强硬："你们敢抓他，我就去告你们。"现场陷入了僵持。组长没办法，只好给医院打电话请示再派人。

科室里只有甘哥一个资格比较老的护士，他也不含糊，拍了拍我，再叫上在场所有的年轻男护士，坐上车便出发了。

C4

我们赶到时，病人已经累得抵不住门，瘫坐在门口。那把刀就压在他屁股下面，漏出一个刀柄。

病人的母亲一直在跟警察争辩，不准他们靠近她儿子。甘哥找组长询问情况，组长摊手说："要不回去吧，万一砍到人怎么办？"

甘哥摆了摆手，说："我先去看看人，把人留在这里也危险，孤儿寡母的。"说完，甘哥慢慢走过去，靠近小伙子又缓缓蹲下来，指着自己的工作牌，对小伙子说："我是护士，不是坏人。"

我的身体一直紧绷着，注视着小伙子的肢体，害怕他突然伸手去拿刀。这时，甘哥坐下来，用温柔的语气说："跟我回去好不好，你妈妈也跟着，我那里暖和，这里多冷啊。"

小伙子突然委屈起来："妈妈欺负我，不让我吃饱，我不要她去！"甘哥伸手搂着他的肩膀，说："好，那你跟叔叔回去，不让妈妈跟着。"

小伙子沉默了一会儿，点了点头。甘哥把小伙子扶起来，对我眨眼。我理解了他的意思，拿起约束带往小伙子那边走过去。（这样的患者在运送途中一定要约束，不然在车上躁狂起来很麻烦。）

小伙子跟着甘哥往我们这边走，他的眼神一直躲闪着，突然间他抬起头，看到了我手里的约束带，眼里满是惊慌。我心里瞬间一沉。

要坏事。

小伙子挣脱了甘哥搭在他肩上的手，冲到门口捡起刀，接着往我的方向冲过来，一边冲一边喊："老子捅死你！"

我看着他离我越来越近，吓傻了，挪不开步子。甘哥冲了过去，两手将小伙子拿刀的手抓住，用腿把他绊倒，拿身体死死地压住了他。

我回过神来，赶快扑上去，协助甘哥按住小伙子的手。其他的护士和警察也冲了过来，我们费了好大的力气，才将小伙子彻底制服。

把人押上车后，我这才发现甘哥的手在流血。他的大拇指被刀划开了一道口子。我看着组长给他处理伤口，不知道该说些什么。

甘哥拿脚碰了我一下，说："咋了，还不好意思啊，傻愣的，不知道跑啊，站在那里给人砍。"

我心里很是自责，如果我不犯这样的错误，甘哥就不会受伤。

甘哥又碰了我一下，接着说："没事，我第一次出车还不如你呢，以后多来几次就好了。"

05

跟着甘哥学习半年后，我终于可以独立当班了。

第一次上完夜班，我回家连着休息了两天，再去接班时，发现本该跟我交接的甘哥没有来。

我拉住接班的同事，问他："甘哥去哪儿了？"

他的眼神有些闪躲，考虑了好久，才说："甘哥昨晚出事了。"

这句话无疑是一个晴天霹雳。同事把我拉到一边，像是要避开什么似的，说："昨晚的事，给一个病人打死了，领导不让人乱说，你也别瞎说。"

一时间，我无法接受这件事，愣在原地。

甘哥死了，被病人从后面用棍子打死的。

当天，甘哥夜班巡房后，一个人坐在值班室。值班室没有隔离门，他一边整理病历一边戴耳机听歌，却没注意后边来了一个病人。

那个病人拆了桌子的一条腿当棍子，照着甘哥的头，一棍子打了下去。

从监控里看到，甘哥挨了一棍子后，人已经晕晕乎乎了，一直往后伸手想挡住什么。病人又补了几棍，直到甘哥不再动弹才停手。

当班的女护士听到动静，从病房赶过来时，甘哥已经没气了。

事后，医院没有通知甘哥的家里人，直接把人拉去火化。甘哥的老婆跟父母赶到医院，哭了一场，一定要医院给个说法。

由于事情发生时，甘哥戴着耳机，没注意到身后的情况。负责调解的领导一口咬定甘哥负主要责任，医院只负次要责任。

至于那个病人，他被关在单独的病房里，用约束带绑着。谁也不知道他打人时是清醒还是不清醒的，也无法判定他是否要负法律责任。

病人的家人对他处于半放弃的状态。医院跟警察一直在尽力联系他的家人，毕竟精神病人犯了法，监护人需要负责任。然而他的家人就一个态度：赔钱没有，要不你就抓他去坐牢，要不我们就换家医院。

嫂子希望医院按照甘哥现在的工资，按二十五年赔付，但医院只愿意一次性给十万元。大家心里都清楚，这十万元根本抵不了甘哥这条命。

我想为甘哥做点什么，在科室里说："咱们一起凑点钱，先给甘哥家里应急一下。"没几个人应和我。主任干脆把我叫到办公室，狠狠呵斥道："这现在是你能解决的事吗？你不要胡搞瞎搞！"

经过甘哥家属和医院的反复拉扯，双方终于达成了协议，确定了最终的赔偿金额。事后，我去甘哥家探望。嫂子对我说："我哪里是为了钱，老甘死了换回来这些钱，我愿意出十倍把他的命换回来。"我听了心里难受，替甘哥不值，却也说不出安慰的话。

不久后，我向医院递交了辞职申请。

离开精神科快一年了，以前的同事跟我还保持着联系，经常约着一起打球、吃饭。只是，他们鲜少再提起甘哥。

我偶尔向他们打听科室的情况，大家伙也不会瞒我，好的坏的都讲给我听。

谁升了护士长，谁被病人打了，谁被病人家属刁难了……每每听到他们这些遭遇，我都忍不住想问他们：“为什么要继续干这一行？”

后来有一次喝多了，我搭着某个前同事的肩膀，大声说：“病房里有什么好待的呀？跟我一样出来多好。”

那哥们儿听完狠狠地灌了一口啤酒，说：“走？我一开始也想走，但是现在，走不了啰。”

“有什么走不了的啊，谁需要你啊？”我有些气急败坏。

大家伙都沉默了，那哥们儿认真地看着我说：“有人需要我。”

我有点发愣，想起甘哥，拿起酒杯，独自闷了一大口酒。

两年后，阿龙又一次打药的时候留心看了说明书，说明书上写着该农药如果进入血液，易引起肾衰竭、尿毒症。

09

第九个故事

月薪四百元的时候，我要每个月去做透析

洛简兮

两年后，阿龙又一次打药的时候留心看了说明书，说明书上写着该农药如果进入血液，易引起肾衰竭、尿毒症。

01

病床前，阿龙对我说，他小时候的理想是做一个商人，自由，有钱；现在，他最大的理想是有一天不用去透析，这个病能被治好。

我没有顺着往下说，不做透析只有两种可能，一种是换肾，当然以他的身体和经济条件，显然是不可能的；另外一种无疑是最后的解脱。从他的声音里，我听出了希望和绝望。阿龙说了一个不可能实现的愿望。

阿龙是我们科室的透析病人，今年34岁，他是2009年开始透析的，迄今为止已透析十三年。他个子不高，又黑又胖，是一种病态的胖。头发理得很短，你能够清晰地看到他圆而饱满的头顶。他总是一个人坐着轮椅逛来逛去，像是整个医院里最悠闲的人。

阿龙脑子转得很快，聊天的时候，他几乎不用想就可以说出他人生的重要时间节点，也或许是这些在他心里早已刻下了深深的烙印。

我犹豫了很久才终于找到他，说我想找他聊聊，把他的故事记录下来，人活着很不容易，还是要记录一下，等多年后再看到时估计又是另外一种感受了。我是有担忧的，担心阿龙会有所顾虑，更担心我写不好，可没想到阿龙居然爽快地答应了。

阿龙的学历并不高，初中毕业，也没有参加中招考试。阿龙说他小学的时候学习还可以，到了初中就开始马虎了。初二的时候开始入团，他还成了学生会主席，每天带着一帮子和自己同龄的孩子去检查卫生和纪律，感觉很神气。

屋里的光线很暗，可阿龙说起这段经历时眼里泛着光。我并没有打断他，我想学生时代应该是阿龙最快乐的时光。阿龙接着又说，那时候只顾着踟，都忘了自己是做什么的，把学习耽误了，甚至连中考也没有参加就辍学了。我没有问阿龙有没有后悔没有好好学习，因为我知道，至少那时他是快乐的。

阿龙家中并不富裕，甚至可以说很拮据。母亲在他小学的时候就出去打工了，父亲也在他初中的时候出去打工了，家里还有一个比他小1岁的弟弟。

打工好像是不上学的孩子的宿命，不上学就出去打工，直到现在，这个社会依然遵循着这样的一个规律。阿龙辍了学就开始去市里一个亲戚家的小作坊打工，做松花蛋，一个月三百元管吃管住。

阿龙说那时候一般像他这样的小工一个月能挣八百到一千元。我问他怎么一个月才挣三百元，答案是因为管吃管住。那大概是2006年吧，作为和阿龙没差几岁的同龄人，我还上着初三，一个月生活费也就二百元左右，如果租房子的话，房租就一两百元。所以阿龙的亲戚也把账算得很准，一个月三百元工资，都不算亏。

阿龙说要在那儿学个手艺，做松花蛋。那时候能有这个想法，阿龙应该算是个上进的人。

第二年的时候，阿龙的工资涨到了每月四百元。阿龙在那里一直待到第三年的8月，这期间他的工资都维持在每月四百元。

02

本来阿龙可以继续做他的松花蛋的，但上天却给他开了个天大的玩笑。医生告诉他，他患上了慢性肾功能不全。

阿龙说2007年年底的时候就觉得早上腰疼，也没在意，找个小诊所随便抓了点药，那时候他还在做松花蛋。2008年夏天一场感冒过后，他就总感觉心慌、乏力，去市里的医院住了40多天。医生告诉他是慢性肾功能不全，先天性肾脏偏小，肾动脉狭窄。那时候他的血肌酐值就已经偏高了。

谈到透析，阿龙同医生讲了一个故事。现在他也对我讲了同一个故事。

为了响应国家政策，退耕还林，他在家里种了很多小杨树苗。有一次他背着农药桶去打药，坍塌的田埂上并不好走，还背着那么重的一个桶，他不小心摔了一下。也不是什么大伤，只是腰上擦破了皮。药桶密封不严，还漏水。阿龙就背着漏水的桶为整片林子打了药。等到药打完的时候，阿龙一屁股蹲坐在了地上，感觉一股灼热感从内往外开始蹿，烧得人喘不过来气，特别是被擦破的腰，说不出的难受。他觉得自己应该是农药中毒了。

阿龙说那附近有个寒水潭，虽是夏季，潭水却出奇地凉。他把药桶放在边上，到处都是泥土和草，药桶顺势倒在一边，残余的农药渗到了杂草里。他似乎彻底用完了自己的力气，顾不上扶起倒在一边的药桶，就把自己整个地扎进水里，还猛地喝了几大口泉水，冷水的刺激让他的身体不再灼热，整个人也不再焦灼，像是着火的油锅逐渐冷却了下来。如果不是想到还要回家，他估计就泡在水里不出来了。

农药的名字叫“一扫光”。

两年后，阿龙又一次打药的时候留心看了说明书，说明书上写着该农药如果进入血液，易引起肾衰竭、尿毒症。阿龙说他觉得自己得病应该和那一次打农药有关，又说还好用的不是百草枯。

我上网查了一下，“一扫光”是百草枯的商品名。阿龙到现在也不知道。

医生说如果想确认是不是这个原因，就要进一步做穿刺检查，而穿刺有可能让病情加重，而且做穿刺检查也没什么实际意义。透析是最好的选择。

阿龙拒绝了医生透析的建议。因为他听说透析就像吸大烟，会上瘾，一旦开始就停不下来了。在害怕和无知面前，阿龙除了对症治疗就是等着肌酐值降下来。但他没等来肌酐值的下降，却等来了科室流行感冒大爆发，当然，他没有侥幸逃脱，肌酐值又升了。阿龙依然没有做透析，出院了，开始口服药物治疗。

我好像能感觉到他心中有一种猛烈的力量在挣扎，这种力量非常强大，他像掉进水里的人，拼命地往岸边游，却怎么也抓不住漂浮的木头。我看了看坐在破旧轮椅上的他，衣服穿得也不整齐，两个裸露的脚踝还起满了干皮。

阿龙一直说没有什么记忆深刻的事情，这是他给我讲的内容最多的一件事，或许迄今为止，他依然觉得是那次的农药引发了自己的病情。

03

他继续说，说得有些随意，一会儿说小时候的事，一会儿说自己生病的事。他说自己七八岁时尿过两次血尿，都是去诊所随便抓了药，然后就也再没管过了。

每一个时间节点，阿龙都记得十分清楚。

2009年7月，阿龙说自己头昏脑涨，恶心乏力，头重脚轻，感觉要不行了，被送到了县医院。刚到医院他就昏迷了，血肌酐超过3000μmol/L。在医生的紧急抢救下，他被置入临时透析导管，接受透析，这才算是捡回来一条命。一周后，他又做了造瘘手术。

我看了看阿龙露在外面的黑黝黝的手臂，上面堆满了像鹌鹑蛋一样大大小小的包，别人要是见了，一定会觉得惊讶又好奇，可在我们科室，这几乎是每个透析病人都有的标志。

后来阿龙又转去了市里的医院，病房楼上有一个空中花园，有栏杆。一次他站在那里，听到一个声音说“下去吧，下去吧”。阿龙不相信这事是真的，这病看上去是那么不可能治愈，他才21岁。过了好久，他都不知道自己在做什么了，他好像被魔鬼附身了，而魔鬼可能会突然将他扑倒，然后撕碎他。

讲到这里，阿龙停住了。

“然后呢？”我问。

他看我的眼神里有着某种奇怪的东西，我不知道自己的问题是不是太唐突。

不知过了多久，阿龙又退了回来，他说他没有勇气。他的样子又完全正常了。没人会想到就在刚才，他还笼罩在无边的绝望里。

自那之后，阿龙离自己儿时的梦想更遥远了。

阿龙走上了接受透析的道路，不再做松花蛋，而去做网管、保安了。他只能找不怎么出力的活干，一边挣钱一边维持透析。听说阿龙做网管的时候在网上交了个女朋友，后来视频通话时对方看到他手臂上缠的纱布，阿龙就把自己的情况一五一十地交代了一遍，接着两个人就分手了。

那个时候国家尚未对透析病人实施补助政策。阿龙一周透析两次，一次一百八十元。阿龙把家里的林子卖了，用来维持透析。后来还去山上挖草药卖，甚至说真不行了就拾破烂。

阿龙说他有一个病友，三天透析一次，不透析的时候就去砖窑下窑，干三天活，赚了钱刚好够透析一次。阿龙说那时候是真的治不起，每次都是憋得上不来气、肿得忍不了了才去医院一次。

04

我问他：“不是有筹款之类的公益项目吗，你申请了没有？”

阿龙说筹了，第一次筹了七千元，其实也都是亲戚朋友捐的。后来又筹过一次，一个月总共筹了四十三元，其中有三十元是家里一个妹子捐的，十元是一个病友捐的。

他的朋友圈没什么朋友，没有社交，没有圈子，筹款转发也没什么意义，后来就再也没有筹过。阿龙说像这种病时间久了大家见了都麻木了，也害怕了，害怕他开口借钱。

得了这病像是陷入无边的黑暗，伸手不见五指。

他从来不去串门。有一次他只是去一个亲戚家转转，刚进门，亲戚的第一句居然是“你来有事吗”，之后阿龙就再也没去过。第一次筹款筹到七千元钱的时候，村部和扶贫干部居然找到他说，要把他贫困户的名额撤了，因为他现在有的钱已经超过了作为一个贫困户应有的收入。

阿龙说这些的时候用手不停地摸头，我看不到他的眼睛。是我勾起了他这些痛苦的回忆。我开始感到不安，我放下笔，看着他。我笑着说：“你不要哭啊。”我一开玩笑，阿龙笑了，说他也是很乐观的。哭也是一天，笑也是一天，想开了就好了。

现在国家政策好了，对透析患者设有大病补助，阿龙算算说除了每月五百元的透析花费，另外还需要五百元的生活费，这样一个月的开销大概一千元钱。

阿龙说虽然日子过得艰辛，可也勉强能够自给自足。父母都不在家，做透析的费用都是阿龙自己挣的。

05

上天为阿龙关上了一扇门，但并未打开一扇窗。

在接受透析治疗后的第十年，也就是2019年，阿龙的右腿骨折了，打了三根钢钉，肾性骨病，是长期透析的并发症。他左脚脚后跟的跟腱也在2015年因为坐黑摩的出了车祸摔断了，从此，他活动受限，站起来对他来说成了一种奢侈。

轮椅成了与阿龙相依为命的朋友，同时他也失去了自食其力的条件。阿龙说在这之后，父亲就开始担负他的治疗费和生活费，一个月大概一千元钱，而他自己也在主任的眷顾下搬到了科室，有一个放床的地方就够了。

我认识阿龙也是在那个时候，当时我刚被调去肾病科。我见他坐着轮椅整天晃来晃去，也不回家。科室走廊的尽头放了一张床，那就是他的家。一开始我觉得很奇怪，后来也只知道阿龙很不容易，可是具体的也并不好意思问太多。

和阿龙一样以科室为家的还有另外两个透析病人。

那一年医院创二甲，到了评审检查的时候，如果查到有非科室住院患者留宿，会影响医院的成绩。于是主任告诉阿龙，让他回家休息三天，等检查结束后再回来。

最后，我们科室获得了临床科室第一名的成绩。这应该有阿龙的功劳，至少我们是相互理解的。

三天过后，阿龙回来了，另外两个病人也回来了。

阿龙对谁都笑呵呵的，老远就开始打招呼。能看得出来阿龙对科室的感情一定不比我淡。晚上的时候，阿龙总会去护士站，帮忙递个东西，钉钉资料，而科室的医生、护士们也都很亲切地叫他的名字。

2020年8月，我们搬了新院区，由于设备和场地的原因，透析室还留在老院区。只记得那天，我们都走了，只留阿龙一个人在空旷的病区里。晚上我回去拿东西，阿龙一个人在大厅玩手机，我不由得心里一酸。

我说这一搬家看着空荡荡的，我要进去拿点东西，再整理一下。走廊空旷得吓人。阿龙推着轮椅走到我跟前说：“我和你一起进去吧，帮你照照亮。”那一瞬间，我的鼻子酸了。

又过了两天，阿龙给我打电话说有人来病区搬床头柜，但不是医院工作人员，被他阻止了。我说：“谢谢你啦，还帮我们看着门。”于是，我又回去把病区东西走廊的门都上了锁。上锁的时候，阿龙说：“你锁吧，我也不进去，在大厅就好，有灯有床有厕所就够了。”

后来听说搬走的科室都断电了，再见到阿龙的时候，他说他搬去了别的有人的楼层。每次回老院区的时候，总能在院子里见到阿龙，他还是那个样子，黑黑胖胖的，一点也没变。每次隔得老远他就开始打招呼，总是乐呵呵的。

今年五月，透析室终于搬进新院区了，跟着回来的有阿龙，还有其他的透析病人。

我以为阿龙会直接找我说住在我们科室，可他并没有来。后来我听说他带了一张床在ICU病房外面的大厅里，那里和透析室只隔一条长走廊。一天我开会回来，值班的姑娘告诉我阿龙回来了，在走廊上住，还指了指他放在走廊上的床。我看了一眼，还是那张床。

我笑着说：“好的，我知道了。”

06

我问阿龙，这么多年他有没有想强烈表达又说不出口的事情，对家人，对自己，对病友。

阿龙想也没想就开口了。他说：“我想感谢主任，你，还有你们科室和透析室所有的医护人员，你们对我真的帮助太多了。”他还说起很多年前，红云姨怕他冷给了他一件新织的毛衣，还有棉袄；主任这么多年对他一直很照顾，如果不是住在科室，他恐怕早就流落街头了……

我没有想到经历了这么多年这么多事，他居然第一个想到的是我们。

“对父亲呢，你有什么想说的没有？”阿龙想了一会儿，说也没什么说的，然后又很郑重地说：“谢谢，辛苦了！”我想如果阿龙的父亲知道，一定会很开心的。

阿龙的父亲大概54岁，我见过，很典型实在的农村人，个子不高，满是皱纹的脸上刻满了沧桑。他早些年在广州打工，2022年去了上海，因为疫情，白白搭了车费花了钱什么也没做成就回来了，外出打工漂了几十年终于回来了。

这么多年，阿龙对父亲的感情还是很深的。

提起母亲，他不愿说太多，眼神也黯淡了下来，阿龙极力掩饰哽咽的声音。母亲在阿龙上小学时就开始外出打工，两人见面的次数屈指可数。那时候家都破碎了。母亲前几年因脑出血住院才回来，也丧失了劳动力，但恢复得还算不错，平日里就在家带带阿龙3岁的小侄子。

此时阿龙停了下来，能够看出来，他不想再多说这个，我也不知道说什么好，空气瞬间就凝住了。我有点懊恼自己给他增加了思想负担。

他开始不停地叹气，一声接着一声。我有点害怕，害怕他绷不住。如果他在我面前掉泪，我会不知所措。我赶紧转移话题：“阿龙，你父亲如果听到你说感谢他的话，一定会打心底里高兴的。有时间了可以多和你父亲说说话，这么多年，他也真的不容易，一个人扛起了所有。”

2022年，阿龙的父亲在县城的一个饭店帮厨。这次阿龙因为贫血住院，父亲就白天去干活，下班了往医院跑着送饭，一个人忙里忙外。这么多年，我也是在这时才见到阿龙的父亲，看着他拱起的背，我想起了自己的父亲。漫长的岁月里，每一个父亲都撑得很不容易。

阿龙接着说，像他这样行动不便又浑身是病的人没有什么朋友，大家都避而远之。可是阿召不一样，每次吃饭他从来没让阿龙掏过钱。还有老峰，只可惜他已经不在了。

他们应该是阿龙的好友和病友吧。

07

那天看阿龙的化验单，血小板值还是低，已经报了危急值，随时都有全身脏器出血的危险。阿龙无力地笑笑，说如果让转院的话他就不治了，感觉看不到希望。

他说这些话的时候感觉很坦然，也很无助。我想这十多年来他无时无刻不在忍受这种折磨，像漫长又寒冷的冬夜，没有火炉，也没有被褥，熬过的每一天都是上天的眷顾。

我对阿龙说："你总是很乐观，每天笑呵呵的，性格很好，凡事也一定要看开一点。我们都在尽力地给你治疗，你要积极一点的。"我在说这些话的时候突然感到悲伤，除了安慰，我什么也做不了。我想象不到他的笑容背后是多大的勇气。

阿龙的手机响了，是他父亲叫他回病房吃饭。我必须让他走了，我不知道对于他现在的状态有什么更好的治疗方案。输血、升血小板药物治疗，这些我们都已经在做了，可始终也不见好转。

我把手搭在他轮椅椅背上，没有帮忙推，我怕他不习惯。这么多年，他一直是自己用手拨轮椅的轮子进进出出，累了就一个人停下来歇一会儿，像逛街一样看来来回回的人，然后低头继续滑拉手中的手机，好像所有的一切都和他没有什么关系。

我看着阿龙慢慢离开，他缓慢又吃力的背影，和他那"吱吱呀呀"的破旧轮椅相互映衬着，成了他命运最为疲劳的见证。

父亲在床边陪着她睡觉，她费力抓起床头柜上的剪刀刺向父亲的头，好在当时她感染新冠还没有完全康复，手没有太大的抓握力，剪刀掉在了被子上。

10

第十个故事

家里最没出息的儿子，安置了她的晚年

季冬末

父亲在床边陪着她睡觉，她费力抓起床头柜上的剪刀刺向父亲的头，好在当时她感染新冠还没有完全康复，手没有太大的抓握力，剪刀掉在了被子上。

01

“你明天有时间吗？能不能开车去你三姑家把你奶奶接回来？”

2022年年底的一天，我收到父亲的微信。当时疫情肆虐，周围多数人都阳了，93岁的奶奶也没能幸免。

和父亲沟通过后，我便和堂哥一起去接奶奶。刚见到奶奶时，我震惊了一下，当时她已经昏睡了两天，瘦削的脸上没有血色，看不出一点生机。

我给父亲打电话说明了情况，他叹了一口气说：“那也接回来吧。”

回去的路上，堂哥开车，我坐在后排陪着奶奶。从哈尔滨到老家县城将近两小时的车程，我一直盯着她，感受到那微弱的呼吸才放心。

到家之后，上门静脉注射的大夫刚好也到了，第一时间给奶奶输了液。

大夫提醒父亲：“还是做两手准备吧，本来病得就不轻，又折腾了一路，能不能扛过去真不好说。”

父亲也没办法，只能一边准备后事一边想办法照顾奶奶。

其实他并非不知道让老人折腾这一路对病情伤害有多大，只是他也无能为力。

那段时间，三姑父听说周围好多老人都因为新冠去世了，怕奶奶死在他们家，便要求父亲把奶奶接回去。但在当时，让一个90多岁的老人拖着病体坐将近两个小时的车，绝对不是一个明智的选择。

父亲和他们据理力争，说自己可以找大夫上门给奶奶打针，等有好转再接回来，但三姑和三姑父认为他是不想负责任，便在电话里破口大骂，勒令他立刻把奶奶接走。

这不是他们第一次吵架，这些年，他们早已因为赡养老人的问题反目成仇。

02

奶奶有三个女儿，四个儿子，我的大伯、二伯很早之前就不幸去世了。

十年前，爷爷去世后，她便跟着我父母生活。

但是，奶奶从内心里并不喜欢我的母亲，经常在姑姑们面前抱怨，不是母亲做的饭不合她的胃口，就是父亲回家不陪她聊天，抑或是她去卫生间没关水龙头母亲说她了。这些每个家庭都会有的鸡毛蒜皮传到姑姑们耳朵里，就成了我父母的大不孝。

一次，奶奶将一整瓶蜂蜜倒在了装食用油的罐子里，母亲做饭时发现油特别黏稠，便问了奶奶，两个人因此吵了起来。

父亲觉得奶奶可能年纪大了有些糊涂，怕他们不在家时再发生什么别的意外，便安装了家用摄像头。

可是姑姑们却认为父亲想利用摄像头监视奶奶，她们觉得老人在我家没了自由，便轮番上门指责我父母。最严重的一次，三姑拿着凶器去我家吵架，直到我妈提出要报警，她才偃旗息鼓，并且接走了奶奶。后来，父亲和三姑断绝了来往，每隔一段时间就把赡养费转给大姑，让其代为转交。

起初的几年，奶奶生活可以自理，有时候还可以帮三姑和三姑父分担一些家务，大家都相安无事。但是这两年，奶奶的身体每况愈下，作息不规律，经常昼夜颠倒，晚上吵得人睡不着觉，他们感受到了照顾老人的压力。三姑想让其他两位姑姑帮忙分担，把奶奶接去她们家里轮流住，但其他两位姑姑看到奶奶的情况都避之不及。

去年10月，奶奶记忆力迅速衰退，神志愈发不清，有时候连自己的女儿都不认识。到医院检查才知道，奶奶患了阿尔茨海默病，且已经到了中期。奶奶当时的精神状态很不好，已经无法控制自己的行为。一次，三姑和三姑父外出干活，奶奶把大便拉在了厨房。

事后，三姑找大姑要到了我父亲的电话，歇斯底里地让他把奶奶接回去。但这些年父亲心里也有气，当初把奶奶接走时，三姑对他说尽恶毒的诅咒，如今体会到赡养老人的艰辛便要送回来。父亲没有理她，只是通过大姑又多给她转了一笔赡养费。

2022年10月之后，哈尔滨隔三岔五就出现新冠确诊病例，小区接连被封，出行很受限制。即便后来父亲有心把奶奶接回来，他因为接二连三的隔离政策一拖就是两个多月。

再次接到电话，得到的就是奶奶阳了的消息。父亲已经没有心力再去和他们争论什么，所以即便知道路途颠簸对老人不利，他还是冒着风险让我把奶奶接了回去。

03

输液并没有让奶奶快速好转，起初的几天，她昏迷不醒，一点东西都吃不进去。

父亲一边准备后事，一边想尽办法让她能吃点东西。他买来破壁机，把食物打成流质喂给奶奶，但是稍微粗糙一点的碎渣就喂不进去。好在大夫输液的时候会加一些蛋白，保证了奶奶身体需要的一些基本营养。

几天后，奶奶终于有了好转，但彻底不能自理了，就连说话都非常不清楚。父亲作为儿子，不是不想照顾自己的母亲，只是碍于男女性别的差异，多少还是有些不方便。而且，奶奶因为阿尔茨海默病的影响，已经不认识自己的儿子。每次父亲给她脱裤子让她排便，她都极其抗拒，因为在她看来，这就是一个陌生男性要强行脱去她的裤子。巨大的羞辱感和恐惧感让奶奶用尽所有力气打骂自己的儿子，甚至连看儿子的目光都充满了恨意。

一次，父亲在床边陪着她睡觉，她费力抓起床头柜上的剪刀刺向父亲的头，好在当时她感染新冠还没有完全康复，手没有太大的抓握力，剪刀掉在了被子上。

母亲曾就奶奶的照顾问题和父亲有过一次郑重的谈话，称他们结婚三十多年来，奶奶对她的伤害她永远难忘，如今奶奶卧病在床，她最多能按医生的建议给奶奶做好一日三餐，若要她端屎端尿，床前尽孝，她做不到。父亲没有办法改变妻子的想法，他也理解妻子的感受。

当年我出生时，重男轻女的奶奶没有看过我一眼，甚至在母亲坐月子期间擅自做主把我送人，幸好母亲及时发现，坚持拖着虚弱的身体把我追了回来，才留下了我。尽管事情已经过去了三十年，但它永远成了母亲心里的一根刺。

于是，照顾奶奶成了父亲一个人的责任。

奶奶新冠康复后，生理功能逐渐恢复过来，说话清晰了许多，力气也变大，不过还是无法行走，只能卧床。但是她的阿尔茨海默病却在迅速加重，每天不是在念叨一些已故的亲人，就是疯了一样地骂人。她的作息很不规律，经常白天睡觉，凌晨醒来，一旦身边没人，便会大声骂人或者破坏东西。

春节期间的一个深夜，凌晨两点多的时候，我们在睡梦中忽然听见一阵清脆的响声，接着就是噼里啪啦的声音。父亲赶忙起来查看，原来奶奶突然扶着床边的餐桌站了起来，把桌子上的碗筷全扔在了地上。父亲勃然大怒，质问她想干什么，奶奶像小孩子一样笑着说："祸祸你玩儿呗。"父亲无可奈何，只能认命地收拾地上的碎瓷片。

本以为这只是偶然现象，殊不知自此之后，这样的情况时不时就会再次上演。奶奶的体力恢复得很快，父亲担心她再砸东西，便把床周围的所有桌椅板凳全部挪走。但这并未起到作用，她开始用拳头砸床头，即便深夜，屋子里乒乒乓乓的声音也不会停止。

为了隔音，我父母有时会去关上奶奶卧室的门，可每次他们一有关门的动作，她便扯着嗓子骂人。

我父母都年近六十，本就容易休息不好，母亲白天还要去打工，在这样的环境下，没多久便神经衰弱了，去医院检查，被诊断为睡眠不足导致的心肌缺血。

如果只是自己家里人，倒还可以理解，可是有一天，楼下的邻居找上门来。邻居是一对70多岁的老两口，这些年和我家关系一直不错。最初，奶奶闹人的时候，爸爸和他们解释过，他们表示理解，但长此以往，奶奶砸床或者摔东西的声音给他们带去很大的困扰，老两口终于熬不住了。

父亲给两位老人连连赔礼，和他们承诺自己会想办法。

没多久，“办法”就来了，三姑给寄来了药，她说她家邻居和奶奶情况一样，吃了这药就不闹人了。结果，奶奶吃了药之后，确实不闹人了，而是连续几天昏睡不醒，后来爸爸将药拿给医生，才知道那是精神病人吃的镇定药。

又过了几天，之前服的药逐渐代谢出去，奶奶清醒的时候变多了，但四肢不如之前有力气，最大的问题出现了——她开始严重便秘。爸爸买来开塞露给她用，但未见好转。奶奶憋得难受，躺在床上不停地拍着肚子哼哼，但是每次坐在马桶上又排不出来。最后父亲实在没办法，只能一只手按住奶奶，另一只手硬抠出来。

这个画面至今想来都让人觉得残忍，奶奶用尽力气大声痛呼，两只手狠狠掐着父亲的大腿内侧。父亲忍着腿疼，一直没有停止手上的动作，用了十多分钟才将两团积累多日的粪便清理出来。

最后，奶奶折腾累了不再挣扎，父亲把她抱上床，此时她的肠胃应该舒服了一些，很快就睡着了。

空气中弥漫着浓重的臭味，父亲不顾零下三十摄氏度的天气，把所有窗户都打开，又给奶奶洗净了沾上粪便的裤子，将洗手间彻底清理干净。

做完这些，父亲累得气喘吁吁，颓废地躺在沙发上。

他对我说："以前在电视上看到过演员冯巩用亲情治愈阿尔茨海默病母亲的故事，当时没觉得怎么样，现在才知道，那真的很了不起。"

后来，父亲没再给奶奶吃镇定药，他告诉姑姑们："老人在我家我没要过你们一分钱，我也不求你们来帮我一下，所以无论我怎么照顾，你们都无权指手画脚。"于是，姑姑们干脆毫不过问，她们也乐得清闲。

随着奶奶身体的好转，父亲看护她的压力反而日渐繁重。奶奶新冠康复之后，食欲变得很好，四肢也更加有力气，她不再满足于卧床休养，经常趁着别人不注意慢慢往外走。但是她当时的状况又不足以支撑她走太远，经常迈出两步就摔倒。

一天，父亲出去倒垃圾的时候，奶奶自己起来，刚走几步就摔倒了，额头重重磕在了墙上。父亲赶紧联系了医生询问情况，他按照医生的指导观察了奶奶两天，发现只是普通的跌打损伤才放心。

自那之后，父亲几乎推掉了所有事情，每天只在家里照顾奶奶。可是任何人都无法做到二十四小时一直盯着她，稍有不慎她就又摔倒了。一次，父亲扶她坐在马桶上上厕所，中间出去接了个电话，她就自己站起来，但没有站稳，摔在了洗手盆边上。

偶尔有一些亲戚来探望奶奶，但看到她脸上磕出的伤便回去议论。

爸妈不时听到有人出去传他们虐待老人，起初还比较生气，但后来已经无力解释什么，只能关起门来过好自己的日子。

可是天长日久的，总不是个办法。

我父母都是最近几年进城的农民，没有退休金可以养老，如果不出去工作，就没了收入来源。

无奈之下，父亲请了保姆来照顾奶奶。保姆是一位40多岁的女性，据说伺候卧床的老人很有经验。可是，上岗第一天，她在给奶奶换裤子时，奶奶忽然咬住了她的胳膊。保姆还手打了奶奶，这才让奶奶松了口，但她的小臂还是被咬出了血。父亲赶紧回家向保姆赔礼道歉，并带她打了破伤风疫苗。保姆说什么也不在我家干了，父亲只好赔了她两千元，让她走了。

最后，父亲没办法，带着奶奶回了农村老家。

因为春耕的时候到了，他需要回老家种地，只好把奶奶带回去。

一天凌晨3点多，睡醒了的奶奶扶着墙边的旧家具走到了厨房，不知哪里来的力气，将灶台上的两口铁锅拔了出来，又回到房间，拿起被子扔在了灶坑里，高声喊着："快烧火呀，快来烧火呀。"

父亲被她喊醒，看着满地狼藉的厨房，感到深深的无奈，他给我们录了个小视频，把脏了的被子拿出来，再把锅放回原位。

在发现奶奶可以扶着东西走的时候，他就有了新的担忧。因为奶奶根本无法估计自己的力量，很有可能再次摔倒。

父亲尽力全天看着奶奶，但防不胜防，奶奶还是在一个深夜自己起来走路，摔断了鼻梁骨。父亲找来了卫生所的驻村医生，但医生说，鼻梁骨断了，即使到医院也没有太好的办法，只能打几天消炎针让软骨自己长好。

可是对现在的奶奶来说，打针才是最难的一步。与感染新冠时的昏睡不醒不同，此时的她，只要医生靠近就会破口大骂。父亲抓着她的手让医生打针，她就朝医生吐口水，还作势要咬人。好不容易扎上了针，她一下就给拔掉。父亲又带她去县城的医院埋针，但她连埋的针都拔掉了。连着折腾了两三天也没打成消炎针，最后只好等着伤处自然消肿，鼻梁骨慢慢愈合。

有了行动能力的奶奶，看护起来需要更多的精力，身边根本不能离人。于是，父亲有事需要出去忙的时候，就会喊三伯来帮忙。在老家，三伯家和我家只隔着一个院子。但是三伯患有脑梗很多年，脑子不太清醒，说话和行动都有些不便。父亲不需要他做什么，只是在一旁看着奶奶，别出意外就好。

三伯很称职，几乎不让奶奶离开自己的视线范围。他自己锻炼遛弯的时候，会用轮椅推着奶奶在村子里走。谁也没想到，这对加起来160多岁的老人，却异常和谐。遇到新鲜事，三伯会停下轮椅看热闹；奶奶虽然看不懂，但也安静地坐在旁边等待。有了三伯的协助，父亲的压力小了很多，如果有事要忙，他便做好饭，让三伯来喂奶奶。

可是村里人本就喜欢嚼别人的家务事，在他们看来，父亲不想伺候自己的母亲，便把90多岁的老妈交给了半身不遂的三哥。

一天傍晚，三伯正推着奶奶在村里散步，几个饭后出来乘凉的老人看到他就说："又把老太太扔给你啦？"

因为血栓压迫了面部神经，无论三伯的情绪如何波动，他都会控制不住地发笑。其实他并不喜欢那些人嚼舌根，但他当时却控制不住地笑起来。

有个人拿出手机对着他录视频，其他人在旁边说："看看，傻儿子推着个傻妈。"

这个视频被发到村里几百人的大群里，父亲看了很生气，却无可奈何，无论是三伯还是他，都无法左右旁人的看法。

在熟人关系盘根错节的小社会，"孝道"这个词早已偏离了它原本的含义，更多时候，人们会把它同"脸面""名声"等捆绑在一起。

前两年，村里一位老人患上阿尔茨海默病，子女都在外打工，无暇照顾老人。多方权衡之下，老人的子女们凑钱把他送去了养老院。可是随着老人病情的加重，护理难度也在升级。最严重的一次，老人在养老院与其他人起了冲突，趁别人睡觉时拿起垃圾桶，将里面的垃圾全部倒在了对方头上。养老院迫于多方压力，只能“劝退”了这位老人。

这件事很快就在村里传开了，大家对老人的子女议论纷纷，说他们不孝，一心为了挣钱，对老人不管不问。尽管那位老人已经去世，但村里人依然会对他的子女指指点点。

如今父亲想起此事，更加感同身受。

他说：“电视剧会告诉你‘百善孝为先’，亲戚朋友会告诉你‘谁都有老了的一天’，自己内心的情感会告诉你‘她养我小，我养她老’，大道理谁都会说，可真正经历过，才能体会到那种无力感。”

每当这个时候，父亲总会自责，他认为这一切是因为自己没本事。

端午节的时候，我们回老家看望他们。父亲有些醉了，他说：“如果我是大老板就好了，那样就可以花钱请最好的护工；如果我有退休金就好了，那样我就可以不用出去挣钱，一心在家看护她。但我什么都不是，我只能尽最大的努力来照顾她，又在心里觉得自己做得远远不够。”

奶奶年轻的时候很向往城市的生活。当年，三伯和父亲在农村娶妻生子后，奶奶对他们很失望。于是，她把希望寄托在三个女儿身上，在选女婿的时候百般慎重，终于冲破重重阻碍，把自己的三个女儿都嫁到了城里。

在父亲的印象中，好像自己成年后都没有坐下来和奶奶好好说过话。所以，虽然现在父亲照顾奶奶很辛苦，但他却格外释然。这些年，他嘴上不说，但我们知道，其实他心里很累。这份累，不仅来自养家糊口的艰辛，还有兄弟姐妹间的攀比。因为奶奶总是把孩子们放在一起比较，所以父亲总想超越他的姐妹，让奶奶看到，他这个儿子，也不是那么“没用”。

可是这大半年来，父亲和自己和解了。以奶奶现在的神志，他可能永远无法得到那份认可，并且他已经不需要那份认可了。

有时候，父亲挺羡慕三伯的。在奶奶的子女中，三伯是存在感最低的孩子。他做了一辈子泥瓦匠，把两个儿子养大成人，日子过得虽不算贫穷，但也仅能糊口而已。可他却从来不像父亲那样精神紧绷，因为他从不在意奶奶的评价，无论在奶奶心里，他是多么“没出息”，他也从不想得到奶奶的认可。

或许奶奶年轻时都没想过，自己认为最指望不上的两个孩子，却成了此时最大的依靠。

现在，他们的关系反而简单纯粹。

有时候，父亲做一些好吃的饭，会给三伯发微信，三伯看到就来吃饭。

父亲担心奶奶积食，每天少量多次地喂饭。可三伯不明白，担心老妈吃不饱饭，便经常从家里拿一些零食偷偷塞给奶奶。每次父亲发现，都感到啼笑皆非，只能给奶奶吃健胃消食片。

被奶奶闹习惯了，有时候奶奶偶尔安分几天，这兄弟俩反而感到不安，担心她快不行了。于是他们变着法逗奶奶，把奶奶惹急了，拿起手边的东西就打他俩，他们才放下心来，因为能打人就说明奶奶体力很好。

父亲有时候会把这些事当笑话讲给我们听，照顾奶奶这几个月，他的心态也在慢慢改变。

我们前几天去探望他们，父亲买了烤串，我们就在院子里吃烧烤。

这时，三伯端着一盘饺子送过来，奶奶坐在轮椅上对他说：“你坐下，喝两盅！”

父亲指着三伯问奶奶：“你知道他是谁吗？”

奶奶指着三伯说：“他是我二叔，你是我四叔，你们哥俩喝两盅！”

父亲和三伯无奈摇头，我们小辈们听到后哈哈大笑。

在病房里他是一个身体还不错的病人，可一出医院，他就成了一个孤独的患癌老人。

11

第十一个故事

医生，我不太舒服，先回家了

秋爸
肿瘤科医生

在病房里他是一个身体还不错的病人，可一出医院，他就成了一个孤独的患癌老人。

01

不同于外科、心内科这些承担重要急诊任务的科室，在肿瘤科上班的我，只要不是值班，晚上在家我很少接到科里的电话。正是因为少见，所以那天凌晨3点，当急促的手机铃声将我叫醒，看到护士站那一串号码时，我一定是一脸惊恐的。

“王医生，不好了，你的病人跑了！怎么也联系不上！”电话那头的护士语气里没有一点半夜吵醒别人的歉意，现在想想她当时一定着急得不管不顾了。

“谁啊？9号床啊？”我问。

“对，9号床老徐，12点的时候发现没人，到现在也找不到，手机和腕带在枕头下面，他儿子也不接电话。刚才调了监控，看见他确实出了咱病区大门了。要不你过来吧，主任让在院里找找，咱们人手不够。”

主任都被惊动了？这位护士又调监控又向主任汇报，看来把事闹大了，我赶紧穿衣服往医院赶。

深夜的城市路灯晦暗，寒冷的空气给汽车前窗蒙上了一层雾气，我将车窗降下一些，刺骨的寒风立刻让我清醒过来。我点起一支烟，吞云吐雾中看着红灯一秒秒闪过。

老徐，这么冷的天，你怎么又跑了？

第一次见到老徐是2023年4月，我当时是科里的住院总，负责科室的会诊工作。消化科请求会诊，会诊单上写道：“患者直肠癌晚期，化疗后疾病进展，请求贵科协助诊治。”叫会诊的是一位消化科的女医生，姓董，比我年长几岁，很好说话。“小王啊，又给你找麻烦了，这个病人得让你们看看。”说着要带我去床边，我赶紧说：“姐，咱们先在办公室看看病历吧。”

我们科情况特殊，如果病人确诊为癌症晚期，许多家属会要求我们对病人保密，医护不小心说漏嘴便会被家属埋怨，所以我习惯尽量不在床旁询问病情，有时我还会冒充其他科室的医生。

董医生三言两语向我交代病情：“这个患者71岁，因为肠梗阻来诊，确诊的时候就是直肠癌，肝转移、双肺转移。在外科切了原发灶，做了造瘘，转到我们科。在这做了半年CAPOX方案化疗，这次复查双肺转移，瘤明显变大、增多了。”CAPOX方案是一种双药联合化疗方案，名称源自两种化疗药物的英文缩写，是晚期结直肠癌最标准、最经典的化疗方案。晚期直肠癌一般是不做手术的，因为做了没用，不会延长寿命。老徐当时是因为肿瘤将直肠堵死，为了保命才做的手术，手术后仍然需要做放化疗。

“病人知道自己的病情吗？”我问董医生。

“知道。”

第一眼见到老徐的时候，他正独自靠在病床看电视。一看到我们俩进病房就坐直了身子，憨厚地冲我们笑。第一印象，这个病号状况不错，还有继续治疗的意义。我问老徐：“老先生您有什么不舒服？”老徐想了想，说道：“医生好啊，我没什么不舒服。”

像老徐这种“肿瘤明明已经全身转移了，自己却没什么不舒服”的现象经常发生，因为肿瘤还没有压迫到重要的脏器和组织，人体与肿瘤正微妙地共存。晚期肿瘤无法根治，维持“带瘤生存”的状态正是癌症晚期治疗的意义，西医的手段是化疗、放疗、靶向药等等；中医的手段就更多，而两者效果都不是很好。

经过再次询问病史、重点查体，我对老徐的病情有了基本了解，董医生也有意让病人转到我们科继续治疗。我对老徐说：“老先生，愿意去我们科吗？”

老徐仍然是一脸憨笑：“愿意，那怎么能不愿意呢。我听你们二位的安排。”

当天下午，护士站来电话说消化科病号来了。我到床边看他，老徐正收拾东西，行李不多，一个旧的手提旅行袋而已。老徐将饭盒放到床头柜，洗漱用品放到厕所，旅行包放到属于他的储物柜，动作熟练，始终面带笑容。一次次化疗让他轻车熟路，但我总觉得哪里不对。

家属呢，怎么总是他自己？

02

70多岁的老人，身患癌症却无人陪伴，这不合常理。

我问老徐：“您怎么也没个人陪啊？一会儿让家属找我一趟。”

说起家属，老徐露出了为难的表情，说道：“王医生，有事你就跟我说吧。病情我都清楚，我能照顾自己。”

“老伴呢？在家看孙子啊？”我问。

“老伴去年脑梗走了。”

“孩子们呢？”

说起孩子，老徐轻轻叹了口气，压低声音说：“王医生，我家里情况特殊。孩子精神有点问题。脑子受了点刺激，现在他能照顾自己就不错了。”

尽管老徐已经压低了声音，但同病房的病号、家属仍然把目光投了过来。我急忙打住不再问了，于是说：“那好，您先安顿好，有事你按铃叫我们护士。”

我跟护士们交代，新来的病号特殊，暂时没有家属，他按铃时反应快一点。

转科之后，我给老徐又安排了一些必要的检查。从预约到检查，都是老徐自己完成，平时在病房他也是独自一人安静地输液。两天下来，老徐给人感觉随和、安静而又孤独。

检查都做完了，老徐切掉的直肠没有病灶复发，但双肺斑斑点点、大大小小的转移灶有七八个。更糟的是肝脏，肝左叶一块巨大的转移灶足足6厘米大。

直肠癌晚期，一线单纯化疗失败，下一步就需要用靶向药了。而选择靶向药物，需要做基因检测。基因检测全自费，即使选择最基础的项目也需要六七千元。跟老徐交代了下一步的打算，老徐想了想说："王医生，自费的我就不做了。靶向药医保能报我就用，不能报就算了，说实话我用不起。"老徐的回答简练直白，看来他早就想好了。

医学发展到现在，早已有一套规范标准的指南指导治疗，根据疾病不同阶段和基因状况，在指南中都可以找到标准方案。可是现实中没有标准方案，比如对老徐的治疗。

根据他的情况，我们制定了一套经济实惠的治疗方法。第二天就要化疗，没人陪绝对不行。我去找老徐谈："您能找个亲戚陪你几天吗？明天化疗了，您自己可不行。"

老徐又难为情地说："和亲戚来往不多，实在不行，我让儿子来吧。"

"他行吗？您说他精神受过刺激，去医院诊断过精神疾病吗？"

老徐说："那倒没有。他上学那会儿成绩好，是个研究生，在他们单位上班没多久跟领导闹不对付，工作也不干了，到现在40多岁也没成家。就是精神受刺激了，没去医院看过。"

我接着说："那就让他来吧，给您打个饭，您输液时让他盯着点，照顾您几天。"

老徐说："那行，我让他过来。"

第二天，化疗开始了。化疗过程中最常见的不良反应是恶心、呕吐，有些化疗药物还会让病人有过敏反应，这些都需要旁边有人悉心照料。老徐的儿子上午来到了病房，我跟他打了个招呼，聊了两句没发现什么异样，我也就放下心忙别的去了。上午临下班的时候，护士一见我急忙过来说："王医生，你那个转科的没家属陪，自己输化疗药呢。"

"他儿子不是来了吗？"我急忙过去看。

老徐床边确实没人，我问他："您儿子呢？"

他说："我儿子见我输了一会儿没事，就走了。"

同屋的病友这时说道："我就没见过这样的儿子，还不到11点就走了。"老徐听完又不好意思地笑了。

病友接着说道："都这点儿了还没吃上饭呢。"快12点了，饿着肚子化疗，这让我哑口无言。我拨打他儿子的电话，很久才接通，我生气地说道："你在哪儿呢？不是让你陪你爸输液吗？"

电话那头回答："我爸他没事，挺好的，下午我接他出去转转，我去洗洗车。"

"你爸到现在还没吃饭呢，还挺好呢?！"

"下午我去接他，我俩一块出去吃，没事，王大夫，你别管了。"

无论我说什么，他儿子总是说没事没事的，没几句也就挂了电话。

我对老徐说："您说您儿子，这时候洗什么车啊？"

老徐叹口气，无奈地告诉我："王医生，我们家没有车。你别管我了。马上就输完了，我一会儿自己去吃。"

我看了看医嘱单，液体输完估计得到下午三四点钟。我拿出饭卡，让护士给老徐带份盒饭（医务人员中午一份盒饭三元钱）。又跟护士说："就说是科里给买的，别让他饿着肚子化疗。"

下午，老徐来办公室找我，拿出二百元钱硬塞给我，拉拉扯扯的。老徐眼眶红了，说护士都告诉他了，他不能白吃我的饭。

我最后说道：“请您吃顿三元钱的饭我还是请得起的，您把钱留着请个护工，陪您两天吧。”

03

闹了这么一出，老徐在科里出了名，大家都知道了他家里的情况，医生、护士们也还算照顾他。交班会上护士长还表扬了我，说我年纪轻轻挺负责任，但是这样的病号需要规避医疗风险。我听得出来，后半句才是重点。

后来上级医生问我：“小王，假如有一天老徐病重了，没法自理了，或者昏迷了，需要家属签字了，你怎么办？”上级就是上级，这个问题难度大，我至今也没想明白。

对于老徐的治疗，是用一种医保范围内的靶向药联合一种化疗药物，我有意控制了药物剂量，希望能够收获疗效同时副反应可控。二十一天一个疗程，每个疗程大约需要住五天院。

一次次的化疗，老徐都是提着那个旧旅行包来住院，独自一人跑上跑下。他儿子也只是在化疗当天才来陪一陪床。所幸老徐身体底子不错，几次化疗下来并没出现什么严重的副反应。

去年夏天的一个傍晚，天阴沉沉的，到了快6点的时候一副大雨欲来的样子，大家都抓紧干活准备下班。这时护士进来，沉着脸对我说：“王医生，你的老徐一下午没见人了，电话也打不通。你赶紧联系联系，马上下大雨了。”

“什么时候下雨你说的算？”我抓空跟护士逗个闷子。

病人住院时都会留下联系人电话，我用手机一连打了几次都是未接通。我有点急了，那段时间雨下得邪门，真要是病人困在外面就出大问题了。电话终于接通，电话那头是他的儿子："王医生，我爸跟我在一块呢。放心，吃个饭就回去。我开车送他。"

"你别开车送他了，打车赶紧回来吧。"你家没车，我早就知道了。

护士松了一口气，对我说："你跟老徐说说，输完液在院里走走没人拦着他，但也得跟我们说一声啊，电话也不接，吓死谁。"

不一会儿，我又接到他儿子一条短信："王医生，我们今天不回去了，我爸想爬山。癌症病人需要运动对吧，明天回去。"

我一下急了，赶紧拨回电话。爬什么山！不可理喻。可电话再也没接通，不一会儿对方手机关机了。

大雨还是来了。病房前的小路积水很快没过了脚腕。护士长和我看着大雨发愁，哗哗的雨声让我俩连彼此说话都有些听不清楚。天渐渐黑了，护士长说："按程序得向机关汇报了。你说怎么办？"我看着大雨对护士长说："你想，老徐一直都挺配合，他儿子的话也没几句靠谱的，我觉得肯定不会是去爬山了，咱们再等等。"

七点了，雨渐渐小了，围在病房楼前的人们一点点散了，我和护士长一直在等老徐。从远处花园亭子里走出来一个人，护士长指着说："小王，你看那个老头儿，是老徐吗？"

瘦瘦高高、稀疏的头发，没错，是老徐。我举着伞上前去看，老徐穿着一双拖鞋，淋着雨淌着水，深一脚浅一脚地向病房楼走来。"赶紧接过来！"护士长喊道。

我一手举伞，一手搀着他小跑回来。

"您一下午跑哪儿去了？再不回来我们都要报警了。"我问他。

"不管是什么原因，以后不允许不打招呼走这么长时间，这是最后一次！"护士长也严厉地说。

"我哪儿也没去啊，输完液在院里走走，赶上大雨就在那个亭子里避雨。"老徐手指着花园，那个亭子也就是一二百米的距离。

“您儿子说您爬山去了。这不捣乱吗！”我有点生气。

“他净坏我的事。对不起啊，王医生、护士长。”老徐看出自己惹了祸，说话怯怯的。

“把您手机号码留给我，我以后不给您儿子打电话了。”

“王医生，我没有手机。”

老徐的儿子没收了他的手机，说是为了防止老年人上当受骗。

第二天，我逼着老徐的儿子给他爸配了手机，办了新电话卡，亲手互存了手机号码。后来，护士们跟我闲聊的时候说：“王医生，你沟通能力真强，老徐的儿子你都能聊得通。”那天我对老徐的儿子威逼利诱，又是哄又是训，配合他也说了不少莫名其妙的话。后来我还告诉他，有了手机，爬山迷路了可以通过卫星定位迅速找到老徐，他听了使劲点头。

本以为有了手机，老徐就不会再失踪。结果这种情况又出现了几次，老徐经常输完液就找不着人。我实在受不了就找他好好谈了一次。

老徐告诉我：“王医生，我一个人闷得慌，在病房输液，一躺就是一天，我在家每天都去公园走一大圈呢。”

“没说不让您活动啊，您得接电话啊。”

“我吃饭不方便，儿子也管不了我，你们医院的饭我吃不惯，我得吃软的，下午我想回家自己做一口吃，你们护士不让。”老徐缓缓地说。

我说：“您情况特殊，我特别理解，但是您得换位思考，您回家吃个饭搞得我们全科人心惊胆战的。以后您要回家吃饭或者在院里走走就跟我说，我去跟护士解释。”

我又确定了一下老徐是不是因为手机铃声太小听不到，面对面让他接打了一次我的电话。从那以后，老徐也没有再偷偷跑掉。护士们也照顾他，尽量对他宽松一些。

有一天傍晚，我下班路上看到老徐在医院门口买饭。他瘦高的身材，后背也有些驼了，站在煎饼摊前排队。蒸腾的人间烟火将小小的煎饼摊笼罩在蒸汽之中，老徐和其他人一样认真地盯着灶炉。在病房里他是一个身体还不错的病人，可一出医院，他就成了一个孤独的患癌老人。人群熙熙攘攘，但只有我才知道这位老人今天独自一人在医院化疗，到了傍晚也只能草草买套煎饼充饥。我心里五味杂陈，有心疼也有无奈，以至于不敢上前打招呼，略显冷漠地快步走掉了。

04

和老徐认识一年。古稀之年痛失老伴，又开始学习如何独自面对可怕的癌症，他艰难地应付着一次次化疗，直到最后一次复查，老徐终究是扛不住了。

这个冬天低温破了纪录，可冷空气挡不住肿瘤病人的化疗热情，我们科仍是一床难求。化疗日期超了三五天，老徐终于排队住了院。入院查肿瘤标志物见到癌胚抗原翻番地涨了上去，他也说最近右下腹时常隐痛，这是以前没有的症状。肿瘤大概率恶化了，我为他预约了CT。

接着那天深夜，我就接到了护士站的电话，说老徐又跑了。

我匆匆赶到科里，护士跟我说了晚上的情况。最近医保大检查，严厉打击套保、骗保，医院也三令五申不允许病人请假回家。老徐下午输完液想走，护士们向他说了最近医院的规定，让他克服一下。到了晚上，老徐趁两班护士交班的时候回了家。无巧不成书，我们科那几天装修，新换的门禁还没有启用，监控里可以看到，老徐从病房中快步走出，拉门出去了。

手机和手环都压在枕头底下，说明老徐走的时候非常坚决，我越想越害怕。

我手机里存着老徐儿子的电话，凌晨3点多了，他会接吗？我拿起手机拨了过去，两个护士在旁边焦急地看着我。

第一遍没人接。接着第二遍。接着第三遍。电话里的嘟嘟声在安静的病房走廊里听得一清二楚，几个夜里睡不着的病人、家属也探头探脑地想看看到底出了什么事。

终于，电话通了："喂，王医生。"这是老徐的声音，他跟儿子在一起。

"您回家了？"听到老徐没事，我心里的火气也就消散了。

"护士们不让我走，我肚子疼，在家我用暖水袋捂一捂就能好点。我实在是受不了了。"老徐的声音带着哭腔。

"别着急了，这样吧，您再休息一会儿，早晨早点回来。还得输液呢。我今天晚上就不回去了，在病房等您。"

我给主任发了条微信，告诉他放心，人找到了。向医院总值班通报了情况，告诉机关病人天亮就到位。我也在科里找了个地眯了一会儿，想着自己的病人闯了祸，交班时肯定得挨批评，又想着该怎么好好说说老徐。

早晨交完班，我立刻去看老徐。一进屋看到护士长和几个护士也在病房里，老徐默默躺在床上输液，面色难堪，估计护士长已经找他谈过了。

我看了看他，对他说："您住着院，肚子痛应该找医生处理，处理完还是疼应该接着找医生啊，回家就不疼了？"

我自认为语气还算温和，可谁知老徐号啕大哭。70多岁的老人在我面前大哭，这让我不知所措。老徐泣不成声，说自己太不容易了，老伴没了，这么大岁数干什么都没人照顾，孩子也不顶事。情绪大坝一决堤，水流不干是不会停的。老徐哭着诉说着自己的不易，同屋的病人、家属、一众护士都沉默着听着。

可是，无论你的生活是凄凉还是美满、是贫穷还是富有、是出众还是平凡，在癌症面前，众生平等，这可能是世上最公平的事了。老徐的CT结果出来了，全面恶化。

找不到家属交代病情，我只好把病情说给老徐听。

我让他坐在电脑前，打开他的CT报告，如给实习同学上课一般，一五一十地把疾病进展的情况告诉了他。直肠癌最常见的几种化疗药物已经用尽，要么试试靶向药，但这些靶向药物疗效并不确切，价格也比较昂贵；要么试试中医中药。老徐说让他想想。

老徐告诉我他想出院，试试中医。他收拾好自己的东西，提着那个旧旅行包和我告别。我把他送到电梯，嘱咐他如果有事可以打电话联系我。

老徐出院后大家依旧忙忙碌碌，很久没有他的消息，今年春节科里聚会，和护士们聊天时聊起了他。老徐失踪那天的夜班护士告诉我，当时她打开老徐的手机想找找有没有能联系的人，发现手机通讯录上只有两个联系人，一个是他儿子，一个是我。

后来橙子得知，同时期一起进仓做干细胞移植的四位病人，只有她活了下来。

12

第十二个
故事

19 岁的我，治病十年，不会再哭了

张小冉

后来橙子得知，同时期一起进仓做干细胞移植的四位病人，只有她活了下来。

01

2010年年初，橙子坐在耳鼻喉科门诊室外走廊的板凳上，她埋着头，两只手提着塑料袋，鼻血源源不断地涌出，往塑料袋里流。

两小时以前，橙子的母亲尝试了各种民间止血方法，仍没有成功帮女儿止住鼻血。母亲连忙带她去医院，找身为医生的姨婆帮忙。

姨婆为橙子做了相关检查，判定橙子鼻腔内毛细血管破裂。在注射麻药准备做缝合时，橙子过于害怕，不合时宜地扭动了身体，麻药针误扎在她的嘴唇上。鼻血顺着塑料袋的边缘滑到底部，殷红的血液越积越多。那一刻，橙子感觉自己肿胀的双唇像学校小卖部售卖的两根烤肠。之后的3天，鼻血堵塞产生的异物感让橙子的喉咙极度不适，酥麻的双唇导致她讲话时嘴角一个劲儿地流口水。

当时的检查报告显示，橙子血液里的血小板偏少（约80×10^9/L，血小板的标准值为100×10^9—300×10^9/L）。大家没有重视，没人意识到噩运的齿轮就此逼近9岁的橙子。

几个月后，橙子独自从老家重庆石柱县坐车到涪陵，准备在姑姑家度过一个愉快的五一小长假。姑父是检验科的医生，他敏感地察觉到橙子身上青一块、紫一块的情况很异常，决定带橙子到自己所在的医院做进一步检查。

这次，血液检查报告显示，橙子血小板的数量降到5（即5×10^9/L）。医生立刻安排橙子住院。父母收到消息后，第一时间从老家赶来涪陵。为了查明血小板异常的原因，排除白血病，橙子经历了人生中第一次骨髓穿刺。

为了打消橙子对手术室的恐惧，在姑父的关照下，抽骨髓手术安排在病房里完成。橙子趴在垫着蓝色手术垫的病床上，无意间回头，恰好撞见医生手里举着长长的麻药针。麻药从背后进入，橙子紧紧地抓着母亲的手，开始小声抽泣。骨髓被抽出来时，钻心的疼痛铺天盖地袭来，母亲捂着嘴尖叫起来："这好嘿（吓）人啊！"橙子再也忍不住了，疼得放声大哭，哭声在整个走廊回荡。"第一次抽骨髓真的太疼了，哭到枕头可以拧出水。"

穿刺结束后，橙子看到母亲哭肿的双眼，当即决定以后做任何手术，都不再哭了："因为我哭，我妈就跟着哭，我不想她难受。"

橙子相当信守承诺，之后，她共做过十余次骨髓穿刺，真的一次都没有哭。

骨髓穿刺结果让橙子父母松了一口气，橙子排除白血病，按照单纯血小板减少进行后续治疗。一周后，橙子出院了。

出院后，为了控制血小板的数量，橙子开始服用泼尼松（也称强的松，糖皮质激素）。橙子从每次12颗泼尼松开始服用，出院仅一个月，她就猛增了20斤。她每天都在倒计时，期盼激素从每次吃12颗减量到每次吃半颗。

然而，她的梦想始终没有成真。让她意想不到的是，从那时起，她再也没有摆脱激素——至今，她服用了十年的泼尼松。

02

2019年，橙子的病再次复发，由于疫情原因，无法及时去医院治疗，身体状况每况愈下。

住院后，橙子从住院部请假回学校参加高考。橙子的高考成绩为444分，2020年重庆文科第二批本科分数线443分，虽然超过二本分数线1分，但是最终滑档。橙子与梦寐以求的四川外国语大学失之交臂，被重庆一所职业学校录取，学习英语专业。

橙子很受打击，母亲拿出一沓橙子用过的草稿纸鼓励她："你草稿纸上的每一个字，你贴在墙上的学习计划和标语，都是妈妈看到你付出的努力。不论你成绩是好还是差，以后挣多少钱，你都是我的女儿。这些分数都是你最珍贵的经历。"

橙子很快调整了心态，她决定在大专院校里继续好好学习，参加专升本的考试，争取读研究生的机会。虽然，高考成绩失意，但橙子意识到还有很多梦想等待她去实现，她觉得自己每天都好忙。暑假期间，橙子报名了"普通话与声音美化"线上课程，她在一步步地靠近自己的梦想。

唯一让橙子顾虑的是，她不知道如何在开学后面对陌生同学的审视——橙子如今身高1.63米，体重飙升至180斤。十年的激素治疗，副作用像吹气球一般，迅速将橙子的身体吹胀，脂肪肆无忌惮地填满橙子的每一寸肌肤。橙子称自己成熟的标志是"不想和陌生同学讲述自己生病的经历"。她不愿意收到任何带有同情色彩的反馈。

"不过，我运气特别好，从小到大身边的人从来都没有因为我胖歧视我，我每天都过得很开心。可能是遗传，我爷爷奶奶以及整个家族的人，都莫名地乐观。"橙子调整情绪，用轻松的语调告诉我。

2013年，经过三年的治疗，医生仍没有确诊橙子血小板异常的原因。重庆医科大学附属第二医院血液科的娄医生为橙子提出新的治疗方案——尝试使用进口药。

150毫升的进口药价格超过5000元钱，除了昂贵的价格，让人措手不及的还有来势汹汹的副作用。将150毫升的进口药稀释成500毫升的药水输入体内，每次输液时间长达10小时。在此期间，橙子心跳加速，必须时刻用心电图机监控心跳频率。她不间断地咳嗽，吃什么吐什么，直到自己无法呼吸，窒息感铺天盖地地袭来，脸部涨到通红。

“每次输液，感觉都像要收了我的命。”

三个月后，血小板稳定在正常范围内，这让橙子看到了曙光。橙子出院了，生活逐渐步入正轨。

可惜，这场病魔和橙子的拉锯战，主动权不在橙子手里。仅仅过去半年，临近五一小长假前夕，橙子在放学时，一头栽在学校门口昏迷了。

姐姐赶忙把橙子送到医院。她在病床上醒来，床边除了父母，还里三层外三层地围着一大家族的人，三位大伯和三位姑姑的眼睛里噙满眼泪。橙子果然“莫名地乐观”，她用轻松的语调，戏谑地调侃那个场景像是“和棺材里的遗体告别，特别搞笑”。

她打心底不以为意，认为自己只是贫血而已，大家这样怜悯又沉重的眼神来得莫名其妙，像自己得了绝症。

母亲为了更好地照顾橙子，在医院附近租了一间厨房，方便给橙子做饭。橙子最爱吃母亲做的酸豇豆炒肉末和粉蒸扣碗，用她的话说就是“不能提，提起立马流口水”。

中午查房时，娄医生会逗橙子，用重庆话调侃她：“你莫吃了，再吃粉蒸扣碗，我看你整个人都要变成一个碗了。”娄医生抢走橙子的饭碗，逼得橙子连连卖萌求情。随即，娄医生又把粉蒸扣碗还给橙子，一脸宠溺地看着她吃饭，说她吃饭特别香。

03

那次病情反复，橙子办理了休学。权衡之下，娄医生决定为她做一台被橙子称为“生命转折”的手术——自体干细胞移植。

为了避免感染，自体干细胞移植要在无菌环境下完成，橙子得进

“仓”——无菌室，在那里独自生活一个月。为了保证尽可能地减少细菌，进仓前，橙子被要求将头发剃光。彼时，橙子蓄了多年的长发，已及腰部。橙子坐在椅子上，护士麻利地用剃发刀，三下五除二地将她剃成了光头：“连扎头发的皮筋都没帮我取掉，就直接从头顶开始生推，我的天，我当时真的崩溃了。”橙子看着镜子里怪异又陌生的自己，头顶逐渐露出一道道丑陋的头皮，眼泪夺眶而出。她哭着求护士，把她剪下来的长发转交给在仓外守候的母亲。

剃发后，橙子走过一条长长的走廊，进入无菌室泡澡。等她把自己彻底清洁干净，穿上蓝白条的病号服之后，进入专属于她一个人的无菌室——房间内有一张床、一张小桌、一个马桶、一台电视和一部手机。无菌室置放电视和床的两面是墙体，另外两面是透明的玻璃。

医生和护士不能进入无菌室，只能通过玻璃上的小洞为橙子操作输液。为了安抚13岁的橙子，医生、护士会抽空轮流隔着玻璃陪橙子聊天。有一位医生每天给橙子转述重庆电视台自编、自导、自演的本地生活类连续剧，医生绘声绘色地复述剧情，极力向橙子展现剧中的笑料，橙子也跟着笑。

母亲也会在无菌室的玻璃外，通过电话陪橙子聊天。母亲告诉橙子，她新交了一位朋友叫王阿姨，王阿姨的女儿刘彤比橙子大7岁，在另一间无菌室做异体干细胞移植。王阿姨是一位单亲妈妈，日常工作繁忙，自己不会做饭，母亲自告奋勇地提出在租的厨房内做两份餐食，每天为刘彤备一份病号餐。

在母亲的引荐下，橙子和刘彤互加为QQ好友，两位母亲在无菌室外互相陪伴，橙子和刘彤在QQ上相互勉励。开朗的刘彤和橙子很投缘，她一遍遍地向橙子发出邀请：“解放碑附近有一条小吃街，等咱们这次把病治好了，一起去逛小吃街，吃炸串、吃火锅，一起吃个够！”她们还请母亲们买了同款睡衣，约好出仓后一起在病房里穿姐妹装。刘彤比橙子先离开无菌室，顺利出院。不久，橙子出仓，转到普通病房。

自体干细胞移植手术费用很高，前后花费接近三十万元，父母从来不让橙子为治疗费用操心。母亲计划着等橙子痊愈出院后，她就去外地做生意赚钱。

当橙子觉得一切都在朝着很好的方向发展时，那天，母亲给橙子送饭，给她带来一个噩耗——刘彤姐姐出院后发生感染，那天的凌晨两点送进医院，抢救无效去世了。橙子第一次直面死亡，她忽然意识到，生病原来可以带走一个人的生命，“原来不是打针、吃药、做手术就可以不用触碰死亡，原来做了一切，也会死”。橙子难以接受，一个人就这么轻飘飘地离开了这个世界。

后来橙子得知，同时期一起进仓做干细胞移植的四位病人，只有她活了下来。

橙子感到恍惚，她后知后觉地发现，自己还没见过刘彤姐姐，只通过QQ看过彼此的照片。

C4

出院当天，橙子戴了三层口罩，父母小心翼翼地将接送橙子的汽车和橙子的房间反复消毒，最后将她安顿回家。

自此开始，橙子在房间里整整待了十一个月。

橙子的头发渐渐长了出来，柔软的新发在清洗之后，向四面八方奓开。橙子照照镜子，还挺满意，觉得自己像可爱的玩偶蒙奇奇。

时常，橙子会透过卧室的窗户往外望。家附近有一所中学，放学时，学生们穿着校服，成群结队地从窗外的斜坡走过。重庆的道路“爬坡上坎”，学生们踏着轻盈的步伐登上阶梯，毫不费力。橙子时常望着他们发呆，一个人在房间里待久了，开始自言自语："为啥子他们不用戴口罩？为啥子他们不用剃光头？为啥子他们不用吃药？为啥子我不能去上学？"房间空荡荡，没有人回答她。

生病太久了，橙子早就习惯不哭了。情绪失控的那一天，是听到爷爷去世的消息。

橙子想赶到灵堂送爷爷最后一程，她哭着给父亲打电话，姨婆抢过父亲的手机，大声地呵斥她："你来干啥子？你不想活了吗？这儿那么多人，你想感染吗？你也想去死吗？"橙子不敢反驳，她从小就很怕姨婆。放学路上，橙子远远看到一个人的背影像姨婆，会立马丢了手中新鲜出炉的炸土豆，转身就跑。橙子不敢吭声，默默挂了电话。

爷爷年轻时是一位炊事兵，思想上有些重男轻女。橙子父母生了两个女孩，爷爷一直不喜欢橙子。后来，爷爷患阿尔茨海默病，很多年前就记不得橙子的名字了。可是，听到爷爷去世的消息，橙子还是打心底难过，和爷爷的相处画面在她脑海里闪回。在那个瞬间，她忽然理解了爷爷，一个人在卧室放声大哭。

十一个月以后，橙子恢复健康，她走出困了她近一年的房间，重新步入校园。

和病魔拉扯多年，父母给橙子治病花费不菲。母亲为了还债，去外地工作赚钱，父亲在本地的银行工作，周末才能抽空和橙子姐妹俩吃一顿饭。那段时间，橙子暂时寄养在舅舅家。

中考前夕，橙子敏感地察觉到自己的身体出状况了。她全身骨头疼痛，撕扯的疼痛感折磨得她每晚只能坐着入睡。她的脸部泛起红斑，出现脱皮的症状。橙子独自去县城里的医院看病，医生草率地下结论，说她吃杧果过敏，甚至私下向橙子推荐护肤品。彼时，班级里有五位同学被保送到重点高中，不需要到校继续学习初三的课程。五位同学一拍即合，坚持每天到校帮橙子补课。橙子为了不辜负大家对她的帮助，拼了命地学习，再也抽不出时间去医院复诊。身体不舒服时，橙子擅作主张地吃激素治疗，试图用十二颗泼尼松对抗病魔。

05

高一时，橙子身体的异常情况愈发严重。她开始大量脱发，肌肉疼到举手困难，整个人情绪悲观，甚至有自残的倾向。橙子经常情绪失控，频繁地和母亲吵架，她每天晚上要服用安定（地西泮，治疗失眠的药）才能勉强入眠。同学们将团费上交给橙子，橙子意识到每人三元钱的算术，她都捋不清。

经验丰富的娄医生了解情况后，迅速有了自己的猜想，他让橙子从血液科转到免疫风湿科，由唐医生接手治疗。经过一系列的检查，唐医生印证了娄医生的猜想——橙子确诊患系统性红斑狼疮，已累及肾脏和神经系统。多年的血小板异常，也可能是系统性红斑狼疮潜伏期的症状表现。

确诊后，橙子在网上搜索自己的病，看到有人用“不死的癌症”为她的病做总结。她感觉天都要塌了。

在治疗期间，系统性红斑狼疮累及神经系统，入睡后，橙子的两只手在空中比画，做出打毛线的动作，两条腿交替运动，像在蹬自行车。性格也发生翻天覆地的改变。向来话痨、与人为善的橙子，会莫名其妙地用语言攻击他人。

“黄医生你看哈你个人有好丑，活该你找不到女朋友。”

“你们都不懂我，嘿，正常，毕竟我是天才，你们都是蠢材。”

…………

同学给橙子打电话关心她，她会尖锐地反问：“我有那么重要吗？你一天到晚不上学吗？莫得事情干吗？”同学给她发消息鼓励她：“加油，一切会好起来的。”她会火冒三丈：“你凭啥子觉得我会好起来？我要咋个加油？”

母亲连连给大家致歉，在橙子面前小心翼翼地说话，生怕点燃橙子的怒火。

2018年5月16日，是橙子的17岁生日。

母亲为了哄女儿开心，悄悄叫来一大家子人陪橙子过生日。母亲端着生日蛋糕走进病房，橙子看到她身后跟着奶奶、姑姑、伯伯、舅舅、姨妈、哥哥、姐姐等十多个人，当即就崩溃了。橙子在病房里尖叫：“我又不能吃蛋糕，你们买蛋糕来让我看着你们吃吗？你们就来看一下这个病是咋个治不好的吗？”橙子愤怒地拔掉身上插的管子，在病房里撕心裂肺地大吼大叫。大家七手八脚地按住橙子，制止她伤害自己。橙子不管不顾地乱骂，病房里瞬间炸开了锅，陷入一片混乱。

母亲也失控了，她红着眼睛对橙子吼道：“老子嗯是把你惯实嘮！（我真是太惯着你了！）你天天发疯！我看你就是欠收拾！”橙子被赶来的护士注射了一针镇静剂，之后，病房陷入死一样的沉寂。

隔天，母亲为橙子专门做了一份粉蒸扣碗，她小心翼翼地将碗端到女儿面前，轻言细语地哄橙子吃。橙子没有像往常那样欣喜，她一边吃一边掉眼泪。

唐医生安排本院的心理医生来橙子的病房为她舒缓焦虑的情绪，同时也积极地为橙子治疗。唐医生亲自为橙子做了肾穿刺活检手术，手术进行时，唐医生见缝插针地鼓励橙子：“医生们都说你很棒，在学校成绩也很优秀。”在唐医生的帮助下，系统性红斑狼疮累及的肾脏和神经系统方面的病情逐渐得到控制。橙子逐渐在病房里恢复笑容，又变成病房里的话痨，医生和护士也喜欢和她聊天。

黄医生笑着调侃橙子曾经骂他丑，橙子的脸唰地一下红了。她挠挠头解释，当时满脑袋都是“总有刁民想害朕”的想法，又补充一句：“黄医生一点都不丑，还很帅。”

黄医生和护士们在病房里哈哈大笑，橙子也跟着笑，她笑起来的样子特别可爱。

05

出院那天，橙子打了一辆出租车。

司机全程滔滔不绝地和橙子聊天，话题从“堵车”谈到“早上吃的那碗重庆小面”，短短的路程，重庆话让车厢始终热闹着。

橙子看向窗外：高低起伏的地势，连接长江和嘉陵江两岸的空中索道，拥堵的交通，街边小贩操着重庆话耿直的叫卖声……这一切，让她热泪盈眶，她切实地感受到，这座山城充满着鲜活的生命力。

回到重庆市区的伯伯家，一大家子人围坐在餐桌前，没有动筷子，都在等待橙子回家。餐桌上堆满各色家常菜，大家很有仪式感地恭喜橙子出院。橙子看到母亲端来热气腾腾的酸豆角炒肉末和粉蒸扣碗，觉得特别幸福。

那之后，橙子因为病情复发，住过两次院。

临近高考，医生专门把她安排到双人间，方便她学习音频课程。护士姐姐会偷偷在医生办公室的打印机里，拿出一沓A4纸，给橙子当作草稿纸。病床上架起的餐桌，也被改造为书桌。

“13岁，自体干细胞移植手术，生日在附二医院过；15岁，血小板减少疾病复发，生日在附二医院过；17岁，确诊系统性红斑狼疮，生日在附二医院过……”今年的5月12日，橙子在QQ空间记录自己往年的生日历程，她渴望19岁的生日能有所改变。她顺便记录了自己和医生的对话，态度坚决地要求在5月16日之前出院。

医生告诉橙子，整个科室都会陪她过生日，给她买生日蛋糕，为她唱生日歌，蛋糕医生、护士们还能分着吃，再祝她高考顺利。

小时候，橙子会避开电梯，从楼梯偷偷跑出住院部，在医院附近瞎逛，这是她短暂逃离病房的办法。现在，病房成为橙子另一个家。

“如果未来你的病能完全治愈，你最想做的一件事是什么？”采访进行到最后时，我问她。

“想吃一顿地道的重庆火锅。”橙子毫不犹豫地给出答案，“我从小就生病，所有的医生都让我戒辣，我已经习惯吃火锅时吃清汤锅，作为重庆人，不会吃辣太羞耻了。”

与疾病相伴多年，橙子早已不记得，是自己不喜欢吃辣，还是不能吃辣，为了治病做出的努力，成为一种流淌在血液里的习惯。

2020年9月7日，因为疫情延期开学，橙子还没踏进大学的校门，又踏进了医院的住院部。

她的朋友圈和QQ空间同步了这次的住院经历，六张配图全都是美食和好友。

配文是：把每一次的住院，都当成旅行。

知道自己可能连肛门都无法保留时，她再也忍不住，坐在那儿低声抽泣。

13

第十三个故事

癌症复发后，她放弃了复查

初一

县城医院护士

在知道自己可能连肛门都无法保留时，她再也忍不住，坐在那儿低声抽泣。

01

科室里每年都会收治许多患恶性肿瘤的病人。

徐冬英是2021年6月来住院的，她患的是直肠癌。直到今天，我对她的印象都还很深刻。那天下午，一连来了四五个病人，护士站的三台电脑都有人在用，我便到医生办公室里写护理记录。当时，老李坐在我旁边，正在跟一个病人家属谈论病情。

老李问他：“你是她老公吗？”

家属连忙否认：“不是，我是她弟弟，我姐夫在外面打工，暂时还没跟他说。”

老李看着报告单，面色有些凝重。“肠镜检查结果已经出来了，是直肠癌，情况不是很好。”

家属听老李这么说，沉默地低下了头。

半晌后，他问：“还能治吗？”

老李说后续可能要做手术，再配合放化疗。

家属意思是，不想让病人知道患癌的事实，让老李暂时不要告诉她实情，只说是得了痔疮，要做个小手术。

老李拿着报告单，耐心地跟家属解释，说还是有必要跟病人沟通一下，不要隐瞒。因为徐冬英的癌肿位置在腹膜折返以下，距离肛缘不到5厘米。如果要进行手术的话，只能选择腹会阴部联合直肠癌根治术，不保留肛门，在左下腹做造瘘，粪便经此排出。如果病人在不知情的情况下做了手术，醒来后发现自己肛门也没有了，腹部还有个造口，肯定是不利于后续治疗的。

我还记得徐冬英得知病情那一刻的样子，她双目空洞，似乎很绝望。在知道自己可能连肛门都无法保留时，她再也忍不住，坐在那儿低声抽泣。

我见过太多的癌症患者，可每次面对这样的场景还是忍不住唏嘘。

徐冬英对老李说："医生，一个人如果连肛门都没有了，那成什么人了，难道我要一辈子从肚子这个地方解大便？这样的话，我以后还能正常干活吗？"

我看了一眼她的病历，她才40岁，可看上去却像是50多岁的样子。一件红色的灯芯绒外套已经洗得发了白，她个子本就有些矮小，那件衣服穿在她身上有些宽大。她抬手擦眼泪时我注意到她的手很粗糙，纹理也比较深。虽然指甲剪得已经很短了，但边缘依然有一点泥垢。我想，她大概是经常干农活才会这样。

徐冬英接受不了要挖肛门的事实，最后，根据她的肿瘤分期，医生建议她可以先进行放化疗。放化疗后，如果肿瘤能有一定程度的缩小，有足够切缘的话，保肛的概率会增大一些。

接下来，徐冬英便开始了放化疗。整个化疗期间，我都没见过她丈夫，只有弟弟隔上两三天会过来一趟。

那天，午饭时间，我去病房时，徐冬英的床边坐着两个孩子，姑娘在床头柜前吃饭，儿子正跟妈妈说着话。

他两手撑在床边，双腿不停地晃悠着："妈妈，我想买一个软尺。"

"买什么软尺？"徐冬英让他好好坐着，别动来动去的。

"就是那种反折都不会断的，很耐用。"

那小姑娘偏过头看了他一眼，说："有什么好买的，硬的不可以用吗？"

他低着头，不再说话。

徐冬英帮他拉了一下衣服，说："等一下让你二姐带你去看看，书和笔也顺带买一些，不要到了学校里面又这样找不到那样找不到。"

我走到她床旁时，她便止了声，没再说孩子。

我朝她笑了笑，“这是你姑娘和儿子？”

“嗯，今天不上课，我弟弟带他们来看我。”

“孩子爸爸没在家吗？我看你有时候一个人挺不方便的。”我问。

徐冬英还没开口，他儿子便说道：“我爸爸在外面打工，只有过年的时候才会回来。”

我愣了一下，难怪她丈夫从没有来过，可她生病这样大的事，再忙也应该回来看看的。

或许是看出了我的疑惑，徐冬英解释道：“孩子他爸在浙江那边，回来一趟要花费不少钱，我自己一个人也能应付，便让他不要回来了。”

随即，她又说：“我大女儿今年刚上大学，要用钱的地方很多，能省下来一点是一点。”

我没再说什么，只嘱咐她好好休息。

出了病房后，只觉得内心五味杂陈。这样的家庭，温饱无忧已是不易，如今还患了这个病。若是后面做了手术不复发还好一些，可万一又出现不好的情况，他们又该如何……我不敢去想不好的情况，只希望徐冬英能顺利走过这一关，毕竟她还有三个孩子，正是需要用钱的时候。

02

2022年3月，徐冬英要做手术了，很不幸，在放化疗过后癌肿依然没有缩小。为了提高手术切除率、减少复发和延长生存期，徐冬英的肛门还是保不了。

手术前一天，她丈夫和大女儿都回来了。我去病房给她做术前宣教时，她丈夫刚好去食堂买饭上来。他个子不高，面部瘦削，看上去比徐冬英年轻许多。那日的徐冬英不像往常，她靠在床头，耷拉着脑袋，我说什么她都不在意，似乎是没听到一样。她女儿站在一旁，认真听着我说的每一个注意事项。

我能理解她的心情，要做这么大的手术，后续是永久性的排便部位改变，任何人都不可能在第一时间接受。

隔天一早，我送她去手术室，在手术室门口交接时，手术室护士核对她的信息，她一直没开口说话，全都是她大女儿在答。

那天的手术一直到将近下午4点才结束，术后，徐冬英转去了ICU。主治医生说先在ICU观察两天，这样病人也安全一点。

两天后，徐冬英转回了普通病房，她已经清醒了，只是身上还插着几根管子，人看上去也很虚弱，整个面色都是苍白的。

徐冬英恢复一些后，她大女儿便回去上学了，陪床的是她弟媳。

从她弟媳口中，我得知徐冬英是个可怜的女人。徐冬英从来没上过学，20岁那年嫁到了隔壁村，丈夫比她小3岁，不是个能管事的人。大女儿1岁多的时候，夫妻俩便搬离了公婆的老房子，独自过活。那时候的日子很难，好在徐冬英勤快能干，日子还算过得下去。徐冬英接连生下了老二和老三。可丈夫不知什么时候染上了赌博的恶习，整日在外打牌，有时候甚至几天几夜不着家，地里的活全都撂给了徐冬英。临近过年，家家户户都在准备年货，徐冬英却过得捉襟见肘，连给孩子买新衣的钱都拿不出。最后，弟弟给她送了五千元钱过去，从牌桌上拉回了姐夫 ，狠狠地揍了一顿。丈夫再三保证以后不再打牌，可没过几个月，他又走向了牌桌，还欠下了十几万元的赌债。徐冬英得知这事后，一个劲地哭，在当时，对一个农村家庭来说，那十几万元可能一家人不吃不喝好多年才能还清。为了还债和供三个孩子上学，徐冬英一个人在家种地，丈夫去了浙江打工。这些年在家里，徐冬英付出了很多。好不容易快把债还完了，她又得了直肠癌。

徐冬英的弟媳说完也是一阵感慨："我姐姐嫁了这么个男人，就没过过一天好日子。”说着，她又难过起来：“现在又得了这个病，以后怕是更艰难了，三个孩子也可怜。”

徐冬英出院的时候，我给她交代更换造口袋的注意事项以及造口的护理。主治医生嘱咐她三个月来复查一次。

临走前，她换了一件红色新衣，是她婆婆买的，说可以带来好运和祥瑞。

这之后，我便很长一段时间没再见过徐冬英。科室里人来人往，这个苦命的女人也慢慢淡出了我的脑海。

03

2023年5月，距离徐冬英上次手术过去了一年零两个月。那天我上夜班，次日一早交完班后，我继续写着没完成的护理记录。9点半左右，我弄好了所有的护理记录单，准备下班。护士站对面的座椅上坐了一个女人，我看着有几分眼熟，一时又想不起来。从她旁边经过时我才想起来是徐冬英，她依旧穿着去年出院时的那件红外套，只是衣服起了球，颜色也不似当初那般鲜艳。看到她手里拿着的住院证时，我便能想到她上次手术后可能恢复得不太好。

休息了两天，过来上班的第一时间我便看了徐冬英的病历，直肠癌复发，转移到了盆腔。主治医生说，徐冬英自从去年出院到现在，从没来复查过，问她为什么不来复查。她说，想着做了那么大的手术，肛门都挖了，应该不会有什么问题了，来医院检查又是一大笔费用，能省一点是一点。这次是身体实在不舒服了才过来看的。

我问主治医生，徐冬英目前的病情要如何治疗。他有些无奈，说已经不适合再做手术了，只能先放化疗。我不知道该说什么，只是觉得惋惜，若是她早一点来复查，是不是不会发展成现在这样？

徐冬英的化疗反应挺严重的，她原本就很瘦，现在更是瘦得脱了相。什么东西都吃不下，吃了便呕吐。这次化疗，她大女儿全程陪着她。

我忍不住好奇，现在并不是寒暑假，如果她是请假回来的，肯定会耽搁很多课程。那天下班时，我在电梯口碰到了徐冬英的大女儿，她要下去买晚饭。小姑娘穿得很朴素，等电梯的间隙，我和她闲聊了几句。我问她什么时候回去上课。她愣了一会儿，轻轻笑道："我没读书了，年前就退了学。我妈妈现在生病，我得多照顾她一点。"

想到徐冬英曾说这个女儿已经上大学了，我不由得有些惋惜，她的大好年华才刚刚开始，再坚持两年，或许她以后的人生都会不一样。我望了她一眼，说："其实你可以不用退学的，你妈妈治疗的时候可以让你爸爸来看着点，她自己现在也能走能动的，不一定需要家人贴身陪护。"

她轻轻叹了口气："我妈妈去年手术后，完全干不了重活，家里还有弟弟妹妹，我爸爸一个人在外面挣不了多少钱，我退学只是想为家里减轻点负担。"她说这话的时候，眼神很坚定，语气也透着不属于她这个年纪的成熟。

周末，徐冬英的二女儿和小儿子也过来了。母子四人在病房里吃饭的时候，徐冬英把餐盒里为数不多的几片肉全夹给了两个小孩子。

小儿子一脸稚气地问她："妈妈，你不吃肉吗？这个肉挺好吃的。"

徐冬英笑了笑，说："你吃吧，妈妈吃不下去。"

似是想到什么，小儿子放下了餐盒，说："妈妈，你什么时候回去？奶奶说你生病，快要死了。"

一旁的二女儿年纪稍大一点，已经懂得了死亡的意义，她重重地拍了一下弟弟的头："你乱说什么！"

徐冬英沉默了许久才对儿子说道："等妈妈打完针，过几天就回去了。"

我在医院见过太多的生离死别，但这一幕却一直萦绕在我的脑海中，至今回想起来都有些难受。徐冬英还年轻，孩子正是需要母亲的时候，我内心总是希望她能康复，好好地陪着孩子长大。

两个孩子离开医院回学校那天，徐冬英的大女儿从衣兜里掏出了一把皱巴巴的零钱，一张张整理齐整，分成两份给了弟弟妹妹。徐冬英在一旁叮嘱他们省着些用，不要乱买东西。

徐冬英第二次化疗是一个人过来的。我去病房的时候，她笑着说，来一次怕一次，上次化疗完回去休养了一段时间，好不容易缓过来一点，有点胃口了，又要来接着化疗，这样的日子不知什么时候是个头。我只能安慰她慢慢来，总会好的。

徐冬英的弟媳中途来陪护了两三天，她照顾徐冬英很尽心，无事的时候，她便在病房走廊上来回踱步。那天我上夜班，她坐在护士站前面的椅子上，跟我闲聊了几句。

说起徐冬英大女儿的时候，她长叹了一口气，说："孩子从小就懂事，这些年在学校里也很节省，一个月家里就给那么点生活费，她放假回来的时候还有结余，衣服一年到头都是穿那两三件。"

我问她："上次她来的时候说已经退学了，家里面也同意她不上学吗？"

"她妈妈不是生病了吗，快开学了，家里一分钱都拿不出来。她舅舅给她拿了学费和生活费，让她安心读书，不要操心家里面的事。后来她去学校不到一个月就自己跑去广州打工，家里的人一个都不知道，直到学校老师打电话来问，我们才知道。"徐冬英的弟媳缓缓说着。

想到徐冬英这次一个人来化疗，也没看见她女儿，我问道："怎么这几日不见她姑娘来医院？"

"去广州了，她妈妈上次出院后她就走了，家里没什么事的话，可能要到过年才回来。"

次日一早，徐冬英隔壁的病床上住进了一个女人，叫刘琴，年岁跟她相仿，也是来做化疗的。

经过几天的相处，二人无话不谈，我经常看到她们一同出去。

那天，徐冬英在病房试穿一条碎花连衣裙，刚穿上她便要脱下，一个劲地说她穿着不好看，也不好意思穿。刘琴让她不要脱，还称赞她穿上裙子后漂亮了许多。见我进来，徐冬英更是有些不好意思。

我朝她笑了笑，说："挺好看的，也很适合你。"

刘琴附和道："你看嘛，刚刚在下面买的时候我就说穿着好看，你还不信。"

徐冬英坐到病床上，理了理裙子的褶皱，说："穿裙子太不方便了，以前在家里要上地里干活，从来没有穿过，感觉怪怪的。"

我其实能感觉出徐冬英是很喜欢这条裙子的，或许她也在心底想象着自己此刻的模样。若不是困于柴米油盐，或许她也会用心装扮，活得如春花般绚烂。可她如今不仅困于柴米油盐，还得了癌症，属于她生命的绚烂，早已消失殆尽。

十月过后，徐冬英做完了第三次化疗，那次之后，她便再也没来医院了。

我遇到过很多癌症病人中途放弃治疗的，徐冬英不是个例，高昂的治疗费用对她的家庭来说确实很难承受。

我不知道她的病情现在发展到了哪一步，只希望她可以在我看不到的地方慢慢康复，陪她的三个孩子更久一些。

在特教老师的指导下，我教一名 10 岁的患有唐氏综合征的小朋友翔翔扣衣服上的扣子。在此之前的一个月，特教老师都在教他这个技能。

14

第十四个故事

谢谢你们，让我成为一个更好的大人

吴薇薇

在特教老师的指导下，我教一名 10 岁的患有唐氏综合征的小朋友翔翔扣衣服上的扣子。在此之前的一个月，特教老师都在教他这个技能。

01

2015年，我就职于一家会计师事务所。我的老板张老师接到一家慈善机构的项目询价，他们需要做一份全面的审计报告。

这家慈善机构是专门服务智力残疾人群的非营利性机构，负责脑瘫、智障、自闭症、唐氏综合征等综合性智力障碍儿童及青少年的托养、教育、康复及培训。

张老师了解机构性质之后，破例报出了低于行业底价的“友情价”，让慈善机构的人员有些意外。在此之前，有多家会计师事务所为那家慈善机构报出了高于市场均价两倍以上的“高价”。他们当即选择合作。

之后的两个月，张老师派我专职负责跟进这个项目。

到机构的第一天，工作人员带我和同事参观教学楼。特教老师告诉我们，这里的孩子行动会慢一点，让我们也放慢脚步。这些孩子有个好听的名字，叫“蜗牛宝宝”。

走到2号楼时，特教老师向我们展示他们做的手工工艺品。老师说这些工艺品售价10元钱，“钱虽然少，却是对家长极大的鼓励”。

她说完，另一位特教老师牵着一个男生迎面走来。男生步履蹒跚，一字一句地做自我介绍：“你好，志愿者姐姐，我叫小年。请问这样你会不会生气？”说完他自来熟地牵起了我的手。小年有些口齿不清，笑起来很好看。他的手指软软的，轻轻地握着我的手心。

特教老师在我耳边轻声说：“小年今年20岁，是轻度智力障碍患者。”

我回答小年：“我不会生气。”他高兴得手舞足蹈，又询问我的电话号码。

我告诉他，他从书包里摸出一个小本子，认真地记下。特教老师笑着对他说："你有事再和志愿者姐姐打电话哈，不要随便打给人家。"

后来，我时常接到小年的电话，对他家的座机号码倒背如流。小年每次都是问同样的问题说同样的话："吴薇薇你好，你有没有在家看电视？看动画片了没？我想你了，我喜欢你，再见。"

这个与我仅仅有一面之缘的少年无来由的表白，让我感到不适，不知道如何做回应。

审计项目结束后，我便从那家会计师事务所离职，我认为自己不适合做审计。

不知从什么时候起，我再也没接到小年的电话，渐渐忘记了这件事情。

之后的大半年，我尝试了各类职业，都是草草收场。我摸索着尝试创业，开了一家DIY蛋糕店做老板，最终也以失败告终。初恋在那时与我分道扬镳，失恋和失业的双重打击，让我一蹶不振。我连续在床上躺了一个多星期，其间吃不下饭，睡不着觉。

直到前任老板张老师再次向我说起那家慈善机构，引荐我去机构工作。

他对我说："你是个很有耐心又善良的女生，去那里吧，那里适合你。"我一下提起了精神，带着试一试的心态去接受这一份工作。

02

入职之前，有为期五天的志愿者体验日。

第一天，我被分到"转衔班"。转衔班是针对8—16岁的孩子设立的，是从3—8岁"早疗班"转到16岁以上"大龄班"的过渡班级。

一个转衔班有六个学生，班里的两位特教老师会根据孩子们的情况量身定制课程。

班级有正常的作息时间表，类似幼儿园的接送模式。早上家长把孩子送到机构，他们在班级里完成吃饭、午休、做操、上课学习、实践等事宜。特教老师全天陪同，直到放学后家长再来接孩子们回家。

和幼儿园不同的是，一般老师把一件事重复10遍，幼儿园的小朋友就能学会。而在机构的蜗牛宝宝们，一个指令，可能需要重复学习上千遍。

我以为我准备好了。没想到，正式跨入班级的那一刻，实实在在感受到的处境，让我一下子慌乱了。

有个小朋友两手捂着眼睛，从指缝间偷偷看我，嘴里喊着“陌生人，陌生人”，喊完又咯咯地笑个不停；有个小朋友冲过来紧紧地抱着我，我一时不知道该做什么样的反馈动作，只能傻愣在原地；有个小朋友笑着叫我“姐姐”，找我要糖吃；还有一个小朋友用拇指和食指圈成一个圆，让我陪他吹泡泡。

在特教老师的指导下，我教一名10岁的患有唐氏综合征的小朋友翔翔扣衣服上的扣子。在此之前的一个月，特教老师都在教他这个技能。

我耐心地教了他很多次，最终他独立完成了一次，这让工作半天信心一点一点丧失的我，有一种前所未有的成就感。

那堂课，让我的内心感受到了巨大的冲击力。那是一个陌生的世界。

在之后的4天，我分别体验了后勤部、早疗班、大龄班、职业重建班的工作。

每一项工作，对我来说都只能用震撼来形容。它们比我预想中的要艰难很多倍，耐心和细致，只是最基本的工作素质。

我认识了后勤部的张阿姨，她既是这里的生活老师，也是一位自闭症孩子的妈妈。张阿姨每天悉心呵护机构的孩子们，照顾他们的饮食，帮他们清理粪便。她永远是一副干劲十足的样子，会把每天照顾蜗牛宝宝的心得发到朋友圈，她觉得这样的传播可以帮到更多的人。从她身上，我汲取了许多力量。

5天的志愿者体验时间，我每一天都过得小心谨慎，很怕自己出错。尽管工作很繁杂，但每次看到小朋友澄净的眼睛，我的心便会明净许多。

通过5天的观察，机构认为可以留下我这个没有经验，但是非常有耐心的人。他们愿意栽培我，认为爱心比技术更可贵。张老师得知这个消息后，替我感到高兴，他知道我那段时间情绪处于低迷期，需要在一个新的环境调整自己。

在经过几个月的专业理论学习和实践演练后，我成了一名特教老师。

03

正式成为特教老师后，我接手了大龄班。

第一天，我就碰上一个十分棘手的家伙——王哥。王哥19岁，轻度智力障碍。我们在同一天来到机构，他入学报到，我入职工作。

我鼓起勇气，在学生面前做自我介绍：“小朋友们好，我叫吴薇薇……”

还没说完，王哥就打断了我的发言。他站起来，走到我的面前，用手指着我的鼻子说：“你不行！你莫得（没有）资格教我！我都会。”王哥口出狂言，还用脏话骂我。初出茅庐的我实在是觉得备受打击。我站在教室里手足无措，眼泪不自觉地夺眶而出。

由于家庭条件优越，父母对王哥宠爱有加。王哥衣来伸手饭来张口，是家里的“小皇帝”。王哥读书时是学校的“校霸”，走到哪儿，身后都跟着一群小弟。在机构里，他也是这副架势。

“吴薇薇，你好矬啊。”

“吴薇薇，你看你，啧。”

“吴薇薇，你莫得文化。”

…………

入职的前两个月，我都很怕见到王哥，他轻而易举地摧毁了我的信心。

后来，我渐渐摸索到对待“社会我王哥”的方法。王哥会做两位数乘三位数的乘法，却始终掌握不到除法的要领。我经常教他做除法，他当时学会了，第二天又忘得精光。反复几次，他就耐不住性子了，拒绝我再教他做除法，并放言道：“老子就不学了！”

我不甘示弱，假装严厉地对他说：“必须学！我就是要教你！学不会，不下课！”

他不情不愿地坐回到我旁边，说：“那你教哥吧！”

我像哥们儿一样搭着他的肩膀，送他个台阶下。王哥很吃这一套，说：“你教了我就会了，你之前又没教。”

王哥喜欢隔壁班的小花，这是全机构的人都知道的事。他时不时就会问我：“吴薇薇，你晓得我喜欢哪个不？你晓得我和小花是啥子关系不？我的小花哪儿去了呢？”我说：“你们是同学关系。”他就冲我翻白眼，说：“你就装哈（傻）嘛。”

和我熟络之后，王哥经常对我说：“吴薇薇，哥请你吃火锅嘛。哥请你吃冷锅鱼，你不去就是不给我面子。”

我和他开玩笑：“王哥的面子我哪敢不给。你不要光说不请呀，你邀请我，我肯定去。”

我以为他说完就忘记了，像所有健忘的孩子一样。

后来我才知道，王哥并非先天性智力障碍。他在小学六年级时，出了一场重大的车祸。过多的手术严重影响了他的记忆力，智力也因此受损。现在，王哥头部还留有一条显眼的伤疤。

王哥的妈妈每次来接王哥，都会小心地叮嘱特教老师们一定要避免王哥摔跤，怕他受二次伤害。

有次聊得多了，他妈妈感慨道："我这辈子不会再要二胎了，我怕自己生了一个健康的宝宝之后，就对王哥不好了。"

她的样子有些让我心疼。站在远处的王哥突然朝我高声喊："吴薇薇，你不要跟我妈讲我的坏话哟，小心我不请你吃火锅了！"

他的妈妈回头看向他，腼腆地笑着，眼里满是温柔。

有那么一瞬，我有些出神，原来他一直记得。

04

入职3个月后，我摸索到王哥的套路。拿下王哥后，我对这份工作信心大涨。就在我和王哥建立了亦师亦友的关系后不久，我从大龄班调配到了转衔班。

再次见到翔翔，可他貌似忘记了教他扣衣服扣子的我。

我们机构的老师们，给患有唐氏综合征的宝宝取了一个好听的名字——唐宝。

翔翔10岁，有着唐宝们特殊的面容：眼睛小，眼距宽，鼻梁低平，手指短且粗，身材矮小。翔翔每天进教室时都会挺直腰板，毕恭毕敬地行一个礼："大家好。"他还会教其他小朋友，告诉他们要讲礼貌，每天早上向大家问好。我给他封了一个"最佳小助手"的称号，他因此很开心。

到转衔班不久，翔翔学会了穿衣服。每次午休结束，他都会自己穿衣服，虽然动作很慢，有时甚至要耗费一小时。但不管他要穿多久，我们特教老师都会耐心地等他。

穿好衣服之后，我会带领小朋友们做操。翔翔有强迫症，接受不了循环播放音乐。他记住了做操时音乐的播放顺序，最后一首歌结束之后，他便会变得焦躁不安，大声地告诉我："关掉，关掉。"等我照做后，翔翔会给我一个甜甜的笑容，对我说："翔翔有听话哟，要奖励翔翔饼干哟。"

翔翔很喜欢卫生老师张阿姨，她偶尔会带翔翔出去散步。有天傍晚，张阿姨牵着翔翔回来时，整个人失魂落魄的，脸上还挂着泪。送翔翔回教室后，张阿姨回到办公室，我们围簇过去询问情况。她始终不说话，将头埋在双膝上，像个做错事的孩子，发出喑哑的哭声。

到了晚上，张阿姨又变回精神抖擞的样子，才跟我们讲起下午的事情。

我们机构大门外有两个居民住宅小区。那天，两条地下停车库通道出口处，车子拥堵，排成两条长龙。张阿姨牵着翔翔正要回机构时，有的司机等得不耐烦了，按起喇叭。两排汽车较劲似的，喇叭声瞬间震天响。翔翔被吓坏了，抱头蹲在地上，尿了裤子。他突然跳起来，挡在车流的前面，原本稍微挪动了几步的车辆急刹停了下来。张阿姨赶紧跑过去，从后面抱住翔翔，大声致歉："对不起，孩子是唐氏综合征宝宝，希望大家不要再按喇叭了，会吓着孩子。对不起啦。"排在最前面的货车司机，伸出头对着他们吼道："娃娃都这样了，还带出来干啥！锁到家里嘛！"

"我听到那人说这话，当时就蒙了，一句话也说不出来，当着大街号啕大哭起来。唉，丢死人了。"

我们都没说话，张阿姨却笑了，说："哭出来就好了，哭出来就还能坚持下去。"

05

2017年8月21日，我入职机构正好一年。

此时，我可以自然地拥抱每一个孩子，对蜗牛宝宝们给我带来的任何出其不意都能见招拆招，我很享受和他们斗智斗勇的每一天。

一天，我在机构的超市里意外地碰到小年，他在那里上班了。

小年看到我，高兴地说：“吴薇薇，我上班了，我赚钱了。”

他说他最近在努力学习检查商品的保质期，例如“2016年7月生产，保质期180天”，他得先把180天转换为6个月，再掰着手指头推算到期时间。这对常人来说是一件非常简单的事，于他而言，却是个极大的挑战。

我不是小年的老师，但他时常跑到老师的办公室，帮所有的特教老师按摩肩膀，我也和他越来越熟悉。小年一边按摩一边说：“老师，您辛苦了。”他笑起来的样子，还是很好看。

到办公室的次数多了，我发现小年每天都穿同一套运动服，又脏又旧，脖子上挂着一根几乎看不出是红色的绳子，绳子上拴着一把钥匙，背着个破旧的书包。

去年冬天，小年仍旧穿着那套单薄的运动服来上课。特教老师给他买了一件毛衣和一件外套，很合身，但他穿一会儿就脱下来，认准了他那套运动服。

小年的老师说：“他的身体，感知不了任何温度。”

小年的父母在他很小的时候就遗弃了他，他跟着爷爷一起生活。我不知道这个感受不到温度的孩子，是如何感受人间冷暖的。

自从知道这件事以后，我会很在意手机是否有信号，尽量保持手机时刻畅通。

我等着小年再给我打电话，那时我会告诉他：“小年你好，我有看电视，有看动画片，看的是小猪佩奇，我也想你了，我也喜欢你。再见。”

谢谢你们，让我成为一个更好的大人。

这次的检查结果再度给了她青天霹雳，左乳的肿块也是恶性的，她不得不切除了左侧的乳房。

15

第十五个故事

罹患重疾的中年人

第七夜

急诊科医生

这次的检查结果再度给了她晴天霹雳，左乳的肿块也是恶性的，她不得不切除了左侧的乳房。

01

我是2015年春在泌尿外科轮转时认识刘姐的，那时她刚好40岁。第一次在病房看到她的时候，她正在给床边的两个孩子检查作业。

“这么简单的问题都做不对，我真的是要被你们气得血压升高了！”刘姐气急败坏地把练习册甩到那个小一点的女孩面前。她用力握着小女孩拿着铅笔的手，重新填上正确答案。末了，她又开始批评那个稍大一些的女孩：“妹妹刚上一年级，可是你都上四年级了，这么简单的题目，你都不知道给妹妹辅导，什么事情都要落在我头上！”

刘姐的声音很大，连玻璃窗都跟着瑟瑟发抖，可是这两个小女孩却面色如常，看来她们早就习惯母亲的脾气了。能在住院期间肆意地发脾气倒也不是什么坏事，说明她病得不算太严重。可是后来我才知道，刘姐得的是肾癌。

她一个多月前出现了血尿，一开始她以为是普通的尿路感染，就去药店买了消炎药，并加大了每天的饮水量。她在车站出摊，卖凉粉凉面。那时快要过年了，生意非常好，她每天忙得昏天暗地，想把大年过完了再去医院看病，毕竟耽误一天就要少挣不少钱。

正月十五都过完了，她才到医院看病，门诊的医生给她开了彩超检查，发现她双侧的肾脏都有占位，考虑是肾癌。面对这个晴天霹雳，她连崩溃的时间都没有，便和丈夫立即去了上级医院，确诊是肾癌。而且她的这种肾癌非常特殊，是由于VHL基因突变导致的。

确诊肾癌之后，她没有在上级医院治疗，而是拿着检查结果就直接转回了当地医院。上级医院的治疗水平自然远超过我们医院，可她买的新农合（新型农村合作医疗保险），在三甲医院报销比例很低，在我们医院则报销得多一些。

手术的前一天查房时，我感到刘姐所在的病房气氛有些凝重。两个女孩分坐在她的床边，她们也知道明天她要做手术了，虽然她们肯定还不懂“癌症”是什么，可这些天大人们的忧心忡忡还是让两个孩子感觉到不安。她们把脑袋埋在刘姐的胳肢窝里，小脸上全是凄惶。刘姐像老母鸡护崽一样揽紧两个女孩，并用手掌抚摸着她们的额头，安慰她们说就是个小手术，把坏东西切了就能很快回家了。她的眼里满是温柔慈爱，和我初识她时暴脾气的样子判若两人。

快夜里11点的时候，我看到刘姐一个人在走廊里踱步，便和她聊了会儿。她说明天要手术了，不害怕肯定是骗人的，她妹妹做了手术后彻底瘫痪了。那个小一点的孩子，其实是她外甥女。

提到外甥女时，她叹了口气，说这孩子特别命苦。她也想对孩子更耐心一些，可是压力一大，她还是控制不住脾气。

她妹夫不仅是个赌鬼，还会家暴打老婆，后来因为欠债太多开始偷盗抢劫，现在还在监狱里。然而欠下的债始终要还，她妹妹便去广东打工，一天要干十几个小时。一开始妹妹在电话里说感觉下肢发麻，她让妹妹赶紧上医院看。可妹妹心疼钱一直不去，直到有一天双下肢彻底不能动也没有知觉了才被送去医院。医生说妹妹的胸椎里发现了肿瘤，肿瘤占位压迫了脊髓，需要做手术。可手术没成功，妹妹彻底瘫痪了。她只得将妹妹接回老家，吃喝拉撒都由她和父亲照顾。照顾一个失能的患者太累了，她也有一家人要养活，可再苦她都认了，这就是她们姐妹俩的命。

妹妹晚上睡不着，老让她去医院开安眠药。她一直没多心，还安慰妹妹不要有太多心理负担，她会负责的。妹妹的双手可以动，所以她并没有服侍妹妹吃药。直到有一天晚上，妹妹攒够了致死量的安眠药一并吞下。

她这次在上级医院就诊，给医生说了妹妹的事情。医生就给她做了个基因检测，确定她有VHL综合征。这种病是由于染色体的肿瘤抑制基因VHL发生突变，导致患者到了一定年龄后，很多脏器都会出现各类肿瘤，良性或恶性的肿瘤都有可能出现，患者甚至可能同时出现多部位的肿瘤。由于这是一种遗传病，患者可能呈家族聚集性发病。她妹妹应该也是这个病导致的胸椎肿瘤。

知道这是一种遗传病之后，她没给两个孩子做基因检测。这个病有遗传倾向，而且得了这个病的人基本都活不过50岁。真要是携带了这种基因，目前也没有办法预防疾病发生，所以她只能“掩耳盗铃”。

刘姐的手术还算顺利，她双侧肾脏的肿瘤都被完整地剔除。可是我们都知道，即便这次手术顺利，她的大脑、脊椎、腹腔、视网膜等部位也可能会陆续出现新的肿瘤，良性、恶性都有可能。而且没法预测她下一次出现肿瘤的部位在哪里，什么时候会出现。

术后才一周，刘姐就急着想出院了。

虽然还没到拆线时间，但她术后的情况尚可，的确没必要一直住在医院里。于是我们叮嘱她：出院了继续卧床一周，她右边的肾脏被切除了一部分，活动的话很容易引起肾脏出血。

刘姐一听非常沮丧，说虽然喜欢吃她家凉粉凉面的客人挺多，但是车站旁又多了两个卖凉面的摊子，她一直不出摊，保不准她的“铁忠粉”会改吃其他人的凉面。她丈夫安慰她养病要紧，可她瞬间又来了气：“我倒是想安心养病，可两个孩子都开学了，兴趣班、小饭桌、辅导书哪一样不花钱？我耽误得起吗?！”

刘姐出院后不久，我在车站附近见过她。她的摊位前有不少客人，她一边麻利地拌调料，一边大声地和客人开玩笑。她的笑声很有穿透力，和骂人的声音一样洪亮，而且她的声浪会逐级升高，像发射火箭一样，能够穿透笼罩在她生命中的阴霾。

02

刘姐出院两个月后，我在急诊科见到了浩哥。浩哥40岁出头，一周的时间里，他连发三次肾绞痛，每次都是夜里发作。痛得受不了他就会到急诊科打针输液，用点解痉、镇痛的药物后，疼痛便可以缓解。他的两边肾脏都有结石，而且结石比较大，右侧已经出现了梗阻，有手术指征。急诊科就喊泌尿外科的大夫过来会诊。

我和老师到急诊科时，护士刚给浩哥打上止痛针，药物还没那么快起效，浩哥像只水煮大虾一样蜷缩着，痛得不住号叫，五官都拧在了一起，整张脸皱得像一块抹布。肾结石不算什么大病，可据说每次发作时的疼痛程度仅次于女性生孩子。

我的老师看了下浩哥的检查报告，建议他直接住院治疗。浩哥一听就急了，他反驳："我现在没办法住院，工作实在太忙，我们公司刚接了一个大单，我是组长，这些天必须加班加点地干，哪里有时间住院。而且这次的任务涉及年底能拿多少奖金，以后能不能升职……"又是一阵剧痛袭来，他还没说完就又开始哀号。

老师解释："每次痛了就来输液，其实就是治标不治本。石头一直卡在这里，已经出现梗阻了，右肾都有积水了，不及时手术的话，梗阻会越来越严重，肾积水严重的话，会对肾脏产生压迫，影响肾脏功能的。而且你的感染指标也挺高的，结石梗阻还可能导致肾积脓，细菌入血引起败血症就麻烦了，严重的感染是会要人命的。"

止痛药开始发挥作用了，浩哥没有先前痛得那么重了，他说自己现在没法住院手术，他一个人来这里打拼，老婆在外地，住院了没人照顾。而且他的工作到了最关键的时刻，他不敢耽误，让公司知道了他住院手术的事情，领导会觉得他身体不好，没法胜任工作。

老师继续劝他，身体垮了其他的就都是浮云。浩哥说道理他都懂，可是房贷要还，孩子要上学，家里还有经常住院的老父母，哪里都要花钱，全家就指着他。

不管老师怎么劝，浩哥都不同意住院。他签了拒绝住院的文书后，我们就离开了急诊科。再一次见到他是四天后，他被送到了ICU。和我老师预料的一样，他出现了败血症，而且伴有呼吸衰竭。ICU已经给他做了气管插管，并用上了限制级的抗生素，可他的感染源还在肾脏，必须要及时排出肾脏的脓液。

浩哥的妻子也来了，我们跟她说手术引脓的事情。她全程哭个不停，说每次给丈夫打电话他都说自己在这里过得挺好的，完全没有提过生病的事情，要不是今天他被同事送来医院直接进了ICU，她还真以为丈夫在这里挺好的。

浩哥的病情非常危重，他进了ICU就处在靠药物镇痛镇静的状态。我们在床旁边给他做了双J管（输尿管支架管）引流脓液，临时解除梗阻。他的肾功能恶化得很快，ICU又给他安排了血液透析。

好在治疗还算及时，浩哥的病情没有继续恶化，可他在ICU住了挺长时间才转到泌尿外科。他的生命体征已经慢慢平稳下来了，科室又给他安排了肾造瘘手术。

那时我已经出科了，便没有关注浩哥后续的情况。可我记得有天下午去ICU查房时，恰好赶上家属探视时间，那时浩哥已经清醒了。他一看到妻子就流泪了，拼命想和妻子说点什么，可他的嘴里还插着管子，没人能听懂他到底想表达些什么。

03

2015年12月的一天，那时我已经回急诊科工作。天还没亮救护车就送来一老一少两个伤者。受伤的大爷一见到医生便不住抱怨：“送孩子上早自习，明明我们爷孙俩就站在人行道上，可是那辆三轮车还是失控撞上来了，幸亏我及时把孩子推开了，不过我也摔得够呛。要不是我在地上滚了一圈，车轮都直接从我肚子上轧过去了。”

我给小女孩检查了身体，她只有双侧手掌受了轻微的擦伤，但由于受到惊吓，她拉着爷爷哭个不停。我给大爷说了孩子的情况：头部、胸腹部都没有明显外伤，四肢也没有活动受限的情况，手掌上的擦伤消个毒就行，不用忙着做检查，可以先观察一下。

可大爷一听就来气了：“你说不检查，万一出了什么事情，你付得起这个责吗？我们好端端地站在人行道上，这车就突然冲过来，是司机的全责，必须给孩子做全身检查！”

急诊科会遇到很多车祸的伤者，明明没什么大碍，却要以车祸为由来医院做多部位的CT检查，全当体检了。我给大爷解释放射检查存在一定剂量的辐射，而且孩子年龄还小，没必要查的就别查了。

确定孩子没啥事了，大爷才想起自己也受了伤，腰疼得厉害。他要求我给他开腰椎CT检查，他听人说了，X光检查没有CT清楚。

就在我给他开完检查单时，肇事司机也到急诊科了。大爷一见到他就有些激动，指责他乱开车。司机想解释，可他没办法流利地说话，咿咿呀呀的，半天都说不出一句完整的话。他拄着双拐，右上肢也有些问题，挪动拐杖时非常吃力，我这才注意到他的头部有明显的手术疤痕。

他放下了左边的拐杖，腾出左手接过检查单，单子上有CT检查的费用，将近五百元。少了左边拐杖的支撑，他站得不是很稳，拿着单子的手不住地发颤。他看着被他撞伤的大爷，嘴巴动了动，却没有发出声音，这张检查单好像已经变成了他的催命符。

就在这时候，他的姐姐来了。她一到场就不住地给伤者道歉，并说了弟弟的经历。我这才知道，她的弟弟叫强子，几年前因为脑出血做了手术，命是保住了，可右侧肢体瘫了，也没办法正常说话了。全家人都以为他后半辈子吃喝拉撒都离不开人了，可他坚持康复锻炼，不知道摔了多少回才能像现在这样拄拐走路。他生病后花了很多钱，没法正常工作了，老婆也跑了。可他还要养家糊口，他强迫自己站起来。政府对残疾人有一定照顾，在通过培训后让他开三轮车载客。前两年生意还可以，可现在网约车多了，愿意坐三轮车的人就更少了，他起早贪黑地干活就是想攒下孩子的学费。为了省钱，他只买了交强险。

大爷听完叹了口气，让我把CT检查改回了X光。

检查结果很快出来了，大爷腰1椎压缩性骨折。强子一看到报告就落泪了，看得出他一开始还在尽量隐忍，让自己不要哭出声音来，可后来他像是开闸泄洪般号啕大哭起来，像是要把这些年受到的磨难和委屈尽数发泄出来。他的生活就像一根快要被磨断的麻绳，一丁点的外力就可能让他本就岌岌可危的生活彻底崩塌。

我不知道该怎么安慰他，我见过很多惨烈的车祸伤者，大爷的情况算是很轻的那种了。可对没有能力再承担更多压力的强子来说，大爷的伤已经变成了压垮他的最后一根稻草。

大爷的腰1椎体压缩了不到三分之一，可以考虑保守治疗，但是要卧床休息两个月。大爷一听就急了，说儿子媳妇要上班，买菜做饭接送孩子都是他来做，他哪能躺那么久？

强子姐姐急忙说她可以帮忙买菜和接送小孩。在姐姐的不住劝慰下，强子已经没有先前那样崩溃了，他看向大爷的眼里满是乞求和小心翼翼。

大爷到底还是心软了，他叹了口气，说只能怪大家都倒霉。大爷说既然可以保守治疗，他就不住院了，让我开了点药就回去了。

强子的姐姐要送大爷回家，强子还不能离开医院，他要开病情证明，去行政楼盖公章，忙完了这些他还要去交警队，他赖以生存的三轮车还被扣在那里。拿到病情证明后，他拄着双拐，一步一挪，颤颤巍巍地离开了急诊室。

04

遇到霞姐是2018年年底，她是凌晨1点被父亲送到急诊科来的。坐在轮椅上的霞姐非常虚弱，她的颈椎好像已经支撑不起脑袋的重量，脑袋有气无力地垂在胸前。她的头发基本掉光了，整个人瘦成了皮包骨，像具会喘气的骷髅，可她的腹部却反常地膨隆，让她看起来像一只大腹便便的青蛙。

她父亲把这些年她在肿瘤医院的病历和上个月的CT检查结果都带来了。我也大致了解了霞姐的情况：霞姐刚满35岁，病好几年了，从28岁就开始和疾病不断抗争，可到底还是输了。

七年前霞姐被查出得了乳腺癌，彼时她才结婚一年，还没来得及要小孩。她在肿瘤医院做了右乳切除术，术后又做了化疗。在知道患癌后，她也崩溃过，毕竟她还那么年轻，那时的她工作好、模样好，同事和好友都羡慕她找了个年轻有为的老公。可确诊了癌症，崩溃过后她只能积极面对，她也知道，乳腺癌的五年生存率还是很高的。

切除了一侧乳房后，无论丈夫怎么劝慰她，她都觉得自己再也没有过去的女性魅力了。她刚生病时，丈夫还对她呵护备至，可时间长了，她发现丈夫开始有些不耐烦。

手术后一年，她又发现左侧乳房出现了肿块，于是忐忑不安地去医院复查。可这次的检查结果再度给了她晴天霹雳，左乳的肿块也是恶性的，她不得不切除了左侧的乳房。

疾病对一个人的摧毁从来都是全方位的，她不仅身体受到了重创，自信也被彻底摧毁。她认定了丈夫不会再爱已经彻底失去女性特征的自己，而小有成就的丈夫自然一直有其他女人“虎视眈眈”，这就更让她感觉风声鹤唳，草木皆兵。她动不动就翻看丈夫手机，他晚回家一会儿她就破口大骂。在这样剑拔弩张的氛围下，她和丈夫的关系也越来越差。在她患病的第三年两人便离婚了。

虽然一直在积极治疗，可这残酷的命运始终不肯放过她，三年前她又确诊了卵巢癌。这一回她连崩溃的力气都没有了，只觉得人生再没有任何希望了。可是生命的本能就是活着，她只能选择继续治疗。离婚时丈夫把房子和积蓄都给了她，她生病之后就没法工作了，先前的治疗已经把积蓄都花光了，她只能卖了房子继续治病。

她的子宫和卵巢也被切除了，这一回她所有的女性器官都没有了。可什么治疗方法都用尽了，肿瘤还在不断转移。医生委婉地告诉她时日无多了，接下去也只能是姑息治疗。

她也知道自己的生命就要走到尽头了，与疾病抗争的这七年太痛苦了，她决定回老家度过最后的时光。可是肿瘤导致了严重的肠梗阻，她没有办法吃饭喝水，大量的腹水又让她腹胀难忍，还没办法顺畅呼吸，再加上无法忍受的癌痛，即使是已经认命等死，这等死的过程也格外煎熬。

肿瘤科和ICU的医生都来会诊了，医生告诉霞姐的父亲：肿瘤科早就人满为患，ICU也不会收治肿瘤晚期的患者。见女儿无法顺利入院，霞姐已过六旬的父亲落泪了，他不断哀求：“你们给她输点营养液就行，她好多天都没吃没喝了，她还在喘气呢，人不能就这样被活活饿死啊……”

就这样，霞姐被滞留在急诊科。应她父亲的要求，我们给她输了点营养液，用了点止痛药，她肚子胀得受不了了就给她放点腹水。

到急诊科的第四天，霞姐出现了严重的呼吸困难，她缺氧很严重，不做气管插管的话很快就会死。这回她父亲倒是没有要求积极抢救，只是握着她的手，说女儿终于就要解脱了。

父亲那天起得很早，跟我说
他要去一趟学校，跟老师说
明我不能按原计划复学。我
站在门口，看父亲推出自行
车，“哇”的一声哭出来。

16

第十六个
故事

我和白血病相伴的二十余年

张捷

父亲那天起得很早，跟我说他要去一趟学校，跟老师说明我不能按原计划复学。我站在门口，看父亲推出自行车，“哇”的一声哭出来。

01

2000年的秋天，我刚上高中，入学一个月，就开始高烧不退。

父亲带我去医院检查。验过血后，医生让我出去转转，说抽完血要多走动一下，我信以为真。

等我回来，看到父亲的目光游离，神色慌张。我问父亲怎么了。他不说话，拉着我往医院外面走。让我奇怪的是，医生竟然没有开药。

回家的路上，父亲不言不语，只管呼哧呼哧蹬自行车。到家了，父亲将自行车往门口一丢，让我待在原地等着，自己便急着离开了。等父亲返回来，同来的还有骑摩托车的小叔，我才知道父亲是去借钱了。他们俩都没有多说话，只让我快上车。我们三个人风驰电掣般，又回了医院。

父亲把我隔在医生办公室外，将说话的声音压得很低，但医生的声音却格外清晰："一旦确诊，不治之症，在哪里治都一个结果！"

于是，我被安排住院。父亲有意瞒我，我便装作对自己的病情一无所知。

住院的第一天，打了一天点滴。晚上，我高烧不退，头痛欲裂。父亲折腾了一整天，在邻床的空铺上眯着。我本想忍着疼，咬牙撑下去，让父亲睡会儿觉，结果我刚用双手抱头，他立马从床上跃起来。

看我难受的样子，父亲比我更难受。他深叹一口气，说："要是疾病能替就好了，这病我来得！"

他叫来医生，医生应该是真的毫无办法了，只说让我多喝水并用酒精擦身体。后半夜，父亲就在不停给我打水和擦酒精中度过。

第二天一大早，护士拿了两袋血来说要给我输血。那时候条件有限，县医院没有血库，血是从市里运来的，依需而购，随到随用不存储。10月份的北方，天已很凉。冰冻的血，父亲贴身捂温了，才让护士给我输。

在县医院住了十多天，父亲捂了十多天的冰冻血。

后来，父亲带我转到市里的一所医院。父母及医护协商好了，继续对我隐瞒病情。父亲怕我胡思乱想，主动跟我解释说我得了重感冒，比普通感冒难治一些，时间也长一些。他让我放心："马上就可以出院了。"

那时候手机还没有普及，有一次，父亲在走廊用公用电话和人通话，我刚巧路过。我第一次听到自己的病名，父亲对着电话说："血癌！"等他意识到我站在他身边时，父亲看向我，眼神里有一丝惶恐。他惊讶于我突然得知病情时表现出的平静，但他没有多说什么。

让我好受一些的是，市医院条件比县医院好一些，虽然还是天天输血，但这里有血库，父亲不必再捂冰冻血了。

02

我的身体状况一天不如一天。有一次查完房，医生在门口跟父母说："最多两个月，她想吃什么喝什么玩什么都满足她吧！"

在这家医院待了二十多天，虽然早就被医生建议回家治疗，父亲却没有放弃。几番打听，家里决定把我转到市里的另一家医院。

新的医院，新的医生，诊断结果却没有变。

我已经被几个医生宣判"死刑"，家里也债台高筑。我不知道父亲靠什么支撑下来，又有什么底气一次又一次往医院砸钱。

那段时间，父亲陪在我身边的时间变少了。母亲放下农活，专门到医院照顾我。父亲则来回奔波，他只做一件事：筹钱。

由于长期打激素，我全身浮肿，和以前判若两人，而且我对一种药物过敏（使用该药一周后才确认），导致全身的皮肤呈紫红色，极其可怖。再次转院时，那家医院拒绝接收我。

当时我做过最坏的打算，准备向命运妥协。每每想到“死”，我的眼泪就一直无声地流。

父亲几经曲折，找熟人，又说尽好话，我才被那家医院收治。意外的是，转到这家医院后，我的病情开始慢慢好转。两个多月后，达到了血液学缓解。

医生说我创造了奇迹，我不以为然，只是大不幸中的小幸运被我撞上了。

而这一奇迹的代价是：这一场病来回折腾，40多岁的父亲，面色苍老，成了一个小老头。

03

虽然达到血液学缓解，但治疗远没有结束。医生向父亲提出骨髓移植的建议：“不要存侥幸心理，临床医学证明，不进行骨髓移植，日后百分百复发；如果移植了，则至少有一半概率不复发。”

父亲听到这个消息时，眼里闪光，可一听到手术的费用，头又低了下去。

骨髓移植的预估费用是十万元。此前为我看病已经花了五万多元，该借的能借的，父亲都借完了。

我们没条件多想，拒绝了骨髓移植的建议，带了些口服的化疗药回家。

离院那天，我看到父亲在走廊偷偷抹眼泪。医生等着他签字，我实在不忍打扰他。

治病的一年，也是我休学的一年。2001年9月，开学季，我的心开始骚动。在医院的日子，病房里的药水味充斥鼻腔，我无比想念校园里香樟的味道。我跟父亲提出想继续上学。当时弟弟也上了高中，为了偿还债务及维持家用，父亲农闲时都在外面做苦工挣钱，平时的话变得很少。

听完我的想法，父亲说："我也支持你继续上学，但我希望你真正康复了再去。"

第二天，父亲去咨询医生，得到的回复是："这样上学是冒险。"父亲跟我商量："命重要，上学再缓缓？"我没再强求，默许了。

按照之前的休学协议，如果第二年开学我没返校，就当作自动退学，再也不能回学校了。

父亲那天起得很早，跟我说他要去一趟学校，跟老师说明我不能按原计划复学。我站在门口，看父亲推出自行车，"哇"的一声哭出来。父亲回头看了我一眼，什么话都没说，骑上车就走了。

等父亲再回来时，他脸上挂着笑，对我说："你今天收拾课本，明天回学校上课。"我不知道父亲经历过怎样的挣扎。

当天傍晚，得知我又要去上学，一个比较亲近的邻居闯入我家，指着我的鼻子说："还不消停啊，看把你父母折磨得，将来要是不孝，天都不容你！"（我知道，他并无恶意。）父亲强拉着邻居出门，等邻居走后，父亲索性把大门给关了。他对我说："你只管在学校念书，不要太吃力。"

复学后，老师变得对我格外宽容，偶尔上课迟到也不批评我，也不催我交作业。同学们都很照顾我，班级活动时从不给我分配重活。后来才知道，父亲悄悄找过我的班主任老师，拜托他关照我，不要给我施加压力。

复学后的前两年，我的身体还比较虚弱，三天两头感冒发烧，又因为之前用药太多，有点抗药，每次发烧都要折腾好久，经常在医院和学校之间来回跑。

有一次发高烧，治疗了三周，断断续续的症状一直没消失。不得已，父亲又带我去了市医院。医生听完情况，神色凝重地说："要做个骨穿看看，不排除白血病复发的可能。"

听完，一向坚定果断的父亲像泄了气的皮球，刚走出医生办公室，身体就失去了力气。他蹲靠在墙边，两手捂着头，衣服与墙壁摩擦的声音时快时缓，半天才恢复过来。

04

幸运的是，骨髓化验结果显示仍是缓解状。在医院住了一周，退烧后，我返校继续读书。

"百分百复发"这个说法像个魔咒。两年时间，我都在担惊受怕中度过。父亲更是过得提心吊胆，一听闻我身体不适，第一反应就是去推他的自行车。那辆车的踏板，都被父亲踩烂了。

2005年，高中毕业，我被一所大专院校录取，弟弟同年考上了一所二本院校。我的身体逐渐恢复到得病前的状态。家里很久没有那么开心过。

大学期间，我回家的次数变少了。每次跟家里通电话，父亲基本就两句话："注意身体，钱不够用了说。"

2008年，我大学毕业，到南方打工，在此期间我认识了现在的老公。他来自遥远的山区，跟我不同省，父亲早逝，在他尚年幼时，母亲改嫁也遗弃了他。听闻我曾得白血病，他说他很佩服我。我们平时各自上班，下班后他就买些红豆、红枣、花生，每天给我熬粥、炖汤。遇上我感冒发烧，他生怕是我旧病复发，比我还紧张。

我们在一起三年，到了2012年年初，我向父亲说起我的男朋友。大学毕业时，我无意中向家里提起结婚的事。父亲当时说：“不管天南海北，只要你幸福就好，我们不过多干涉。”可是，当我在电话里告诉父亲，我准备结婚，并向他说明男朋友的家庭情况后，父亲立马不乐意了，他不让我们在一起。

我知道他怕我受苦，但我是个死心眼，认定要嫁的人，就一定要嫁。

2012年国庆节，我带男朋友回家，一路上都很忐忑。当时家里正在翻晒玉米，男朋友到了，跟着忙前忙后。父亲私底下对我说：“他是个好孩子，就是太命苦……”

我说，我不怕吃苦。父亲看我心意已定，不想让我为难，最终同意了这门婚事。

同年年底，我和男朋友领了结婚证。

2013年年初，父亲在老家为我们办了婚宴。婚宴当天，父亲敬酒敬到我们这桌，对着我老公（岳父敬女婿，承认身份之意），脸上故意摆出庄重和威严的神情。

我知道父亲有话要讲，等了好久，却只看他动了动嘴，端着酒杯的手一直在发抖。最后，他什么也没说，举起酒杯，将酒咽了下去。

婚宴结束，我和老公回南方打工。婚后，老公对我依然体贴。我们生活虽窘迫，但也幸福，对未来有很多期许。

2016年，我的儿子出生了。如果不出意外，我的三口之家也算完美，父母可以对我放心了。

05

可惜好景不长，儿子出生不满三个月，我牙龈出血，去医院做检查，我的白血病复发了。

没想到，命运眷顾了我十六年，却在这个时候又给我开了一个玩笑。

急性白血病来势汹汹，医生要求我立刻住院，并很快下了病危通知书。父母从老家坐了两天的火车赶过来，他们到站时已是凌晨，老公在医院附近给他们订了旅社。父亲顾不上休息，直奔医院。

见到父亲时，他的眼眶布满了血丝，估计两天都没有闭目休息过。父亲看着病床上的我，对我说："安心治疗，我找人算过了，你能挺过去！"我不知道父亲何时信上了算命先生，大概是在"给人以希望"这件事上，算命先生总能做得很好。住院以来，我一直没掉一滴泪，看到父亲的第一眼，眼泪哗地就流了出来。

这次，家人依然对我隐瞒病情的严重性，但我对这个病早已不陌生。医生的说法是，"关键在头两周，如果治疗有效，就可以慢慢治"。

父母安顿好后，各自分工。我跟老公租住的地方到医院，乘公交要两小时。父母来之前，老公在医院照顾我，儿子暂托给朋友照看。父母来后，主要做的事是帮我带孩子。父亲已不是当年矫健的模样，他带着母亲熬的汤来医院看我，身形已经佝偻。

我躺在床上无事可做，父亲就跟我说老家的一些事，从来不提我的病情。有一次，邻床的家属，一个冒冒失失的大男孩，突然不合时宜地问我："白血病都是治不好的吧？"当时父亲正在我床边，原本还在唠家常，憨笑的脸瞬间沉了下去。

我接过男孩的话："现在医学发达了，很多种白血病都可以治了！"父亲听完，神色还没缓过来，我不知如何继续跟他搭话。他起身说要给我打水，便出去了。其实他刚给我打过水，现在只是想出去透透气。

三人间的病房，除了患肿瘤的大姐，还有一个20多岁的女孩，也是白血病患者。她治了三年，头发掉了长，长了又掉，剃过四次光头，本来头发很顺滑，化疗之后长成了卷发。她妈妈在医院照顾她，女孩话很少，她妈妈倒是热情，会跟我们说说话。病房里有她和父亲，热闹许多。

住院最初的两周，过得比较曲折，单是骨穿，就差点让我信心全无。可能因为我血液异常，针管插进去却抽不出东西或是抽出来就马上凝固。来回做了3次，由正常穿刺，换活检穿刺，再换胸穿（离心脏近，危险系数大，一般不采用），整个过程不到几分钟，却让我觉得比前半辈子还要漫长。

接着，是在胳膊上植入PICC（经外周静脉穿刺中心静脉置管），长期化疗用。而化疗的副作用，恶心反胃、身体无力、生痔疮，我全部经历了一遍。

好在经过前两周疼痛的折磨后，我的身体状况在好转，暂时脱离生命危险。住院第三十六天，我达到血液学缓解，被允许回家休息一周。

回家当天，父亲抱着我儿子在路口等着。看到儿子那一瞬间，我又泪如泉涌。父亲赶紧安慰我："缓解了就好，开开心心，身体才恢复得快。"

在家的一周，我基本全天躺着。父亲和母亲张罗三餐及带小孩，一刻也不得闲。我遵照医嘱按疗程治疗，又过了三个月，我的病情得到完全缓解。

老家还有农田及家畜要侍弄，我决定让父母回家。临走前，父亲千叮咛万嘱咐，要我一定小心，保重身体。我有千言万语想对父亲说，最后却也只说出"保重"二字。

到2018年10月，两年多的治疗之路终于走完。我只希望自己以后能身体健康，父亲已白发苍苍，而我还有儿子要照顾。

父亲在我家时，有一次，儿子在父亲怀里睡着了，父亲仔细端详着他，眼里充满笑意。这样持续了长达十分钟，父亲才将儿子放下。我一阵恍惚，最初我来到这个世界，父亲也是如此这般呵护我，安静地，温柔地。

哭了很久，我终于缓了过来，望着不远处的家闪着柔和的光，我突然没有勇气靠近，可是女儿还在家里等我回去给她打针。

17

第十七个故事

女儿的病治好了，我想跟丈夫离婚

珠珠

哭了很久，我终于缓了过来，望着不远处的家闪着柔和的光，我突然没有勇气靠近，可是女儿还在家里等我回去给她打针。

01

结婚证找不到了，父女俩异口同声地否认他们看见过。没有结婚证就无法离婚，我每次提及补办结婚证，先生都以“虽然女儿的病基本痊愈了，但临近中考……”为理由搪塞。

我抑郁的程度愈发重了，医生说要我尽早入院治疗，我想着还是等女儿中考过去再说，就一直坚持吃药挺着。

发现女儿的身高停滞时，她刚3岁，那时她还能穿下1岁孩童的衣裤。意识到问题的严重，我就开始带着她四处求医。女儿脑部磁共振的检查结果，使得几个大城市医院内分泌科专家的诊断都出奇一致。他们诊断我女儿患了矮小症，这是脑垂体不分泌生长激素导致的身材矮小。

兜兜转转，我们还是决定在家乡治疗。儿童医院的主任说：“虽然矮小症是罕见病的一种，但目前国内有药物可以治疗。只是药很贵，没进医保，全部都要自费，所以你们要做好打‘持久战’的准备。”

“只要能治，做父母的就算砸锅卖铁也毫无怨言。”我说。

“那就给你们开药，用药的过程中，你们要定期带孩子来医院复查。”

医生的话，在那时给不知所措的我和丈夫带来了一些希望和慰藉。

02

由于女儿体内无法自行分泌生长激素，所以只能借助外力。

先生晕针，注射任务就交给了我。每天晚上兑完药水，抚摸着女儿柔嫩白皙的肌肤，我根本没有勇气注视她天真无邪的眼睛。一句“妈妈疼”，就会让我流泪，整夜都无法入睡。

女儿治疗时需严格控制体重，一些不健康的油炸、膨化、碳酸类以及含有激素的食品都要禁食。幼儿园小朋友偶尔会给女儿零食，她只是抿着小嘴唇，摇着头说谢谢。忌口的同时，还需要辅以跳绳锻炼。临睡前，跳绳对女儿来说更是一种挑战，一开始跳绳会腿疼，女儿总是喊累、大哭，我只能哄着她咬牙坚持，哭完再接着跳，直到后来她慢慢养成了习惯。这个过程很磨人，有时我真的想打退堂鼓，反倒是女儿的乖巧懂事给了我很大的鼓励。

无奈的是，由于女儿对药物的吸收效果不好，身高增长特别缓慢，一直处于同龄平均线以下。我们不断投钱，收获却令人失望，可又不能不打，粗略计算，每年的药费和检查费在十万元左右。没办法，生活上我们能省则省，尽管如此还是捉襟见肘。无奈之下，我们停掉了女儿所有的兴趣班，就连她最喜欢的绘画课也无法坚持了，此时我才真正体会到缺钱的日子是多么难熬。

媒体上说，国内有少数城市已将治疗“矮小症”所需的药品和检查费用纳入医保报销范围。抱着试试看的心理，我拨打了市长热线，询问针对原发性生长激素缺乏症患者，即矮小儿童，是否有报销的相关政策。对方的答复是否定的。

我在门诊也见到许多因费用过高而不得不放弃医治的病例，错过了最佳的治疗期，骨骺一旦闭合，生长的机会就减少很多，有的孩子的身高或许永远停留在一米四以下。

医生说矮小症的治疗是一场为“荣誉”而打的战役，它不关乎生死，但如果不进行有效的治疗和干预，会伤及孩子的未来和自尊。想象一下他们成人后，尽管十分优秀，可能也会因身材太过矮小而丧失许多发展机会。

女儿是无辜的，她还那么小，是我把她带到这个世界的，所以，我要不惜一切让她摆脱厄运的纠缠，不管付出多大的代价。

日子越来越拮据，只节流不开源，并非长久之计。与先生商量后，我想着可以凭借我的会计师资格证再去谋一份兼职，利用晚上和休息日给几个小公司和餐饮店记账。一开始先生是不同意的，认为这样我会很辛苦，担心我的身体吃不消，但女儿现在还小，仅治病就已经掏空所有积蓄，未来她的教育，父母的养老都需要大笔的开支，手里一点“过河钱”都没有，我的心里着实慌。我清楚，如果我去做兼职，先生也会承担更多的家务，女儿的学习也需要他多费心。但是没有办法，这是目前我能想到的最直接、最有效的缓解经济压力的办法。

C3

先生和我是经母亲好友介绍认识的。先生小时候由于父母工作忙，他出生不久就被送到常州乡下的奶奶家。在他很小的时候，由于村医的疏忽，漏掉了本该给他服用的“糖丸”，导致他后来感染脊髓灰质炎，患上了小儿麻痹症。婆婆为此很懊悔，为了能让先生做手术，她步行三十几里的山路，在“牛棚”里找到了医生。然而虽经历了数次大手术，但还是留下了后遗症。也是因此，先生有了心理障碍，无法给女儿打针。

对于我们的结合，军人出身的父亲是不认可的。他认为男人首先应该身体健壮，给爱的人安全感，担心我婚后会吃苦。可我认定了先生。先生虽然身体不太好，但好强上进，二十世纪八十年代考上大学。成绩优秀的他由于身体原因多次被高校拒绝录取，但他不服输，连考三年，感动了农大的校长，特招了他。我没有读过大学，虽自学考取了会计师、高级经济师证书，但总觉得没进高等学府是我一生的遗憾，也一直羡慕那些曾走进象牙塔的人，所以对先生，我是由敬佩发展成了爱慕。

婚后不久，我们就对未来的生活有了一些规划，做了一些小投资，以备不时之需。

现在想来，多亏当时小有积蓄，否则女儿的医药费更加没有着落了。家里我主外，先生主内，他的腿不能吃劲，抱孩子、拎大米这类力气活都由我来。由于担心尴尬，幼儿园的家长会、亲子活动他都不参加。而做饭刷碗之类的家务事，先生也会主动多分担一些。

我一直觉得，能成为夫妻是缘分，该相互扶持，相偕到老。我也相信只要用心经营婚姻，定能收获温馨幸福。对于“夫妻本是同林鸟，大难临头各自飞”，我是嗤之以鼻的，希望我们能像钱锺书、杨绛，平如、美棠那样相濡以沫地走向暮年。

04

然而，人算不如天算，人在脆弱时，情感最易被攻陷。

由于一直忙于赚钱，我待在家里的时间越来越少，和先生的交流也变成仅限于女儿的生活汇报。晚上匆匆赶回来给女儿打针，有时连衣服都来不及脱就窝在沙发上睡着了。第二天一早，我又要赶着去上班。那时的我就像一个上了发条的陀螺，日复一日地旋转着。

我很清楚地记得，三年前的冬天，那时我在一家餐饮中心兼职记账，赶上年末，单位的各类报表压得我喘不过气来。那几日又恰巧是生理期，身心倦到了极点。一天晚上，雪下得很大，公交出租很难等到，可我想赶在10点前到家给女儿打针，于是焦急得在餐饮中心的大堂来回地踱步。服务员见我有急事就和我说她去问二楼做西点的王师傅能否让我搭他的顺风车。王师傅很爽快地答应了，没有迟疑，没有问行程，没有客套话，只说了一句“上车吧”。

之后几日，他都会以顺路为由捎上我，有时也会顺带把他做的甜点拿来给我品尝。可能是太累了，有两回我竟然在车上睡着了，醒来时发现身上盖着他的外套。车缓慢地移动着，他说已经绕了好几圈，也不知道该停在哪里，见我睡得沉，就没叫醒我。接着他就开始劝我不要这么辛苦，健康很重要，钱是永远赚不完的。见我不置可否，他反而更加起劲，一直和我说什么晚睡的危害，过劳会引起血压、血脂波动，等等。他自顾自地说，我就安静听着。

那一瞬，我突然很感动，冲动地想把兼职的理由、心中的苦闷讲给他听，想撕下伪装，向一个不相干的人袒露心扉，想在陌生人面前涕泪横流。这时，我突然有点不敢直视他的眼神，只说了声“谢谢”就下车了。

踩在雪上发出的嘎吱声让夜更显得冷清，我不假思索地坐在路灯下痛哭起来。那一刻，我不用顾及亲人的担心，同事朋友的怜悯，感觉被自尊束缚太久的心突然获得了解放。哭了很久，我终于缓了过来，望着不远处的家闪着柔和的光，我突然无勇气靠近，可是女儿还在家里等我回去给她打针。

那一瞬，我不自主地想把我的脆弱暴露给一个不相干的人，想放纵自己，不想担责任，任由心理防线被蚕食，继而滑向深渊。如若不及时悬崖勒马，生活就会偏离它原来的轨道。

之后，对于王师傅的关心和娱乐邀请，我都以忙为由回绝了。月末结完账，我婉拒了经理留任，悄然离开。

05

时间过得很快，不知不觉间女儿已治疗十年有余。她依旧长得慢，即便青春期身高也在低位徘徊。

更糟糕的是，药物的副作用开始在其他用药的孩子身上体现。女儿用药太久了，她的健康会受到什么样的影响，我们谁也无法预知。这就像我儿时服用四环素消炎时，也想不到它会对长大后的牙齿有着近乎破坏性的伤害。这种担心，每天困扰着我，如影随形。

尽管日子过得紧巴，但治病和教育都是不能耽误的，对女儿我一直觉得亏欠，她的整个童年都在打针治病中度过，喜欢的绘画课被停掉，仅有的几次“出游”都是在求医的路上。我想着再难也要给女儿一个好的教育环境，所以坚持送女儿上私立学校。她懂事，体谅我们的辛苦，不用督促，自己也知道努力学习。

做母亲的，为孩子做什么都舍得，吃苦受累也不算什么。然而，长期伏案超负荷工作，我的身体多处亮起红灯，腰椎间盘犯病的次数越发频繁，有两回治疗一个多月才能正常行走，每次想到这些都觉得后怕。

太累了，兼职做不动了，很难再勉强自己。

06

身体上的疼痛可以用意志去支撑，但如果精神垮了，才是致命的。也不知道是因为更年期还是其他原因，我开始会不自主地发呆，总感觉委屈，不自觉地流泪。

我上学时曾经学过两年中医中药，凭借医学知识，我感觉自己的心理出了问题。有几次，我过马路时竟然不知道躲避车辆，被司机斥责才恍惚醒过神来，在汽车喇叭声的提醒下飞快地跑过马路，事后被吓出了一身冷汗。

犹豫了一段时间后，我下定决心去看了神经科，颅脑CT的检查结果中有三项指标不正常，因伴有厌世的念头，医生建议我尽快入院治疗。

我跟医生解释："女儿快中考了，能否推迟一段时间住院？"

"最好现在住院治疗，实在不行，先吃一段时间的药吧。"

医生人很好，言语温暖，告诉我如何服用药物，并把服药的注意事项和药物的副作用一一告诉我，还主动加我的微信，说有事可以第一时间联系她。我知道，除非病情严重到不可控制，我是不会寻求任何人的帮助的。这么多年来，我已经逼迫自己养成了不给别人添麻烦的习惯。

药我按时吃了，但药物的副作用真是不小，我服药后嗜睡，心慌，脾气也愈发暴躁。先生说我变得不可理喻，因为豆大点的事就会莫名发火。他跟我吵得不可开交，我却不想告诉他实情，倔强地认为自己能挺过去。可是药量逐渐加大，效果却不甚明显。

为了分散注意力，我开始重拾兴趣，写微博，写稿；拿起画笔，沉浸在色彩及明暗转换间，想借涂涂抹抹忘却一切。

然而，现实不可能永远是诗情画意，逃避也解决不了任何问题。

07

反复思忖后，我和先生长谈了一次。

对于我想离婚，他很惊讶，觉得不可思议，说虽然两人的情感越来越淡，可还不至于走到尽头，他哪里做得不够好我可以提出来，他会改。他还说，女儿正处在中考的关键时刻，千万不能让她分心，希望我能再好好想想。总之，就是不同意离婚。

我真想把一切和盘托出，告诉他，我很累，已接近崩溃的边缘，想去住院，想要清净，想好好地休息一下。可话到嘴边又憋了回去。

突然发觉，我不再依赖他，信任他，彼此间的默契似乎已经荡然无存。如此，我不想再有牵绊，更不想将就着生活。

可是，我翻遍了所有的抽屉柜子，找不到结婚证，能做的只有等，等女儿中考结束，等自己放弃执念，抑或将希望耗尽。

在这次与病魔的抗争中，女儿痊愈了，我却败下阵来。

那天，我翻到曾经给女儿写过的一封信。当时是为了参加药品厂家举办的征文比赛拿奖金，后来获得了一等奖，奖金为三千元。

现在重读这些文字，一切仿佛就在昨天，历历在目。我想在文字中汲取营养，寻找支撑的力量，鼓励自己继续走完未来的人生。

亲爱的女儿：

妈妈在写这封信的时候心情很复杂，既悲伤又幸福。悲伤是因为自从你3岁被医生确诊为生长激素缺乏症之后，妈妈的心情一直都是沉重的。

许多个不眠之夜妈妈都在想：到底是什么环节出了问题，女儿为什么会生病？可当一切已无法改变之后，爸爸妈妈能做的就是配合医生全力以赴把你的病治好。

幸福则源自你的乖巧和懂事，从第一次注射开始，你就表现得很坚强，你才只有3岁啊，看着你紧咬嘴唇的小模样，妈妈的心都碎了，可是你从不会因为疼痛而拒绝打针。

为了你的身体，妈妈不许你吃各种零食。妈妈知道对你这个年龄的孩子来说，抵御各种小食品的诱惑是一件多么不容易的事。但是，我的女儿，你做到了，这让妈妈感到很欣慰。为了节省，妈妈结束了你喜爱的兴趣班，你没有哭闹，还反过来安慰妈妈，说等把病治好了再学。可妈妈心里明白，等你的病治好了也就意味着你童年的结束，有些东西错过了就再也找不回来了。当时妈妈强忍泪水，只能在心里对你说：宝贝，对不起。

由于你的年龄还小，爸爸妈妈给你选择的是水剂药物注射，但水剂注射真是太昂贵了，对爸爸妈妈这种工薪阶层的人来讲是非常沉重的负担，每月近万元以及以后无法预知的费用让爸爸妈妈一筹莫展。

可当看到你那可爱的模样，爸爸妈妈即便再苦、再累、再难，也一定要坚持给你治疗。

妈妈会多做些兼职，这就代表我会加班，陪伴你的时间会减少很多，或许你在睡觉时不会再听到妈妈讲的故事，清晨醒来也很少见到妈妈在厨房忙碌的身影了。但是没关系，有爸爸在，妈妈相信我的宝贝女儿一定能学会自己的事情自己做，你要做爸爸的小助手。不要挑食，有营养的食品一定要吃。妈妈向你保证，我也会坚强。即便是卖房子，也要把你的病治好，这是妈妈作为母亲的责任。

在这里，妈妈想给你讲一个关于梅西的故事。

梅西是一位极为出色的足球运动员，他在11岁的时候被诊断出患有生长激素缺乏症，由于骨骼发育缓慢，需要每天注入生长激素。可是他的家庭根本无法承受这巨额的费用。

幸好，在巴萨球探的帮助下，梅西举家迁往巴塞罗那，巴塞罗那足球俱乐部承担了梅西的一部分治疗费用。2000年，13岁的梅西身高只有140厘米；而到了2003年，他的身高已达到了169厘米。

为了感谢巴塞罗那足球俱乐部，尽管后来梅西已成为一名足球巨星，他还是拒绝了许多邀请，从来都没有想过要离开巴塞罗那[①]，而是要通过自己的努力让球队获得更多的荣誉。

---

① 2021年7月，梅西与巴萨的合同到期。2021年8月，梅西加盟法甲的巴黎圣日耳曼足球俱乐部。

亲爱的女儿，妈妈知道你现在还小，有些道理你或许还不能完全理解，但是，爸爸妈妈要把你教育成一个知道感恩的人。等到你18岁的时候，妈妈会把这封信作为生日礼物送给你。我们要让你了解此时此刻父母的心情和感受，希望你能懂得父母养育你的艰辛。同时，爸爸妈妈也想让你明白，在你的成长过程中除父母之外，你得到了许多人的帮助，正是由于他们辛苦的工作，你才能得以实现长高的梦想。

比如，给你治疗的医生、护士们，为你提供治疗药物的企业，等等。正是通过他们的努力，你以及和你有同样病症的孩子们才有了治疗的机会。妈妈希望你也能像梅西一样学会感恩，怀有一颗感恩的心，努力学习，将来成为一个对社会有用的人。

我爱你，我的女儿！

最后妈妈想对你说，希望你和妈妈一起努力熬过漫长的黑夜，来迎接太阳的升起，能够早日看到暴风雨过后的彩虹。

2011年10月30日

她又说道："有的男人或许会在陪产后更心疼自己的老婆。但也有人因为目睹了这一幕，有了心理阴影，最后以离婚收场。"

18

第十八个故事

产房里，不愿让丈夫陪产的妈妈们

初一

县城医院护士

她又说道：“有的男人或许会在陪产后更心疼自己的老婆。但也有人因为目睹了这一幕，有了心理阴影，最后以离婚收场。”

61

我第一次见生孩子是在我实习那会儿。

那天11点20分左右，还有差不多半个小时就可以下班了。我和带教老师吴雨在病房上班，产房打来电话叫吴老师，说她可以进去了。在产房生孩子的是吴老师的朋友，吴老师提前跟上产房的郑莹打了招呼，等她朋友上产床的时候一定要通知她。

我们所在的楼层收治的都是生完孩子的产妇，输液基本上只有缩宫素、抗生素之类的，平时到这个点也不太忙。吴老师让另外一个同事帮她看着点，她上去看一眼她朋友。临走时，她说带我一起去看，难得有这个机会，前面她带过的实习生都没进过产房。

我跟着她来到产房，穿了一次性无菌手术衣，还有鞋套。

助产士郑老师一看见吴老师就开始抱怨："不会用力，这都二胎了，怎么会这样？上了产床就没有动静了。"

吴老师走到产床前，让她朋友不要太紧张，平时上厕所的时候怎么用力现在就怎么用力。

郑老师忙前忙后，一下用碘伏棉签给产妇擦身下的排泄物，一下又站在产床一侧，双手叉腰，没有表情地说："来，听着我的指挥，肚子疼的时候就用力，不疼就不要用力，不然等会儿没有力气了更是生不出来了。"说着，她盯着仪器上的胎监波动曲线，有宫缩时便指导产妇用力，宫缩间歇期便让产妇休息一会儿。

没一会儿，胎头开始拨露。吴老师告诉我："宫缩的时候，腹压增大，胎头露出阴道口，宫缩间歇期胎头又会缩回去，所以这个过程叫胎头拨露。等会儿胎头不再往回缩的时候就是胎头着冠。”

我当时觉得这个过程挺艰难的，在书本上学习的时候，这些都是冷冰冰的名词，也没多大的感觉，现在亲眼看见，内心为之一颤。

郑老师已经准备好了产包，准备上台接生。胎头一直出不来，郑老师给产妇做了侧切，会阴处本来血管就丰富，那一剪刀下去，鲜血直流。

我手心直冒汗，小声地问吴老师：“侧切之前不用打麻醉吗？”

她告诉我，一般情况下是不打的，这个时候已经疼到没知觉了，那一剪刀的疼痛感或许她根本就感受不到，等后面缝针的时候会给她打一点局麻。

那天，我看完了孕妇生孩子的整个过程，不知道该怎么形容内心的感觉。以前觉得那么多人都生孩子，生完也都是好好的，可能也没那么艰难吧。可是，当自己真正亲眼看见的时候，才知道女人生孩子有多辛苦。

下午我去上班时，吴老师的朋友已经从产房转到了楼下的病房。产妇的老公和大儿子都在，她躺在床上，孩子睡在一旁。

我看见她时，觉得她跟上午在产房生产时是两个模样。产床上的她当时表情痛苦，因为疼痛，整个脑门都在冒冷汗，看着让人揪心；而此刻，她头发梳得很整齐，看孩子的目光也带着几分温馨，仿佛未曾经历过生产的痛苦一般。

在我整个实习过程中，唯有在产科实习的这半个月令我印象深刻，以至于工作后，我毫不犹豫地选择了产科。

02

再次进入产房，是我工作一年以后。

刚开始的那段时间，很累，很辛苦，有时候甚至是二十四小时连轴转。护士长说，如果我休息的时候遇到特殊情况的产妇，也要过来学习。她会跟上产房的老师说，如果遇到特殊产妇一定及时打电话通知我去科室。

那天，骨一科的一个护士小杨直接从她们科上来待产，她老公是麻醉科的医生。

进待产室时，她提出要打无痛。师傅让我打个电话给麻醉科，让他们下来一个人帮忙打。

当时，麻醉科的人接到电话后说上面正忙着，空不出人手，让我们暂且等一下，有一台手术马上完了，等病人出手术室就下来打。

师傅还调侃小杨道："直接让你老公来给你打得了。"

她立刻否决，直说不行。

师傅又问她："你是连你老公都不信任？"

她回答说："不是不信任，如果真叫他来，他肯定要待在里面等我生完才出去。"

原来，她是不愿意让她老公进来陪产，她之前就跟她老公交代好了，让他不要进产房，在外面等就可以。

师傅表示理解，还说自己当时生的时候也没让老公陪产。

小杨上了产床后，因为向下用力的缘故，不由自主地排出了粪便。

她有些歉疚地对我师傅说："张老师，实在是不好意思，还要麻烦你帮我擦，这样感觉挺尴尬的。"

师傅让她不要有这种想法，还告诉她，这是正常的。因为胎头下降时会压迫膀胱和直肠。而子宫收缩时需要向下用力，这时候腹压增大，刺激子宫压迫直肠，直肠里的粪便就会排出。

那天，或许是小杨中途用力过猛，孩子生出来后，不仅造成了会阴裂伤，连宫颈口都有撕裂，两道口子，一边只是轻微撕裂，另外一边撕裂得长一点。一个人缝并不好操作，师傅让我上台协助她。

师傅说，这种宫颈口撕裂一般不常见，所以胎盘娩出后，我们更要仔细检查。宫颈口撕裂从外面看不到，完全凭着自己的手去感觉。如果检查不细致，没发现撕裂，病人自己也看不到。等后面出问题的时候，就是医疗事故了。

那一刻，我明白了护士长为什么让我平时没事多看多学习。只有看得多了，学得多了，遇到这种情况才不会惊慌失措。

宫颈口和会阴缝好后，师傅又帮小杨做了一些简单的清理。“不管你跟谁学，别人好的地方可以直接拿来用，不好的就不要学了。我每次接生完之后都会帮产妇擦去身上的血渍。”师傅说，“这些血渍我们是看惯见惯的，看见也不会觉得有什么。但产妇自己，包括外面等着的家属，看到到处血迹斑斑的，可能会被吓到。”

我明白她所说的，之前我上病房班的时候，有的产妇从产房，或者手术室出来，大腿上、会阴处都会有血渍。等去做护理时，血渍已经干了，都不太好擦净。

送小杨出产房后，我问师傅：“为什么你们都不愿让产妇老公陪产？”

师傅一边写记录，一边说道：“刚才那个情况你也看到了，宫颈口撕裂成那样，血肉模糊的，你看着是什么感受？”

我回想了一下刚刚的场景，内心微微一颤，答道：“有点害怕。但她看着确实挺痛苦的，如果老公在一旁或许还可以安慰一下，看到这种情况他肯定会心疼的吧。”

师傅说：“看人吧，再好看的女人，在生孩子那一刻，都是一个样，因为那个时候只想着赶紧把孩子生出来，其他的根本管不了。你就是在生之前化个妆，穿条裙子打扮得很漂亮，在产床上痛苦的样子也是无法控制的。”

过了一会儿，她又说道：“有的男人或许会在陪产后更心疼自己的老婆。但也有人因为目睹了这一幕，有了心理阴影，最后以离婚收场。”

我轻叹了一声：“不至于吧，就因为目睹自己的老婆生个孩子就有阴影，还要离婚？”

师傅停下了手中的活，歪着头，看上去一副郑重其事的样子。“小林啊，等你以后结婚了就能理解了，人性是经不起考验的，有时候无意义地去折腾另一半，觉得这样会让他更爱你，其实是没用的。”

也不知道为什么，那一刻，我忽然觉得，师傅说得很对。

回想起自己第一次看见产妇生孩子的时候，手心都一直捏着把汗，那一刻的视觉冲击至今难忘。

03

国庆之后的第一个夜班，忙了一整晚，没有一刻休息的时间，加上剖宫产的两个，总共接生了六个孩子。

那天接班时，待产室有两个产妇正在输液。我接完班没多久，其中一个产妇陈楠的宫口快开全了。师傅让我赶紧把她扶到产床上，准备接生。陈楠年纪不大，才20岁，可她有些胖，两边大腿上全是脂肪，走路时腿都分不开。等她走到产床前，我拿了脚凳给她垫着方便她爬上去。对陈楠来说，产床稍微有些窄，我怕她不小心坠床，挂好液后，便忙到另外一边扶着。帮她弄好胎心监护，调整好合适的体位后，我又交代她等会儿该如何用力，千万要听指挥，如果饿了可以说。她点了点头，说一定好好配合。

师傅打开产包，穿好衣服准备接生时，陈楠已经没有力气了。我拿了她带进来的巧克力和红牛喂给她，这样可以恢复一些体力。

可现在面临一个难题，胎儿持续性枕后位造成第二产程停滞。按照正常的生产过程，胎头要旋转到枕前位才好分娩。等了一会儿，胎头依然没有自动旋转的迹象，师傅尝试手动旋转。或许是陈楠太胖的原因，手动旋转根本无济于事。

当时值班的医生年资不是很高，她立即通知了主任。师傅也让我打电话请二线班孙老师过来帮忙。

没过几分钟，主任和孙老师就风风火火地赶了过来。主任检查过后，说先上产钳辅助分娩。师傅立即收走了刚刚准备接生的东西，将产床下段挪开。主任已经穿好了无菌手术衣，准备接生。

陈楠早已精疲力尽，再也使不上力。看到产房突然来了这么多人，或许她很紧张，也很害怕，可此时她唯一能做的，也只是赶紧把孩子生下来。

使用产钳助产的情况很少遇到，我来了产房这么久，也是第一次见。因为陈楠太胖导致产道拥堵，产钳进入时也比较困难，虽然之前做了侧切，但也是杯水车薪。经过多次的调整，两叶产钳终于放到了合适的位置，环住了胎头。陈楠用不上力，值班医生只能用力推她的肚子，促使胎头尽快娩出。主任向外牵拉产钳。这个过程对产妇来说是极其痛苦的，为了防止她忍耐不住坠床，我和孙老师一人站在一边，扶着她的腿和手。

我看了陈楠一眼，不知该怎么形容她当时的样子，她脸上全是汗水，刘海黏在额头上，双眼紧闭，紧咬牙关。

经过几人的努力，胎头终于娩出，大家都松了口气。主任放下产钳，脱了手术衣后出去了，师傅又继续接产。本以为胎头出来后，后面也会顺利一些，可天不遂人愿，这次是肩难产。师傅也有些无奈，好在这次不像前面胎头难产那般复杂。最后，师傅还是把孩子接生下来了。

胎儿的体重算是在正常范围内，只因为陈楠是第一胎，又有些超重，所以造成了难产。

因为她的整个产程比较长，把孩子抱出去给家属看时，她老公都急得要哭了。

缝合时，陈楠阴道内壁撕裂得也有些严重，但相比于上产钳时的痛苦，这一刻的缝合痛就显得微不足道了。

产后观察的两小时，值班医生对陈楠说道：“以后要是打算生二胎，一定要先把体重控制下来，你这次生得这么困难就是因为大腿内侧的肉太多，严重挤压了产道，所以孩子很难出来。”

值班医生出去后，我在一旁守着陈楠，随时观察产后出血量。

她已经缓过来了一些，扬起脸，对我说道：“我不知道生孩子这么困难，刚刚我都快吓死了。”

“每个做妈妈的人都会经历这一步。”我说，“好在孩子顺利生下来了。”

说到这里时，她轻轻拍了拍睡在怀中的小婴儿，眼底尽是温柔。

半晌之后，她又问我：“我老公刚刚有没有看到孩子？头上鼓了这么大一个包，他肯定被吓到了吧。”

我看着那个小婴儿，头上的产瘤确实有些大，显得整个头都是歪着的，旁人第一眼看到肯定会以为他是头部畸形。但顺产出现产瘤的情况还是比较常见的，一般的短时间内也就自己消散了。陈楠的孩子因为持续性枕后位在产道停留时间过长，所以产瘤比较大。值班医生也已经跟他老公说过这个过几天就会消失的。

我回答她：“具体情况医生已经跟他交代清楚了。不过，我看他挺担心你的，一直问你的情况，都快哭了。”

她笑了，缓缓说道：“他是个比较感性的人，本来他想陪产的，我没答应他。”

“其实陪产也未必不好，他刚才要是在里面，也许你也可以安心一点，至少不会那么害怕。”我说。

她伸手把头发别到耳后，叹了口气："还是算了，我自己都害怕成那样，他要是在旁边，肯定会哭，看到他哭我更害怕了。"

我笑笑，只觉得这对小夫妻还挺恩爱的。

04

转眼间，深秋已过。云南的四季并不是那么分明，这个时节早上出门得穿个厚外套，到中午时，太阳火辣，穿件T恤都觉得热。

那天早上交班时，夜班收了一个产妇，天快亮时就进了待产室，当时她的宫口开了三指。

交完班后，我在待产室见到了她。我看了一眼她的病历，杨燕，31岁，这次是生二胎。

按理来说，二胎一般会比头胎生得快一点，可杨燕进了待产室后就没什么进展了。她喊疼的时候，我帮她检查了宫口，依然是三指。我告诉她得再等会儿，现在还不能上产床。

杨燕比较健谈，没有宫缩的时候她便和我聊天。我坐在电脑旁，边看记录单边听她说。

她告诉我，她在镇上的中心小学教数学，老公是镇上卫生院的医生。还说，等会儿生的时候，她想让她妈妈进来陪她。

我问她为什么想让妈妈来陪，因为考虑到老人上了年纪，一般情况下还是建议丈夫陪产。

杨燕说："我也有自己的考量，我第一次生产的时候就是我妈妈陪我的。其次就是我老公陪产的话，我怕给他留下心理阴影，影响我们以后的生活。"

随即，她又继续说道：“其实他进来也起不到什么实质性的作用，肚子疼起来的时候只有医护人员能帮你，他在不在旁边其实意义不大。还有一点就是，他不陪产不代表他不爱我。相反，我生老大的时候，月子里基本都是他在带孩子，换尿不湿、哄孩子睡觉这些我都不用操心。”

听她说这些的时候，我能看到她脸上洋溢着的幸福。

杨燕宫口开得很慢，快到中午时都才只开到四五指。她说躺着不舒服，想下床走走。我告诉她只能在床边活动一下，因为她身上还连着监护设备。

好在杨燕上了产床后生得比较快，没有像第一产程那般进展缓慢。

生完后，杨燕会阴撕裂不是很严重，只要缝两三针就可以。师傅说让她忍着点，不打麻醉了，一下就能缝好。缝第一针的时候，杨燕忍不住往后缩，说太疼了，实在忍不住。其实我很能理解她，会阴本来血管和神经就比较丰富，对疼痛会更加敏感。生产和剥离胎盘时的疼痛已经过去，现在缝合毕竟是要一针一线穿过皮肤，穿进肉里的，肯定会很痛。最后师傅还是给她打了一点局麻药。

送杨燕回病房时，她老公已在产房门口等候，手里捧着一束花，还有她的大儿子也在。大儿子四五岁的样子，一直踮着脚问她：“妈妈，你痛不痛？”

我很少遇到这样的场景，当时觉得还挺温馨的，虽然是生二胎，老公还是给妻子送上了一束花。

不知道还有多少准妈妈害怕进产房，纠结要不要让丈夫陪产，只希望她们都能在生完孩子后得到更多的关心和爱护。

大姨当初坐了两天两夜的火车逃到乌鲁木齐，投奔了一个老乡，在老乡开的小饭馆里打工。没过一年饭馆就倒闭了，大姨又跑到库尔勒摘棉花。

19

第十九个故事

爱美的大姨得了乳腺癌

张安安

大姨当初坐了两天两夜的火车逃到乌鲁木齐，投奔了一个老乡，在老乡开的小饭馆里打工。没过一年饭馆就倒闭了，大姨又跑到库尔勒摘棉花。

C1

在我小时候的记忆中，大姨是个爱美又爱笑的女人。虽然她只比妈妈小了四五岁，但无论是外在的穿衣打扮，还是内在的精神活力，她都像比妈妈年轻了10多岁一样。

记得有一次我放学后，回到家发现大姨来串门。别的大娘婶婶串门一般都会带着针线筐，一边唾沫横飞地聊着东家长西家短，一边手飞线舞。但大姨不一样，她来串门，不是像别人那样聊些家长里短，而是一边听我妈唠叨抱怨，一边气定神闲地在脸上修剪涂抹。

看我回了家，大姨便一把我拉到身边，说要给我修眉毛。妈妈阻止说我还小，不让大姨教我那些化妆打扮上的东西。但大姨看见我渴求的目光，便把修眉刀藏在手里，在背后偷偷地递给了我。那把修眉刀现在已不知所踪，但它在很长一段时间里承载了我对美的认知，是我在一帮女孩中炫耀的利器。

大姨30岁之前，只有一个儿子，叫卫东。卫东比我小两岁，学龄前的那段时光他像个跟屁虫一样，整天“姐姐、姐姐”地叫着，跟在我后面。大姨要是做好了饭，却不见卫东回去吃，就会跑到我家找。

但她并不总是能在我家找到儿子，有时卫东会偷偷跑到村西头的奶奶家玩。那是大姨自出嫁后最讨厌的地方。身为大姨的亲人，我和妈妈自然都认为大姨处理婆媳关系时并无欠妥之处，反而觉得是卫东的奶奶太过泼辣，喜欢挑拨离间，经常插手大姨和姨父之间的事。因为这个缘故，大姨也没少挨姨父的打。

姨父是个暴脾气，又没上过什么学，每次听到自己母亲说儿媳的是非，他就会到处找大姨狠揍一顿为母亲出气。有一次我妈听说大姨又挨了姨父打，就跑过去斥责他，没想到他不仅没有一丝悔改之意，反而冲我妈大吵大嚷，威胁说要是再管就连我妈一起打。自那以后，大姨家的庭院我妈再也没有踏足过，大姨也在一年之后离家出走了。

02

大姨离家出走的五六年里，我们小孩子都以为她是出去打工了。哥哥和我陆续入了学，卫东也搬到了他奶奶家，我们之间渐渐断了往来。我对大姨，刚开始是偶尔的想念，后来竟是完全忘记了曾经有她的存在。

直到有一年冬天，妈妈从新疆打工回家，跟爸爸闲聊时提到了大姨。据妈妈所讲，大姨当初坐了两天两夜的火车逃到乌鲁木齐，投奔了一个老乡，在老乡开的小饭馆里打工。没过一年饭馆就倒闭了，大姨又跑到库尔勒摘棉花。等棉花的采摘期过去，又到处打零工。大姨的日子过得虽劳碌但随心所欲。

印象中大姨的五官虽不精致，但脸庞却白白净净的，一双大眼睛顾盼神飞。我问妈妈大姨打了四五年工，有没有变老。妈妈说哪会变老，大姨还是一如既往地爱美，整天贴面膜染头发，比在家更显年轻时尚了。我想那大姨应该还是喜欢笑，经历了那么多伤痛，也许笑得更加迷人了。

来年临近端午的时候，大姨挺着肚子回来了。当初大姨离家出走后，姨父不久也离开了家，一边打工一边打听大姨的下落。春节时他从同村人那里听到自己妻子的消息，便马不停蹄赶到了新疆。事情过去了那么久，又没有母亲在耳边吹风，想来姨父已经改掉了家暴的恶习，又挽回了大姨的心。

大姨的第二个孩子是女孩，在30岁的年龄上又添一女，大姨和姨父整日里都是喜笑颜开的样子。我跟妈妈提着一篮子鸡蛋去贺喜，一进门满眼都是火红火红的石榴花，满耳都是大姨的笑声。进了屋，姨父讪讪地接过妈妈手中的鸡蛋，赶紧找椅子让妈妈坐下。他那高大挺拔的身躯里，已经完全褪去了曾经暴戾的阴影，留下的是细水长流的温情脉脉。

大姨与妈妈絮叨了半天，其间不停地抓起瓜子和糖果往我兜里塞。妈妈欣慰地跟她说："如今你儿女双全，男人也回心转意，接下来有大把的好日子等着呢。"大姨听后温温柔柔的笑意便在脸上荡漾开来，衬得整个屋子都暖融融的。

03

大姨的女儿瑞瑞上小学之后，她的生活忽然间安静了下来。除了每天为女儿做做饭，偶尔去乡里给正上初中的卫东送点水果，剩下的时间大姨都用在了侍弄花草、料理田地上了。大姨的婆婆牙齿渐渐稀拉，对大姨和姨父的生活已经失去了干扰之力。我高中放假回家会经过大姨家，有时她会特意等在门口，让我带一把韭菜、一袋石榴或者一兜樱桃回家。樱桃树向来易栽不易活，但大姨家的樱桃树却枝繁叶茂，肆意生长的枝丫都带着女主人浓浓的情致。

后来有三个月之久，我再也没见过大姨，有次无意中向妈妈问起，竟得知了让人震惊的消息——大姨因乳腺癌住进了县医院。

想起上一次见大姨，她刚染了酒红色的头发，眉毛也细细修整过，一副言笑晏晏、了无心事的样子。而今病魔附身的消息传来，让人难以置信。我曾经听人说癌症的诱因是郁结于心的委屈或者悲痛，不知道大姨是否因之前的痛苦而致病。后来听妈妈说大姨去省会做了手术，整个左乳都被切掉了。后来又听说大姨怕花钱，做了几次化疗就回家养着了。

我为大姨的遭遇深感痛心，妈妈却说大姨这次是因祸得福了。之前姨父不成熟，伤了大姨的心，变好了之后也不太会疼爱大姨。而经此一病，姨父便像对待孩子一样将大姨捧在了手心里。在家时，一日三餐姨父都会亲自送到大姨面前，伺候大姨吃完又去厨房洗洗涮涮。就算是出去打工，他也是一天无数遍电话，细到吃了什么菜，菜是煮的还是炒的都要问清楚。每个月发了工资，他也会第一时间打回家，叮嘱大姨要多吃点好的，还债的事有他扛着。

在姨父的精心照料下，大姨的身体在慢慢地恢复着。只是家里的生活变拮据了，大姨便鲜少跨进美容院、美发厅了。但谁也不能否认，大姨的美丽和干净，依旧如往昔一样照耀着破败的街道。

04

2015年的春节，大姨带着瑞瑞来我们家串门。她的气色很好，穿着农村人很少穿的白色羽绒服，给瑞瑞戴上了大红色的毛线帽。妈妈热情地把她迎进家，进屋给瑞瑞包了五十元钱的红包。大姨却拼死不让瑞瑞拿，她说自己信了基督教，不让孩子收红包，也不给别人红包了。最后我只好装了一大包零食送给瑞瑞，大姨才勉强接受。

大姨走后，妈妈偷偷跟我说，其实大姨是因为没钱送红包，才不让瑞瑞收红包的。年前大姨刚从我家借了五千元钱给卫东瑞瑞交学费，妈妈很是心疼她。对此，我也唏嘘不已，但眼看大姨身体就要痊愈，姨父也在努力工作，他们未来的日子总会好过一些。

过了年，我和妈妈外出打工，要到县城里搭汽车，但家里一时找不到人送我们到县城。情急之下，妈妈找到了大姨，想看看她能不能送一下。大姨听到妈妈的请求，立马就答应了，她从邻居家借了电动三轮车载我们去县城。

妈妈在家里待久了，与奶奶之间呕了不少气，一路上不停地数落着奶奶的不好，一件鸡毛蒜皮的小事都拿出来翻来覆去地抱怨。大姨脸上始终带着笑容，却也不断地劝着妈妈，要心胸宽大一些，于人于己都得饶人处且饶人。我记起大姨是信了基督教的，便让妈妈少说些不好听的话，省得让大姨难办。

到了县城之后，大姨说要上个厕所，让我们在车站等她一会儿。我和妈妈便一边动手卸行李，一边聊起要打工的地方。我们刚把行李整理好，就看见大姨抱着一大桶橙汁，提着一袋子烧饼回来了。大姨做过手术之后，身体一直有些浮肿，看她一步步笨拙地走过来，我突然间觉得鼻子酸，忙上前搀住了她。

“我也不知道你们要走，没提前准备。”大姨语气中含着歉意，“这点吃的你们一定得拿着。”妈妈看她略微有些气喘，便赶忙扶她坐到行李箱上。我一直以为大姨以牺牲身体的一个部位为代价换来了健康，但没想到她身体还是如此虚弱。看着大姨原本白净的面孔覆上了一层蜡黄色，茂密的头发只剩下薄薄的一层，看起来甚至比妈妈还显老，我不禁有些心悸。

我妈和大姨推拒再三，最后我们还是把橙汁放到了三轮车上。坐上车后，妈妈再三和我说后悔找了大姨来送，又让她浪费钱。我心中暗暗祈祷，希望大姨回家的路顺风通畅，让她少受一点风霜。

05

大姨的病情在那年春节急剧恶化，听说姨父从上一年11月就没再敢出去打工，只一心在家守着她。大年初五那一天，妈妈去看望大姨，中途回家拿了一把剪刀，说大姨头发长了，给她修一下。那时我才知道，原来大姨竟病到了无法下床的地步。

年后我离家南下打工，妈妈留在家照顾怀孕的嫂嫂。没想到不过一个月，大姨病逝的消息就传了过来。妈妈参加完她的葬礼给我打了电话，电话里颇为感伤。她说葬礼上亲友很少，卫东和瑞瑞竟也没有悲恸的声色，而姨父只请得起一只唢呐队，《百鸟朝凤》的声音哀怨凄凉得很。我听后百感交集，虽然我长大后与大姨不像幼时一样亲厚，但还是难以接受她的骤然离世。

大姨名叫丽英，名字是再普通不过的，尽管叫了这么多年大姨，她与我妈妈一脉却没有一丝血缘关系。大姨是我三姥爷的养女，只是还未及她出嫁，三姥爷和三姥姥就相继撒手人寰了。大姨出嫁之后有人隐约向她提起她的亲生父母，说她的亲生父母和她就在同一个县城，当初是因为一心想要儿子才把她送人的。但大姨从来不曾试图认祖归宗，也从未在旁人面前说起此事。

大姨的出生年月不详，逝于2016年农历二月初二，那一天，正是龙抬头的好日子。

3 号床的孕妇蜷着身体，侧卧在我左边的床上。喉咙里一直发出“哼哼”声，沉闷又生硬，还伴随着抽泣的声音，应该是疼哭了。

20

第二十个故事

生孩子，对女人来说就像过一道鬼门关

张小冉

3 号床的孕妇蜷着身体，侧卧在我左边的床上。喉咙里一直发出“哼哼”声，沉闷又生硬，还伴随着抽泣的声音，应该是疼哭了。

C1

凌晨4点，我在睡梦中感觉到一股暖流从下体流出，仿佛尿失禁一般，无法自控，我瞬间在黑夜里惊醒。由于在此前的39周内刻苦钻研“生孩子攻略”，我迅速判断出——我破水了。

我用手肘捣醒身边的丈夫，他眼睛还没睁开就条件反射地问：“老婆，你要上厕所吗？等我开灯陪你去。”

“起床，去医院，我破水了。”

大陈“嗖”的一下蹿起来，开灯盯着我，傻瓜一般愣在那里，没头没脑地冒出一句：“今天是大年三十啊，医院不放假吗？”

“速度，立刻打电话通知医院来接我。我没见红就破水了，只能平躺。接送电话是我手机联系人的第一个。还有，去车库里取产检报告资料。最后，提着我的备产包，里面有所有生孩子会用到的东西。”我异常冷静，把自己想象成一位军师。破晓之前，我必须捋清思路，拟出详细的作战方案。这种等待上阵的感觉让我热血澎湃，那时我并没有感到害怕。

我的丈夫大陈同志，此时此刻已经开启了游离模式，丧失了思考能力，打电话时报错了产检档案编号，院方查不到孕妇的家庭地址信息，他一遍又一遍地回忆那几位数到底是什么。我说：“老公，其实你可以直接告诉对方，我们家的地址在哪里。”

等大陈从车库取完档案返回家后，救护车也迅速地开到小区里。

由于小区门禁在维修，大陈并不能直接从家里控制开启楼下的门禁系统。他竟然趴在窗户上大声对医护人员说：“只能麻烦你们等等，有邻居进来你们跟着进来。”

“凌晨4点刚过，请问哪里来的灵感让你觉得这时会有邻居路过？老公，我是急着要去生孩子，你可以选择下楼接一下。”

“哦，对，我傻了。”我这个紧张到丢掉大脑的丈夫，在未来的三天内，把这句话当成了他的口头禅。

一阵兵荒马乱，我终于被安全地抬上了救护车。

在救护车上，医护人员帮我做了内检，确定我破水了，可是没有任何宫缩迹象，胎儿“头还很高”。我隐约觉得这些我听不懂的术语，是我顺产的阻力。

到了医院，推车的车轮在水泥地上快速翻滚，金属架子发出“丁零哐啷”的声音，好像要散架一样。这般快节奏，让我的心跳加速。

经过一系列的检查之后，最终我被推进了产科的308号病房。

02

我还没正式入住308号病房之前，就对1号床孕妇的家属印象不太好。

清晨6点，做完一系列检查之后，我被暂时安排在走廊的临时床位。护士通知我，今天会有一位产妇出院，早上7点医生巡完房后，床位会腾出来，让我再等等。公立医院的床位一向稀缺。我感到一阵庆幸。

有人在走廊上和护士争论：“必须把我老婆搬到2号床去，你们那个1号床正对着房间的灯，太刺眼睛了，生娃娃本来体质就弱，如果灯光晃到眼睛，给我老婆留下后遗症，你打几十年的工都赔不起！”

护士执意不肯，说2号床已经安排了另一位孕妇，让他不要妨碍工作。

后来那个家属骂骂咧咧的声音消失了，我全程平躺，没看见他去了哪里。

等床位被腾出来之后，我被护士推进了308号病房。一个男人看到护士来了，吵着要加钱换单人间。他正是之前在走廊上吵闹的男人，那个1号床孕妇的丈夫。

我吃力地仰头看了看我床头的号牌，原来2号床就是我的床位。男人见我们入住了，便没再说话。

医生拿着我的检查报告进来，告知我肚子里的胎儿双顶径有10厘米，预估体重8斤，虽然是头位，但宝宝是仰面朝上。“并不是不能顺产，只是孩子体重过大，双顶径也长，顺起来相对会很困难。建议剖宫手术。”

听到这里，我长舒一口气。

长久以来，该顺产还是剖宫产，是一个相对两难的决定，各自的利弊像坐在跷跷板两端的孩童，一个劲地在我脑海里较劲。顺产对我和孩子好，可是我自身身体素质差，我着实担心顺不出来再临时转为剖宫产。

大陈抢着回答：“那就剖宫产吧。”

这时，1号床的男人又坐不住了。他跳起来问医生，为什么昨天不直接告知他老婆该剖宫产，硬说他老婆顺产条件好，结果宫口开了十指都没顺出来，最后只能选择顺产转剖宫产。时间拖太久，羊水也浑浊了，婴儿呛到了羊水，患上了新生儿肺炎，现在还在保温箱里待着。

03

“请你们安静点，请配合和尊重医生的工作。”说话的不是哪位医生，而是3号床孕妇的丈夫。

3号床的孕妇蜷着身体，侧卧在我左边的床上，喉咙里一直发出“哼哼”声，沉闷又生硬，还伴随着抽泣的声音，应该是疼哭了。她的丈夫蹲在床旁边，握着妻子的手，一遍又一遍地在她耳边重复：“妞妞，辛苦了。”她有气无力地说：“老公，你别说话了，你嘴好臭，头晕。”

3号床的孕妇是在凌晨2点住进308号病房的。在我做术前准备时，她正在经受着宫缩的折磨。

医护人员给我换上了手术服，脱去了内衣和内裤，经过我同意后，还为我清理了阴毛。我平躺在床上，像一只待宰的羔羊。

由于我一直没有宫缩反应，感受不到3号床孕妇的疼痛。那时，我心里还盘算着：预产期是大年初七，没想到小家伙提前一周跑出来凑热闹，大概是想感受过年的气氛吧。

护士为我插上尿管，疼痛感从下体传来，火辣辣的，像被暴力打入了一根大头针。我的思绪戛然而止，生孩子果然不是什么好差事。

准备就绪，护士和丈夫合力把我抬上另一张床，将我推向手术室。挪动我的时候，我正好侧身看到3号床的孕妇用头去撞床边的栏杆，大概是太疼了，她丈夫赶紧用手垫着。他焦急地问护士：“能否再帮忙检查下宫口，实在不行就剖宫产吧，她太疼了。”没等护士回话，3号床孕妇就发出一声嘶吼：“让我顺！”

被推往手术室的路上，我问尿管什么时候能取下来。护士笑着跟我说：“早着呢。”手术室和我想象中的一样，墙、床单、手套全是白色。由于不能佩戴眼镜，这成片的白色在我眼前模糊成一片，有那么一瞬让我以为自己身陷幻境。

护士的声音将我从幻境中拉出来，她跟我核对信息，问了我的身高、体重，让我在一份告知函上签字。确认无误后，我蜷着身体，麻药从我的后背推入。

我真切地感受到一股暖和的液体从后背向四肢蔓延，尿管给我带来的刺激疼痛感消失了。医生确认我的身体感受不到疼痛后，开始剖宫手术。

我暗自模拟着医生在我肚子上一轮又一轮的操作，心里充满了恐慌。我不得不一遍遍告诉自己，冷静下来，想象着自己走在一片肃静的寒冬中，周边下着鹅毛大雪，我却一点都没有感觉到寒冷，只有万物俱寂。

不知过了多久，手术台发生一次猛烈的摇动，医生把小婴儿从我肚子里抱出来了。

我听到几声干瘪瘪的哭声，努力扭头想看一眼。医生义正词严道："别动，还要缝合伤口。孩子清洗后自然会给你看的。"

我安静如雏，却又感到一切来得太过突兀。我已经是一个需要保护一只雏的妈妈了。一个月前，我在家里洗澡，心血来潮对着自己隆起的大肚子说："宝贝，你好啊，我是你妈妈。"说完后，全身打了一个寒战。

医生把孩子抱到我面前，让我确认是男孩还是女孩，引导我亲一亲孩子。我还没看清楚孩子的脸庞，他就被抱走了。

半醒半睡中，听到有人在我耳边说："孩子清理好了，眼睛很大，很健康，在你脚下方的位置躺着。"我瞬间清醒过来，不知道"在我脚下方"到底是在哪儿，怕一不小心把他踹下床去。幸好麻药的药效尚未退去，我的双腿无法动弹。

大陈从观察室的门缝里看到了我，直接开门冲了进来，一边喊着"老婆，辛苦了"，一边握住我的手。护士赶紧说："快出去，这里是无菌的。"把他赶出去之后，护士对我说："你老公好激动哟。"我有气无力地回答她："戏多。"

C4

从观察室回到308号病房时，隔壁3号床的孕妇已经不在床位上了。她开了五指，去了待产房。

308号病房的1号、2号、3号床铺，是床头靠墙常规平行放置在房间内，只有4号床铺，是横放在靠墙位置，床头和另外三张床铺垂直。

4号床铺是一个经产妇，由于此前有过顺产经验，产道相对宽松，更容易顺产。她扶着肚子来回在房间里走动，边走边调整着呼吸，很熟练的样子。她的丈夫，躺在她的4号床上蒙头大睡。陪同她们一起来的，还有一位老太太。老太太嘴里嘟囔着："这都几个小时了，怎么还不生？多待一天，都是烧钱！"

我躺回到2号床后，疼痛感渐渐袭来。麻药消退，我感觉自己被人拦腰斩断了。此时才意识到，插尿管的疼和现在的疼相比，根本是小巫见大巫。

护士走到我身边，轻描淡写地给我说："我要给你压肚子排污，你配合我，深呼吸，放松。"我还没来得及问清楚如何配合，护士便将双手放在我的伤口上方位置，使出吃奶的劲一压，我感觉我的下体排出了很多液体。剧烈的疼痛感冲上脑门，我忍不住大叫了一声，条件反射地绷紧了肚皮。我一度怀疑护士忘记了我是剖宫产，不然怎么可能会在伤口上方如此用力地按压？

大陈第一时间帮我找医生上了"无痛"，按医嘱15分钟按压一次"无痛设备"。不知道为何，这丝毫没有减轻我的痛楚。护士说："前期每半小时压一次肚子，后面会好一点，每小时压一次，直到最后每4小时压一次。"护士出去后，我就惧怕听到脚步声，心里想着是不是护士又来压我肚子了。

4号床的孕妇仍然在房间里来回踱步，误导了我很多次，吓得我控制不住自己，一直在发抖。她不知道走了多少个来回，仍没有要生的迹象。她的婆婆坐不住了，从小声嘟囔转为大声呵斥，抱怨自己的儿媳妇如此不争气，说她当初只用了两个小时就生下了儿子，生完第二天就下地干农活。4号床的孕妇没敢回嘴，她的丈夫仍然在4号床上躺着，呼噜声震天响。

05

大年三十的晚上9点刚过，保安师傅便来308号病房叮嘱大家注意看好自己的孩子和物品，最后说道："医院要锁门了，最后祝大家新年快乐。"

大家谢过了保安师傅，又互相道上祝福，产房的气氛忽然变得柔软了。除夕夜，一群陌生人聚集在一个小小的房间内，见证着新生命的诞生。

3号床那位坚持要顺产的孕妇还没有回到308号病房。4号床的二胎妈妈，进产房后火速生了一个女儿，而她婆婆再没有出现过。1号床的孕妇状态好的时候，会跟我聊几句，说她开了十指再转剖宫产，受了两茬罪，到现在还没看过自己的女儿。我顶着伤口的疼痛，频繁地翻身。1号床孕妇说我真坚强。

跨入新年的第一个黑夜，我们过得很不平静。

4号床的二胎妈妈发了高烧，医生把她丈夫唤醒，说需要把二胎妈妈推到另一个地方治疗。二胎妈妈不知道在怕什么，一个劲地说："医生，你们是不是测错了？我没发烧，刚才我盖被子，把身子捂得太热了，所以测出来体温高。不用把我推走，我天亮就要出院了。"她丈夫坐在床沿，沉默着一句话也不说，气氛很严肃。

二胎妈妈拒绝治疗，坚持称自己没有发烧，是医生误诊了，直到医生说："不要闹，你不怕传染给你女儿吗？"她才接受了输液治疗。输液时，她支支吾吾问了一句："输液治疗是需要自费吗？可以报销吗？"语气很卑微，兴许医生没听到。

我和大陈都是初为父母，缺乏经验，孩子吃不完的母乳没有及时排空。母乳迅速涨满了双乳，乳房变得像石头一般坚硬。我稍微动一下，乳房的深处便会传来一阵阵的刺痛感，肌肤表面烫得通红，肉眼可见凹凸不平的包块。护士手把手教丈夫如何为我通乳，大陈生疏的手法，再次把我带入绝望的深渊。我忍不住哭出声，一抽泣，牵动到剖宫产的伤口，又是一阵更加猛烈的疼痛。

在我通乳的同时，3号床的产妇终于回来了。经历了20多小时的折磨，她终于完成顺产，她的状态显然比我们剖宫产的好，至少她能自己走路去厕所排便了。

3号床的产妇走到我床前，探头在婴儿床边看了看我的孩子，说："真好，几个小宝宝是最有缘分的，在一个产房出生，以后也不知道会不会在同一个学校里遇见。"她转身把自己的孩子抱到我孩子床前，说给两个小婴儿照一张相片。她考虑片刻又打消了这个念头，怕闪光灯伤害小宝宝的眼睛。

1号床的孕妇被我们吵醒，跟她老公说她饿了。她丈夫给自己家里的父亲打电话，让他快点去菜市场现杀一条鱼，熬点鱼汤带过来。

天刚微微亮，1号床产妇的公公提着一个保温饭桶到医院，让儿子趁热喂儿媳喝。没喝两口，1号床产妇就咳嗽了两声，边咳嗽边疼得哭出来。她丈夫没好气地吼他父亲："反复给你强调了，要把鱼刺挑干净，挑干净！卡到喉咙可以不和你计较，但咳嗽会把伤口震破，就开不得玩笑了！一点事都办不好！咳来大出血，咋个整？"

老父亲在旁边紧张得不敢向前迈一步，驼着背，抱着那个保温桶。最后，转身走出了308号病房。

没过多久，大陈提着那个保温桶进来，对1号床产妇的丈夫说："你爸爸让我提给你，说找护士借了纱布，重叠了好几张，又过滤了两遍鱼汤，确定没有鱼刺了。"

1号床产妇的丈夫接过保温桶说：“医院的纱布能借吗，脏死了，全是细菌。”

06

天亮了，医生开始新一轮的查房。

1号床产妇的丈夫最终协调到了一间单人间，把妻子转走了。4号床的夫妻执意出院，临走时，产妇的烧还没有退。两人走后，医院迅速安排了另外两位孕妇住进308号病房。

又是新的一天，一切终于算是告一段落。

大陈傻乐着把宝宝放在我身边和我并排躺着，阳光照到宝宝的脸上，毛茸茸的汗毛仿佛闪着金光。小家伙眼睛眨了几下又闭上，继续呼呼大睡。

我就那么近距离地看着宝宝，笑着看着他。我的一切不适应和负面情绪都在那一刻消失不见了。我想，我准备好了——我会用我的全部生命来爱他。

一想到这里，我竟泪流不止。

一开始，王姐以为乔立新是想跟她分享一些孩子目前的状况，没想到电话刚接通，乔立新头一句话就说：“这个孩子我养不了。”

21

第二十一个故事

在产房门口抛下残疾男婴的一家人

帕三绝

一开始，王姐以为乔立新是想跟她分享一些孩子目前的状况，没想到电话刚接通，乔立新头一句话就说：“这个孩子我养不了。”

01

2020年4月8日，我所在的慈善群接到一条求助消息：一位名叫乔立新的产妇在当地医院产下一名单肾、无肛男婴。产妇及其丈夫没有固定职业，条件很差，没有能力负担高昂的手术治疗与术后护理费用，想寻求我们的帮助。

那个慈善群是一些朋友凑在一起成立的民间帮扶组织，牵头的是在当地电台工作的王姐。

下午3点，我跟王姐到达医院，直奔产房。见到我们来了，病房里的三人都十分热情。孩子的父亲，王猛今年46岁，在当地一个大型楼盘当保安，上二休一，每月工资一千八百元。他很不擅言谈，面相十分老实木讷。产妇乔立新反而十分健谈。

提到孩子，一家人的面色很快就黯淡下去。

王猛的母亲徐秀莲靠着窗台低头不语，王猛站在距离他妈不远处，目光茫然而又无助。

乔立新则眼圈泛红，放声大哭。王姐连忙掏出纸巾帮她把眼泪擦干，并劝告她："有问题咱解决，你别难过，有这么多人帮你，没有过不去的坎儿。但是你自己得坚强，得有信心。"

没想到的是，这句承诺会引发这么多变故。

02

乔立新今年41岁，属于高龄产妇。

她跟王猛7年前经人介绍结婚，婚后一年怀孕，却因为种种原因没有保住那个孩子。乔立新当时以为这是一次偶发事件，所以也没怎么当回事，没想到第二次怀孕时她依然没有保住。那一次，她被医院诊断为“习惯性流产”。

在此后的生活中，两人对这方面都十分小心，甚至做好了再怀孕就长时间卧床或住院保胎的准备，但没想到乔立新竟不再怀孕。那几年，两人跑了很多家医院，也试了许多偏方，甚至还在农村找看癔症的人看过。

这么一通折腾下来，在2019年，乔立新终于怀孕。

对王猛一家来说，这显然是个从天而降的好消息。加上夫妇俩年龄也都不小了，一家人对这个即将到来的孩子都满怀憧憬与期待。

2020年4月初，乔立新计算着预产期，感觉快要到生产的日子了，就跟王猛商量，想提前入院待产，以防万一。王猛跟母亲商量后同意了，之后便带着妻子乔立新在4月3日正式入院。

4月5日，乔立新通过剖宫产手术顺利产下一名男婴。男婴出生时，仅有两千四百克，非常轻。意外的是，医生发现这男婴没有肛门，这种病在临床上被称为“肛门闭锁”，而主刀大夫也是头一次遇见这种实例。

护士把孩子小心翼翼地包裹起来，抱出了手术室。王猛看见儿子那张巴掌大的小脸，还没来得及高兴，就遭受了这个晴天霹雳。

“一般情况下，肛门闭锁一定连带有直肠畸形，孩子得进行进一步检查。”医生交代道。

说到这里，此时靠在病房窗台边上的王猛说：“她（乔立新）那个时候还在手术室里没被推出来。大夫说孩子得先住进保温箱，让我先签字，问我住不住。我还有别的选择吗？”

之后，医生给孩子开了各种化验的检查单。

检查结果也很快就出来了，除了肛门闭锁外，患儿直肠狭窄、畸形，并且只有一只左肾，没有右肾，是先天性的器官缺陷。

主治大夫把王猛叫进办公室对他进一步说明情况，王猛一时间没了主意。等他回到病房，妻子还处于麻醉状态，睡得昏昏沉沉。

床头柜上的心电监控仪不时发出声响，上面的曲线以及数值显示妻子一切正常，这也让王猛稍微宽下一点心来。

随后王猛把父母和妻子的娘家人都叫了出去，把情况做了简单的说明。几位老人一听也蒙了，不知道该怎么办才好，没有人做决定，只能建议等乔立新清醒以后再作打算。

当天晚上，乔立新清醒过后开始找孩子。王猛吞吞吐吐的样子让她很快起了疑心，在她的再三逼问之下，王猛才终于说出实情。

大家开始想办法，一圈打听下来，两口子彻底傻眼，像他儿子这种情况，光手术费保守估计就得二十多万元。那还是在手术顺利，术后也没有并发症的情况下的预估费用，一旦在术中出现危险，或者术后感染，费用就难以估计了。

乔立新在生产前，一直是在四处打零工，怀上孩子以后，为了保胎她就再也没有上过班。王猛一个月也就不到两千元的工资。

眼下，两口子根本没有那么多钱来救助孩子。

03

“孩子现在在哪儿？”王姐直接切入正题。

王猛说孩子还在保温箱，当天上午，医院的大夫还在问转院办得怎么样了。因为他们这个小医院从来没有处理过这种情况。

王姐跟我随王猛一起去看孩子，隔着玻璃窗，王猛还是将儿子准确地指认了出来。

新生儿躺在保温箱里，小小的，白纱布包裹了几个关键部位，身上还连着一些管子。他十分瘦弱，没有睁开眼睛，手指尤其细，皮肤皱巴巴的，像一枚放久了的桃子。

了解了这些基础情况后，王姐回去在群里开了一个简短的小会。最后确定，由我们来进行民间筹款，由乔立新家里人进行水滴筹筹款。

王姐给她在医院工作的大学同学打了电话，对方说好为孩子去联络省里在这方面最好的专家教授，并且还把病床初步确定了下来。

等这一切事情准备就绪后，我跟王姐又马不停蹄地驱车去见乔立新一家。

但这次进入病房后，我们却明显感觉到这一家人跟我们上一次来的时候不一样了。

我和王姐对视一眼，都有一种不好的预感。

几个人尴尬地站在病房里，气氛无比压抑。最后王姐开头，说我们已经商量过，也给孩子联络了医院，请的是省内这方面最好的专家教授来进行会诊和手术，孩子的手术费用以及其他费用，我们想通过两种方式来进行筹措。

说到这里，王猛突然打断道："姐，我非常感谢你们。但是我们已经决定不救这个孩子了。花费太大，我们这个家庭根本就承受不起。再说了，就算治好了，他也是个半残，将来也许会把我们这个家给拖垮，他自己也遭罪。"

"所以我们还是决定放弃治疗。"王猛说。

我和王姐没想到，前后不到一天的时间，这个家庭居然有了如此巨大的转变。

不过他们的担忧也是真的，一个“病孩子”确实可以把一个家庭拖垮。此前我们也了解到，根据孩子的情况，一次手术无法彻底解决问题，来回就医、住院、手术、护理、避免术后感染，这一系列的事情确实让人精疲力尽。

王姐听了王猛的意见后不置可否，还是说：“反正我们也过来了，就先跟你们说一下我们可以提供什么样的帮助。首先我们会为孩子筹款，帮你们联络医院，包括如果你们到沈阳就医不方便，我们可以派车来接。现在孩子小，不会说话，他如果明白事，会说话，你猜他会主动要求放弃治疗，还是会求父母救救自己？他既然被生下来，那就是一条鲜活的人命。当然了，主意还得你们自己拿。”

王姐说完这些，乔立新有点受不了了。

我注意到，在王姐说话时，她一直在抹眼泪。

04

临走前，王姐让他们想好了再给她打电话，结果当天晚上11点多，乔立新就给王姐来了电话。乔立新说，一想到自己怀孕时的种种艰辛和不容易，一想到在保温箱里无助地等待着父母前去救助的儿子，她就整宿整宿睡不着觉。

“你们身为外人都不放弃他，作为孩子的亲生父母，我们有什么理由放弃呢？”

就这样，乔立新同意继续救治孩子。

4月9日，我们开始正式救助这个孩子。

事情继续推进，产妇的家人开始通过水滴筹为孩子手术进行筹款。与此同时，孩子当天入住医院，院方酌情尽快为孩子进行手术排期。

4月10日早上8点，术前事宜俱已准备就绪。但就在孩子被推出病房之时，王猛却突然间发难，阻止护士和义工将孩子送往手术室。

让在场的所有人都没想到的是，王猛的情绪十分激动，甚至破口大骂，说我们多管闲事、假仁假义，是在拿他们和孩子找存在感。王猛坚决不同意对孩子进行手术。

“你们就是吃饱了撑的！”他朝劝解的人吼道。

科室主任见到这种情况也出面劝王猛，说肛门闭锁在临床上并不是疑难杂症，现代医学早就把这个课题给攻克了，治愈率还是很高的。如果他坚持不给孩子动手术，这里没有人会逼迫他们，因为他们夫妇才是孩子的法定监护人。

看见丈夫如此，乔立新不知道是因为什么哭了起来。王姐问她：“为什么一夜之间，你丈夫又有了新的想法？这都转院了，一切都安排妥当了，怎么手术还没开始就又来这么一出？”

乔立新只顾着哭，一句话也不说。

这时手术室那边也打电话来催，大夫过来给王猛夫妇下了最后的通知，说如果他们放弃的话，那手术室和主刀大夫就都做其他安排了。

此刻，王姐实在不忍心看孩子就这样失去治疗的最佳时机，因为如果错过这次机会，结果就只有一个。想到这里，王姐有些不忍，便劝王猛夫妇说：“你们可要想好，凡事都要讲究时机，错过了这次机会，那位业内权威的医生不见得会有时间再为你们的儿子做手术。实在不行，由你们签字，我们来替你们养这个孩子。”

听到王姐这么说，王猛的情绪才稍微平复。他又跟妻子商量，俩人最终决定按原计划来，先让孩子做手术，但做完手术后，乔立新想暂时将孩子寄养在我们的慈善组织里。

听到这里，王姐和在场的义工都长长吁出一口气，而孩子也终于被推进了手术室。

05

六小时以后，孩子顺利完成了第一次手术。手术很成功，大家也都很高兴。

守在手术室门外的王猛，第一时间将这个消息告知了自己的母亲。见孩子情况稳定了，王姐和我们几位义工也相继离开了医院。

走前，王姐还嘱咐我们对这样的家庭要学会包容，不要在背后再有其他议论。考虑到他们家庭的情况，王猛压力确实很大，他是害怕将来孩子手术做完了，依旧比其他健康的孩子差很多，他害怕这个孩子会把他们一家人拖垮。

听了王姐的话，我们都陷入了沉默。

因为乔立新还在月子期间，不宜太过伤神受累。思考一番后，我们给有时间的义工排出班次，轮流帮助产妇护理婴儿。好在孩子术后情况良好，没有感染，也没有并发症。

因为王姐承诺过要替他们养这个孩子，便让一名义工负责租了一个一居室，并且还预备了婴儿床等必需用品。组织里的大多数人都有自己的工作，没办法全天候二十四小时照顾，就招聘了一位保姆，打算由保姆专门带这个孩子。

事情在有序推进，孩子的情况也一直很稳定，一切似乎都在往好的方向发展。

七天以后，王姐为孩子办理了出院手续，产房的乔立新则被其家人接回了抚顺。

过了两天，乔立新再一次打电话给王姐，边哭边说，自己十分想念儿子，毕竟血浓于水。那是她怀胎十月，从自己身上掉下的亲生骨肉。她说只要一闭上眼睛就能看见儿子的那张小脸。乔立新说想把孩子要回去，自己养。

王姐觉得王猛夫妇这回做得不错。我们分析，他们之前之所以会有那些激进而反复的行为，可能是他们初为父母，有些不知所措，又加上事情来得太过突然，一时之间他们难以接受，反应不过来。这些倒也是可以理解的。

次日，王姐工作忙，于是委托其他几名义工将孩子送回去。乔立新看见孩子就哭了，紧紧地将孩子搂在怀里。两天不见，我们都觉得乔立新憔悴了很多。安顿好孩子，交代完孩子的生活起居及饮食习惯后，我们也就打道回府了。

回去时，大家都满心期待这个孩子能健康地成长，尽快迎来第二次手术。

06

谁知道没过两天，乔立新又开始找王姐。

一开始，王姐还以为乔立新是想跟她分享一些孩子目前的状况，没想到电话刚接通，乔立新头一句话就说："这个孩子我养不了。"

王姐一听，彻底愣住了。

"怎么了？是孩子情况不好吗？发烧了吗？"王姐以为是孩子出现了术后并发症。

"不是，"乔立新说，"孩子每天晚上都会哭，我根本休息不好。"

听到这个理由，王姐哑然失笑。“立新啊，这个事你作为亲妈就得克服。孩子术后恢复得不错，别说他了，正常的孩子也有很多夜里睡不安稳的，你如果感觉自己还在月子里，他哭闹对你影响很大，可以让婆婆替换着帮你带。”

乔立新的声音中透露出明显的不悦，说：“王姐，我婆婆岁数也大了，现在就是我们俩替换着带。关键孩子太闹人了，还总哭。我实在带不了。我现在都快抑郁了，他爸还总跟我闹，说当时就应该听他的，不该救这孩子。邻里邻居的还风言风语，说什么的都有，我心理压力也非常大，有时都想跳楼死了算了。”

听到这里，王姐倒吸一口凉气。

那次通话之后，王姐和我们商量了一次，最后主动给乔立新回了电话，说如果她觉得带孩子太累，精力有限，力不从心，我们可以出钱为她请一个保姆，这样保姆、婆婆，再加上她自己，三个人带一个孩子应该就能忙得开了。

没想到，乔立新在电话里直接拒绝了王姐的提议。她说她不只身体累，看着病孩子，心理上也实在受不了。而且，因为这个孩子，丈夫天天跟她吵架。这一次，她提出更明确的请求，让我们把这个孩子尽快带走，还说如果我们不同意的话，等到孩子进行二次手术的时候，她只能选择放弃治疗，到时候不签字。

王姐一听这话就火了：“你知道你在说什么吗？我们是外人，你才是孩子的亲妈。对于这个孩子，我们是好心帮忙，他不是我们的责任，而是你跟你丈夫的责任。我也是女人。身为孩子的亲生母亲，你怎么能拿孩子的生命开玩笑？”

王姐一字一句地说：“你怎么能用你自己的孩子，用他的生命，去威胁一个陌生人？”

乔立新一听王姐真的生气了，就在电话那头开始号啕痛哭。她一面哭，一面数落王姐，说当初自己就没有那么想救这个孩子，但我们这些人一直心怀不轨，怂恿她把这个孩子给救下来，到现在他们整不了，我们又不管了。

“敢情你们秀也做完了，当好人的瘾也过了。孩子如果在我身边，他就会一直拖累我。所有的苦、所有的罪，还有钱，到头来都得我们自己想办法，你们对这个孩子是没有义务，所以你们随时可以全身而退，到时候我可找谁去啊？”

王姐气得哑口无言，有些恨铁不成钢。

07

可是，生气解决不了问题。

王姐平复了一下心情，等乔立新哭完才对她说：“第一，我们从来没说过不再管这个孩子；第二，我们没有你们想得那么龌龊，也没有电视台报道我们，这么多年以来我们一直在默默地做这一切，从没求过名和利；第三，我理解你的担忧，但也请你们努努力，配合配合。

“我们要拉你一把，得找着你的手，你得跟我们往一块使劲，而不是一味算计我们中途退出怎么办。身为陌生人我们能做到这个地步，咱不求你感激，但是至少你也不能颠倒黑白啊。再有，孩子是你们自己的。有人肯出钱出力，你们还想怎么样啊？我们谁也不欠。”

乔立新一时语塞，王姐继续说：“立新，我们是一个战壕里的战友，有一个共同的目的，就是大家一起努力把孩子治好，救他一命。”

王姐让乔立新再好好想一想，如果她执意不想带这个孩子，要我们接管，这回她就得给我们出个字据，不能再不明不白的。

一天后，乔立新打来电话，说跟家里人商量的结果是放弃这个孩子，请我们代为抚养至少三年。如果三年后，孩子身体健康，他们会把孩子接回去；如果三年后，孩子恢复得不尽如人意，他们将永久地放弃这个孩子的抚养权。

“你们不是心好吗？那就应该救人救到底。”

之后，乔立新还问起王姐以他儿子的名义所获捐款的具体数额，她说她也有权利知道。

王姐此时已经算是看清了这家人的真面目，冷静地说：“我们这个组织从成立的那天起，所有账目在群里一直是公开的。但是我们没有义务向你公开，那些人都是捐赠者，他们有权利知道每一分钱的去向，你有什么权利呢？”

之后，王姐还是告诉乔立新，说要先开会研究一下，等有消息以后会再通知她。

乔立新说：“希望你们尽快通知，否则我只能把这个孩子扔掉，让他自生自灭。”

乔立新再一次用自己儿子的生命去威胁施救者，这让王姐感到很寒心。王姐说：“如果你真这样做，可能会构成遗弃罪。”

说完这句话，王姐就挂断了电话。

再开会时，群里有了不同的声音，很多人不同意再对乔立新一家继续提供帮助。王姐说：“我们选择做这个事业前就应该有所准备，会遇见形形色色的人，各种各样的问题和困难，真正负责任的人只会集中精力解决问题。”

冷静下来以后，大家还是一致决定对孩子继续伸出援手。这么做，不是对乔立新夫妇妥协，只是出于对生命本身的尊重。

毕竟，孩子是无辜的。

很快，组织内的律师起草了一份协议，为我们规避以后有可能面临的法律风险。之后，王姐跟乔立新电话联系，请对方跟所在社区沟通，要在家族内亲属和不少于两名社区工作人员见证的情况下，正式委托我们代养新生儿。

五天后，我们在律师的陪同下，去见乔立新一家人。再见面时，几个人围上去看了看孩子，他仍旧很瘦，但看起来还算精神。

看完孩子，我们抬起头来看乔立新夫妇，他们可能是真的十分信任我们所有人，所以放心地将孩子交到我们手里。两人脸上没流露出对孩子的一丝不舍，看起来如释重负。在按完手印以后，他们两口子还十分自然地对视了一眼，长出一口气。

很快，这场所谓的“交接仪式”就结束了。

在车子开动之前，我回头瞅了一眼王猛一家，他们已经回过身正朝自己家的方向走去。

车行至一半时，王姐再次接到乔立新打来的电话，她像是猜到对方会说什么，按下免提键。乔立新的声音清晰地传出来，她说：“王姐，如果孩子做手术需要我过去签字，你得提前通知我，要不然，我怕到时候没有时间。”

这是一种叫作“不死癌症”的疾病，几乎没有治愈的可能，只能眼睁睁地看着患者丧失一切劳动力，却无能为力。

22

第二十二个故事

儿童神经外科内，藏着很多家庭的难堪

十安

这是一种叫作“不死癌症”的疾病，几乎没有治愈的可能，只能眼睁睁地看着患者丧失一切劳动力，却无能为力。

01

2016年4月，女儿突发高热惊厥，住进了省立医院的儿童神经外科，随之而来的是磁共振成像、脑电图等一系列检查。

时至今日，我依然记得儿童神经外科的住院部在儿童病房的四楼。除了生孩子几乎没有进过医院的我，在儿科病房的电梯里第一次知道了有那么多的疾病在摧残着这些小朋友。心脏病、肾病等等，我曾经以为这些涉及人体关键器官的疾病只会攻击中老年人，可事实却是，疾病从来不会在年龄面前妥协，不会对天真的笑脸望而却步。

女儿住的病房是一个四人间，狭小的病房并排放着四张床，每两张床的缝隙间放着的是白天必须折叠起来的家属陪护床。

陪床的第一个晚上，我几乎没有合眼，因为担心女儿再次惊厥，因为走廊的哭喊声，因为双氧水氤氲出的不安气息……这里所有的一切都让我心神不宁。早上5点，洗漱声、动画片声、通电话声就会在各个病房喷涌而出，强烈撞击每个人的心，让人觉得不安。

女儿的病情其实是神经外科最常见最轻的病症，只是由于和癫痫症状相似，所以需要做一系列的检查确诊。对我而言，每天最期待的是早上7点半医生查房的时刻。我期待着主治医生宣布女儿检查结果正常，可以办理出院的消息。然而对很多家属来说，他们最不愿意面对的就是早上查房的时刻，因为主治医生带来的未必是好消息，而是对生命的宣判。

女儿病房里的1号床，住的是个三四岁大的男孩，他的母亲二十四小时陪护。由于晚上只能一个人陪床，他的父亲就只能在医院周边的小旅馆住。

男孩看上去和正常孩子无异，只是脾气有些大，喜欢大喊大叫，甚至一个不顺心就对父母拳打脚踢；而他的母亲似乎早已习惯了孩子的行为，每次孩子抡起拳头打向她时，她也不躲避，任由儿子发泄。小男孩每天起床就开始看动画片，男孩爸爸会送来三餐，大多时候是包子、馄饨。

后来我从和男孩母亲的聊天中得知，小男孩患的病叫重症肌无力。每隔半年左右，小男孩的眼睛就会慢慢地变得无力睁开，这时只有来打一轮激素和免疫球蛋白才能维持。但情况会不断恶化，直至激素也没有效果。届时，症状将会蔓延全身，小男孩脾气暴躁也是打激素造成的。

由于从未听说过此疾病，我拿着手机去搜索，这是一种叫作“不死癌症”的疾病，几乎没有治愈的可能，只能眼睁睁地看着患者丧失一切劳动力，却无能为力。

这是小男孩出生以来第4次来省立医院做治疗，他笑嘻嘻地跟他的主治医生和护士打招呼。这里的医生和护士跟很多小患者都是老相识了。

02

住在神经外科病房的孩子，大多在外观上是看不出有什么问题的，和普通的健康孩子一样。

住在3号床的是个10岁左右的小女孩，白白胖胖的，很喜欢笑，也很喜欢让她的父亲背着她在走廊闲逛。小女孩的父母看上去是一对朴实的农民，父亲矮矮瘦瘦的，沉默寡言；母亲矮矮胖胖的，每天拿手机追剧，心情不好时骂她的男人两句，对女孩似乎也没有什么耐心。

三个日夜的相处，我对小女孩的病情了解甚少，早上医生查房查到小女孩时也只是简单地在本子上做记录，很少谈及小女孩的病情。

4月的一个下午，阳光穿透病房的窗帘。一个戴眼镜的瘦弱姑娘走进了病房，她拎着一袋子水果，径直向3号床走去。小女孩侧身在休息，她的母亲在玩手机。

“妈，俺妹这次咋样，能走利索了不？”

女人看到来人，喜笑颜开地站起来：“哎哟，俺大闺女来了。你说说你不在学校学习，大老远跑来干吗？还浪费车费。”仿佛丝毫没有听到大女儿对妹妹病情的询问。

“这不周末放假了吗，车费也不贵，大学城到这里就6元钱，俺妹妹到底咋样了？”

女人这时才打开了话匣子：“俺就说不治了，不治了，治下去还有什么意义？当初就不该生她，这丫头就是个要债的。”

大女儿试图阻止女人继续说下去，但女人丝毫没有要停止的意思，更不怕吵醒睡着的小女孩，嗓门越来越大，似乎要让病房所有的人帮她评评理。

“自打生了她，俺就被拴住了，家里没老人帮衬，我在老家带了她3年。她爹一个人在外面打工，还得供老大上学。她5岁的时候突然不能好好走路了，镇上大夫说缺钙，那一年给她喝的鱼汤、骨头汤比我这辈子喝的都多，什么用都没有。咱就说她就是来要债的。后来干脆一步也走不了了，每天还赖在床上不起来，他爹才背着她从老家来这里瞧瞧。”

“这丫头到底啥问题？”4号床的家属这时问起来。

“啥问题？解决不了的问题。这就是个无底洞啊，现在我们为了给她治病，都欠了二十多万了。来一次省立医院扔一两万，来一次扔一两万。要是医生说能治好，咱也就给她治了，也是条命，也是俺身上掉下来的肉，俺能不心疼吗？关键是，根本治不好，每隔半年，这孩子就站不起来了。你看她爹那驼背，就是背她背成这样的。”

“你姑娘这不好好的，能吃能喝能跑能跳的吗？”4号床家属追问。

“这是打上激素和免疫球蛋白了，免疫球蛋白打一轮就要八千元，半年就要来这么一次，不然就维持不了。现在治疗一次都维持不到半年了，上次来是四个月前。这一次打完，医生说估计两个月都维持不了就又不能走路了。她一住院，她爹连活都干不了，一年的辛苦钱又都搭进去了，真是个要债的主。”女人边叹气边抹泪。

“妈，快别说了，俺妹快该醒了。”

“花一分白瞎一分，你说我命咋那么不好，摊上这种赔钱货。”此刻的女人，像极了村口坐在地上哭天抢地的村妇。

“闭嘴！”随之而来的是一记响亮的耳光，这记耳光实实在在地落在了女人的脸上。

“就算砸锅卖铁，我也要把我女儿好好地送走，就算能多让她站起来一天，我也不会给她停药。”男人把买来的午饭扔在窗台上，拿着烟走出了病房。

病房里前所未有地安静，只剩下女人和大女儿啜泣的声音。

这是我第一次见这个父亲发火，也是唯一一次。

几分钟后，男人回来了。他表情平静得像是一切都没有发生过。这时，小女儿也醒了，她扶着床边的围栏坐了起来。男人喜笑颜开地把刚刚买的饭放到桌子上，说：“丫头，你不是要吃馄饨吗？来，趁热吃。”

说着，他打开饭盒，拿勺子舀起一个馄饨，放在嘴边吹了又吹，才递到小女儿嘴边。

“爸爸，你也吃。”小女儿说。

“爸爸不饿。”男人说。

喂完小女孩吃饭，男人从病床边的床头柜里掏出煎饼，端着剩下的半碗馄饨汤走出了病房。

大女儿坐在病床前，帮妹妹按着浮肿的腿，时不时偷偷背过身去擦拭脸上的泪。这时，我瞥见小女孩的枕头早已经湿透。

傍晚时分，男人买晚饭回来，女人和大女儿起身离开了。我猜测女人也是住在周边的小旅馆，她总是每天傍晚离开，第二天早上拿着早饭回来。夫妻两人虽然不怎么交流，但从不会让小女孩独自在病房待着，即便是有一个人着急上厕所，也要等另一个回来才放心去。

此时小女孩下地走到我女儿的病床边，看着我女儿拿蜡笔在纸上涂涂画画，随后她拿起旁边的绘本问我："阿姨，我可以看一下吗？""当然可以啦。"我又从柜子里掏出几本绘本放在小女孩床上。小女孩如获至宝般地翻看着每一页。

此时，一向沉默寡言的男人说话了。"唉，也不怪她妈，谁让咱赶上了。孩子是好孩子，命不好。尽我所能，别给孩子给自己留遗憾吧。"眼前这个干瘦黝黑的男人，又一次让病房陷入了沉默，沉默到可以清晰听见角落里的叹息。

03

神经外科的整栋住院楼像是被一层薄膜包裹着，这层薄膜把这里与外面的世界隔绝开来。各种仪器设备发出的声音，针剂药瓶和托盘碰撞发出的声音，医生护士急速奔跑的声音……网织出的这层薄膜，看上去无坚不摧，却又不堪一击。

查房医生的声音划破了又一个春天的清晨。"3号床，下午可以办理出院了。该用的药都上了，再住下去也没意义了。"此时男人欲言又止，却什么都没有说出口。而女人一脸如释重负的表情，开始收拾出院的行李。

小女孩依旧天真烂漫地问："爸爸，你答应我出院可以去动物园的，要说话算话哟。""当然咯，爸爸什么时候答应你的没做到过。明天咱就去，今天爸爸请你吃大餐。"

小女孩开心得手舞足蹈："要出院咯，要去动物园咯，要吃大餐咯！"

下午小女孩出院的时候，我把一套画笔送给了她；小女孩受宠若惊地看着我，又看看父亲，迟迟不肯接。

"拿着吧孩子，春天这么美，去动物园正好可以把春天记录下来。"我说。

男人帮小女孩接过画笔，没有说话，冲我使劲点点头。

C4

4号床住的是一个正在读五年级的女孩，我们住进来时，4号床是空着的。女孩是当天晚上从急诊转到病房的，所以我见证了女孩从入院到确诊的整个过程。

那天夜里11点，走廊里传来病床和地面摩擦发出的刺耳声音。随即我们病房的门被护士打开，护士拿着吊瓶，几个中年人在护士的指挥下抬起女孩，并尽量让女孩保持平卧状态，然后慢慢地把她放到了4号病床上。

女孩很安静，也可能是累了，一夜都没有发出任何声音。她的父母都留下来了，在病房坐了一宿。女孩的妈妈那一夜一直拿着手机，我猜一定是在网上查询和女儿病情相关的资料，因为从我女儿住进来的那一刻起，我也一直在查询和她病情相关的资料。

女人时不时地拿手机给男人看两眼，脸上一直挂着眼泪。男人没有说话，只是叹息，最后对女人说："别查了，明天看看医生怎么说吧。"

第二天早上，医生没有按照顺序查房，而是直接来到我们病房的4号床。"CT显示基本判定是脑梗，今天需要做详细检查。"医生面无表情地宣判。

“医生，我还是不相信我孩子是脑梗，有没有可能误诊？她只是在学校晕倒了而已，那么小的孩子怎么可能脑梗？”男人焦急地询问医生。

“昨天晚上的症状基本就已经确定了，CT结果又显示有明显水肿灶，低龄脑梗也并不少见，配合治疗吧。”医生补充道。

女孩的父亲这时把医生喊出了病房，不想让醒来的女孩和妻子听到真实的病情。

男人和医生出去没多久，女孩醒了。

“妈妈，我什么时候能回去上课？下周就要舞蹈比赛了，舞蹈课我不能落下。”女孩醒来的第一句话是着急回去上课。这时我透过帘子才发现女孩有着修长的身材和姣好的面容，只是她苍白的脸色似乎要和病床融为一体。

女人尽量平复自己的情绪，安慰女孩：“那也要等检查完再回去呀，就当给自己放个假，爸妈都在这儿陪着你呢。”

“妈妈，你哭啥，我不就是晕倒了吗？肯定是因为前几天为了控制体重我没好好吃饭，别担心，没事的。”女孩安慰妈妈。女人没再说话，而是抚摸着女孩的头发，静静地看着女孩。

男人笑着进来了，可是他的演技太拙劣了，所有人都看出了他的故作轻松。

随后，女孩被推着进进出出，做了各种检查。很多次女孩想挣扎着起身，都被她的父母制止了。女孩此时说的最多的话是“什么时候可以回家，下周的演出我不可以错过”。

这一天早上，来查房的医生格外多。他们围绕在女孩床前，指挥着女孩做各种动作。到左脚时，女孩发现，似乎左脚不听使唤了，无论怎么用力都抬不起来。医生让女孩的父母搀扶女孩下床，这时大家才发现，女孩的左腿已经完全不受控制了。女孩当时就号啕大哭，她接受不了这个事实，不管是暂时的还是永久的。她试图挣脱搀扶着她的双手，仿佛离开父母的搀扶就能独自行走。

“闺女，这都是暂时的，我问过医生了，可以慢慢恢复的，别着急好吗？相信爸爸。”男人也哭了。

女孩和妈妈坐在床边抱头痛哭，她问医生：“医生，您告诉我，我什么时候可以好起来？我还要跳舞，我还要考北京舞蹈学院。”女孩抓着医生的袖口，期待着自己内心能接受的回答。“好好配合治疗，很快的。”一个女医生说。此时，大家都不希望这是一个善意的谎言，可事与愿违。

三天后，小女孩已经可以扶着走廊的栏杆独自行走了。可左腿，依旧是不听使唤地打着圈。起初，女孩的妈妈寸步不离地跟着女孩。女孩不停地推开妈妈，告诉她自己可以。女人只能含泪远远地看着女儿从走廊这头走到那头，短短三四十米的走廊，女孩要走十分钟。

女孩无视医生让多卧床休息的医嘱，也不听妈妈的劝告，每天除了治疗就是下床练习行走，她似乎坚信靠她的努力可以唤醒她的左腿。

女孩还不知道住院的第三天早上她父亲和医生在病房外的谈话。“这种急性脑梗，她能站起来，左脚可以打着圈走路是最好的结果了。你们父母现在能做的就是让孩子面对现实，进行心理疏导。”当时我正给女儿接热水回来，看见女孩的父亲，一个堂堂七尺男儿瘫坐在地上，接受医生无情的宣判。“我女儿是要跳舞的，我女儿是要去北舞的啊。”男人当时蹲坐在地上，一直重复着这句话。

女孩一直练习着走路，从早到晚，从走廊的这头到那头。

女孩的妈妈，一直掉眼泪，一直打电话联系北京的医院的专家，即便得到的都是相同的答复。

两天后，医生早上来查房，突然对我说：“你们可以出院啦，今天办理出院手续吧，孩子就是发热引起的高热惊厥，好好护理，下次发热记得早点给吃退烧药。”我听后开心地抱起女儿转圈圈。但这个举动，是我日后每每回忆起女儿住院的日子里，我最后悔的。

人和人之间的悲欢并不相通，我忽略了太多旁人的情感。

两个月后，我带女儿来医院复查。离开的时候，我又看到了3号床小女孩的父母和姐姐，姐姐搀扶着母亲，父亲则背着被子、洗脸盆等步履蹒跚地独自走在前面。这一次，我没有看到那个爱笑的小女孩。

可当我看到路人投向我的眼神时，我知道，自己依然是那个格格不入的残疾人。

23

第二十三个故事

27 岁，我想拥有两条一样长的腿

岚影

可当我看到路人投向我的眼神时，我知道，自己依然是那个格格不入的残疾人。

C1

到了康复医院四楼的理疗科，我按了一下右手边的白色按钮。乳白色的科室大门打开了。

深蓝色的地板，一张张独立的理疗床独立摆放在偌大的理疗室内，一旁是我不认识的各种仪器配件。这里安静、宽敞，最里面的墙上，贴着一整排低矮的镜子。

我下意识地低头看向自己的腿，将目光回避似的瞥向一旁正在地垫上锻炼的母子俩。七八岁的儿童正在妈妈的帮助下一次次地将头顶在深绿色的阶梯上，翻着跟头。那是晨晨和琴姐。

“晨晨，再来，好好翻，不要停下。”孩子显然已经很疲惫，母亲的呵斥让他不得不再次爬起来继续向前匍匐。晨晨白嫩的脸上沁出了汗水，红色的毛衣衬得他更白了。晨晨的双腿无力地磨蹭着地垫，发出了吱吱吱的声音。他爬行的动作始终是重复的，羸弱的双腿跪在地垫上，用手肘撑地不停地爬行。

琴姐的呵斥声不停地从孩子身后追过去：“张晨晨，你给我把背挺直，双腿夹紧喽。”她的声音洪亮，在偌大的理疗室内传出去老远。

35岁的琴姐，脸色蜡黄，双眼微眯着。上身穿一件姜黄色的厚实卫衣，下身搭一条黑色的紧身裤，一双半旧的褐色运动鞋。

她习惯性地看向手机上的时间，嘴里还替儿子报着数。晨晨彻底翻不动，歪在了地垫上。琴姐严厉的呵斥声又响了起来：“晨晨，注意挺直你的腰！不然我揍你。”女人的呵斥让歪着肩膀的孩子马上调整了高低不一的肩膀。

琴姐见状，麻利地将放在一旁桌子上的大水杯拿了过来。她仔细地将水倒在杯盖里，扶好晨晨的肩膀，喂给他喝。等晨晨喝完之后，她又麻溜地从角落里拿出一个营养快线的空瓶子，让他解决上厕所的问题。

她有些歉意地看着我，疲惫地解释道："孩子大了，我抱不动他了。"

我笑着表示不介意，稍稍将头转过去，配合地走远些。晨晨8岁了，作为一个小男孩，琴姐已经抱不动他了，可他依旧无法独立行走、上厕所。

像晨晨这样的孩子，四肢都无法像正常人一样保持平衡，他们习惯性地摇头摆脑，在家长的帮助下每迈出一步，双手就会习惯性向前伸，以保持平衡。因为脑瘫造成的神经性损伤让晨晨的腿有严重的肌张力高的症状。严重时，整条腿和整个后背的肌肉都像铁棍山药一样僵硬。

在康复中心，晨晨的这种病在医学上被称为脑性瘫痪，主要的表现是中枢性运动障碍，肢体姿势异常，可伴有不同程度的智力低下、语言障碍及精神、行为异常等。

琴姐这个人爽利，看肚子里的孩子到了预产期还不出来，就直接选择了剖宫产。没想到，孩子出生后，直接被送进了保温箱。

晨晨出生时，唇红齿白，哭声也嘹亮，大家都以为保温箱的经历只是虚惊一场。

琴姐看着我，眼里的泪花在眼眶里打转，她说："明明都好好的，医生都检查过的，为什么会这样？"

02

事情已经过去了八年，可对琴姐来说，那天的回忆，就像是她人生里的一道天堑，将她的人生突兀地一分为二。

刚开始晨晨年岁小，没什么大症状。琴姐以为是发育慢，跑去医院查，也查不出什么毛病。有一个年轻的医生告诉他们，可能是孩子的营养不足。

琴姐以为是吃母乳没营养，就添加了奶粉补充营养，想等过一段时间再看看。

随着时间推移，1岁的晨晨不会走路，不会说话，跟他交流时他的眼神也不能聚焦。琴姐自己在网上对照了一下，吓得双手都在颤抖。难道孩子是自闭症？带着这个疑问，琴姐马上带着晨晨去医院做检查。查到最后，连核磁共振都做了，才发现晨晨是小儿脑瘫。

往后的日子，对琴姐来说，每天都是前一天的重复，她无法相信自己可爱的晨晨会得这个病。可事实让她不得不接受，她跟我说，日子总是要向前的，她要是放弃了晨晨，晨晨这一辈子就完了。“我知道，这样的孩子被遗弃的很多。”琴姐的话淡淡的，但她说的是事实。对晨晨这种脑瘫儿童来说，只要至亲之人放手了，他就再也没有活路了。

“他自己可以独立做些什么？”理疗科里来来去去就这几个人，时间长了，大家也爱聊几句。

琴姐双手环抱着肩膀，眼神丝毫没有离开晨晨，无奈地说道：“能张嘴吃饭。”她的声音很平静，转身给儿子取来棉袄套上。

已经是5月的暖和天气，晨晨身上却依然套着棉衣。脑瘫儿童发育慢，抵抗力差，双手双脚无法平行，屁股与肩膀突出，父母在他们身上花费的时间与精力可以说是成倍的。最致命的是假如不进行医学干预，孩子便会有性命之忧。

理疗科偶尔会有组团来参观的，他们看着孩子受的那些苦，也会嘴皮子一碰，轻飘飘地说道：“为什么不要个二胎？”

琴姐的答案是：假如有了小的，谁管大的？她的话很现实，所有人都会理所当然地将关注点集中在健康的那一个上。

琴姐给我算了一笔账，孩子在理疗医院进行各种物理治疗，每天运动四小时，费用是两百元。另外孩子在家的理疗床也花了好几千元，鞋子也需要在北京中康定制，一双一千八百元。每年一个脑瘫儿童最少也要花费十几万元。这笔钱对一个普通之家来说根本就是个天文数字。孩子7周岁前，残联一年补助一万五千元，可这一万五千元还不够晨晨一个月的理疗费。

琴姐生孩子前在某国企上班，一个月工资有七八千元，待遇很不错，工作也不忙，每到节假日还给发补助。她闲了还能去各种喜欢的地方旅游。

自从晨晨确诊脑瘫之后，琴姐收起了漂亮裙子，换掉了高跟鞋，就连平日里最爱去的美容店都不再去了。

假如有了二胎，晨晨的生活是可以预见的。作为患儿家属，琴姐见惯了被抛弃的残疾孩子，所以她坚决不要二胎，只一心守着晨晨过日子。

丈夫高瑞看似疼爱晨晨，但言语中对琴姐的嫌弃几乎没有遮掩。那天我去厕所，听见高瑞不耐烦的声音："你不是说有效果了吗？为什么晨晨还是不会走路？爸妈都在催了，你为什么不肯再生一个？"琴姐的眼睛不停张望，我赶紧躲进一旁的厕所。高瑞又讽刺道："你放心，晨晨听不见，你忘了，他只会爬。"

高瑞走后，琴姐盯着手机上的转账记录，呜咽声倾泻而出。我靠在门内，不敢出来，不想让她知道我目睹了这一切。

在旁人眼中琴姐和她的丈夫门当户对，公婆顺心，是再好不过的一家人，唯独晨晨的出现，让所有的圆满都有了裂隙。他们这个家庭需要一个聪明健康的孩子，来延续这种完美，但晨晨显然没达到父亲的预期。

琴姐每天陪着儿子理疗，锻炼。她给我看她日渐粗壮的大腿，光荣地跟我说："你看，这都是我跑出来的。"

晨晨僵硬的肌肉随着治疗的深入慢慢地放松下来，琴姐守着那点微小的希望，就算是天天跑医院，脸上也多了几分笑容。

03

“姐姐，姐姐，你说李大夫他吃的是啥？为什么他的手力气这么大？捏得可疼了。”晨晨转身跟我告状，说着理疗大夫的手重，他说完生怕我不信，还要撩起自己的衣衫给我看淤青的肌肉。

我转头看向大夫，晨晨说的这些，我哪里会不懂呢？我与他同天来的理疗科。

从上了理疗床的那天起，我就知道理疗是一件极度痛苦的事情。我们机械一般地完成着医生指定的动作。这些对常人来说极为容易的动作对我们来说往往是难度加倍。

每一种病症的理疗治疗都不一样，晨晨是肌张力高，肌肉极度粘连，导致全身部分肌肉僵硬；而我，则是因为长期不正常的走路姿势，导致右侧肌肉萎缩。

理疗看似跟按摩有点关系，但实际上却不属于同一个科目。理疗是西医疗法，是用与按摩相似的手法调整肌肉组织和人体结构。

我曾经笑着问大夫：“为什么每次理疗会这么疼？”他推了推眼镜，笑着说：“你吃过牛腱子没有？”我不明所以，他颇为专业地打了一个比喻，牛腱子上有一层白色的筋膜，人的身上也有一样的组织。因为常年的发育与不正确的走路姿势，我们的肌肉跟筋膜粘连在了一起。他要做的就是将筋膜与肌肉分开，使之恢复到原来的状态。

“肌肉要与筋膜分开，你自己想想疼不疼吧。”大夫的话说完，我想起日常吃的牛肉，打了个寒战。

我时常会问我妈为什么我和别人不一样，我妈却摸着我的头，笑着说：“谁让你自己在我肚子里不老实。”

我还未出生时，脐带绕颈导致大脑缺氧，造成脑损伤。幸运的是我活了下来，除右下肢短了两厘米之外，一切都算正常。

用琴姐的话来说："你就是行动上不美观而已，我们晨晨将来要像你这样可以自理我就满足了。"她真切的眼神与憧憬让我心头一震，我知道作为病患家属，她说的一切都是真的。人生的苦难，唯有与你一样受苦的人才有资格怜悯。

没有人知道我为了右腿短去的这两厘米，受过了多少苦。琴姐能带着晨晨找到理疗科是她的幸运。于我来说，这一切都太迟了。

康复理疗科是集运动治疗、作业治疗、言语治疗等治疗手段于一体的综合治疗室。它对中风、偏瘫、小儿脑瘫、神经性损伤都有很好的临床效果。

理疗兴起于近二十年。我今年27岁，我像晨晨这么大的时候，只能通过骨头延长手术来治疗。我8岁时做过一次腿部手术，19岁那年也做过一次手术。每一次我都觉得自己已经好了，可以拥有完整的人生了。可当我看到路人投向我的眼神时，我知道，自己依然是那个格格不入的残疾人。

我有个问题一直不明白，为什么街上出来走动的残疾人那么少？好像全世界都是四肢健全的人。但我又马上觉得心有不甘：既然这个世界上都是四肢健全的人，为何要我做那个不健全的人？

15岁那年的夏天，我去北京游玩。夏天的太阳很大，我站在街头，汗水浸湿了我的头发。一个拉黄包车的大叔骑着人力车要载我，我正要问价格，他的眼神朝下停在了我的右腿上。他说："不要钱，你这样的，我免费载你去。"他的眼神充满了同情，可我却觉得自己受到了侮辱。

我一声不吭地转身离开，在旁人的眼中我成了怪胎。但在我的眼里，车夫大叔是一个健全的正常人，他的善意来自对我残缺身体的单方面的怜悯。我的手里明明拿着钱，他却一厢情愿地替我选择，凭什么呢？我想，也许是他心中自以为是的善念。

晨晨很喜欢我，他每次做理疗训练疼得忍不住时，就会跟我说等他能走路了，他就可以上小学了，就能去跑步了。每次琴姐听儿子说这些，眼眶都会发红。

“他还什么都不懂。”琴姐呢喃着。我抬起下巴，看着努力改变现状的晨晨，眼中发酸。

晨晨的遭遇就像是一面镜子，照在了我曾走过的路上。小学时，别人玩跳房子，玩跳皮筋，我就只能躲得远远的。愚人节，别人会收到愚人节的表白整蛊，我却像瘟疫，连个被开玩笑的资格都没有。高中时，因为教学楼修整，厕所的位置变得遥远，我踩着铃声跑在走廊上，全班的同学看着我哄堂大笑起来。踩着铃声跑在走廊上的人那么多，唯独我因为腿短了两厘米成了所有人的笑料。看热闹的同学将视频发到了班级群里，我看着视频里跑得歪歪斜斜的自己，心死成灰，再也不敢多走一步路。所有的伤害都会过去，但前提是你要有一颗强大的心脏。

晨晨的眼睛很亮，我蹲在他身旁，语气不容置疑地劝诫道：“晨晨，你答应姐姐，一定要学会跑。”小男孩懵懂的眼神像小鹿一般，他说：“姐姐放心，我不怕。”

傻孩子，他还不知道将来自己要面对的是什么。学会跑，面对无形的暴力时，他可以选择反抗，选择拒绝。

凌然是我谈了四年的男朋友，他是我的大学同学。第一次见面，他告诉我说：“诺诺，你漂亮得像个天使。”

这种赞美我从小听到大，不同的是所有人看完我走路的样子，都会惋惜地说一句“可惜了”。但凌然没有，他看我的眼神里多了几分心疼。

我有时候觉得凌然是个纯粹的人，他喜欢的是我皮囊下的那个同旁人一样完整的灵魂。我们在一起时，也同别的情侣一样，他带我去爬山，带我看星星，带我去打卡网红景点。那时，我把旁人异样的眼神当成祝福，当真以为我能和别的女孩一样幸运。

都说做了太美好的梦会醒，当凌然的母亲找到我的时候，其实我已经猜到她要说什么了。我自以为勇敢，但在他母亲面前，我第一次有了自惭形秽的感觉。我想跑，但我不敢。

凌然的母亲是个很温柔的女人，她说的很多话我都已经不记得了，但唯独一句话，至今我都不曾忘记。她说："诺诺，我只想我儿子有一个健全的妻子，你不行，对不对？"喉舌之上，软刃化成三尺刀锋。我无数次想象过这种场景，但我没想到，自己的心会那么痛。是痛惜即将要逝去的爱情，还是心疼那个被人嫌弃的自己，我已经说不清楚了。

C4

理疗科的大门里，时常会有叫痛的声音，但我们都知道，疼痛可以换来希望。

第一次见闵阿公的时候，我正扶着理疗扶手，艰难地抬着腿。他穿着深蓝色的棉袄，头上戴着同色的保暖帽。推他来的保姆50多岁，一进来就忙着给老爷子摘帽子、脱外套。闵阿公半个月前，自己往洗衣机里倒了两勺洗衣粉，之后就跌倒在了卫生间。闵家老爷子被送到医院后就确诊了偏瘫，在医院住了小半年，痊愈之后，右边的身子就不大能自理了。老爷子回家之后，下不了棋，喂不了鱼。他还笑着跟我们说，上个楼梯都要被自己那些老伙计笑话。他一向要强，哪里能受这个气，于是自己跟医院打听，来了理疗科，做康复训练。一次理疗下来，他多半时间都躺在空气压力治疗仪上，就连晨晨都觉得闵阿公爱偷懒。

有时候我觉得闵阿公的到来，让理疗室那么冷清的一个地方，也变成了老年活动中心。老爷子刚来那会儿坐着轮椅，根本走不了路。经过一段时间的治疗，他能走了。那天他借着理疗步行器走了一段路，开心得像个孩子。

闵阿公每次做理疗，都很淡定，害我和晨晨都觉得我们俩是不是对疼痛有什么误会。

理疗室里一般各自练各自的，以往晨晨占着地垫，我则是做日常辅助步行训练，闵阿公则是日常走阶梯。主治医生只有一个，我们一般是谁先来，谁先上。

平日里阿公就常说，我们这些小娃娃娇气，一点苦都受不住，不像他们那个年代过来的人，什么苦都吃得了，这点痛算不了什么。

闵阿公上了理疗床之后，琴姐抱着晨晨，我则是站在理疗床旁边看着。主任大夫的手放在了闵阿公的身上时，他的眼睛抽了抽。我顿时就明白了，不是阿公不怕疼，是他平日里爱面子，不想在我们面前露了怯。

晨晨年纪小，闵阿公忍得辛苦，他还在那里捣乱："阿公真的一点都不痛。"一句玩笑话就让阿公直接破防，他对着主任说："谁不痛了？我都痛死了，你下手轻点。"

主任笑呵呵："轻点好不了，你放心，我下手有分寸。"阿公的偏瘫是神经性损伤，所以他常常顶着一头亮闪闪的银针。

05

最先好起来的是闵阿公，他刚来的时候是保姆推着来的，现在他自己都能扶着理疗扶手走上一会儿了。

他每次来了，理疗室都很热闹。他站着锻炼时，总爱跟孙子孙女们炫耀自己可以走了，现在好很多了，回了家还能和儿子杀上几盘。最重要的是，这次他啊，一定要跟嘲笑他的老伙计比一比，看谁走得快。

那天理疗室一如往常那般明亮，勉强能走动的阿公突然跟儿女们说起了自己的情况。看得出来，他再理疗一段时间，就能自理了。人一旦看到了希望，心就会变得贪婪。

闵阿公意气风发地说："我要去做手术，你们知道膝盖置换手术吗？咱们又不是没钱，换一个我就能跑了，多好。"

他的声音里带着兴奋，好像置换膝盖不过是一场小手术。看大家都没有说话，他把目光转向了我："小诺，如果做手术，你的腿就能好，你去不去？"

别说一场手术，就算是再多几次，能好起来，我也是愿意的。但是，真的能好起来，与常人无异吗？

闵阿公今年74岁，早年间他的右腿因为意外，做过手术。闵阿公说，阴雨天气，他的腿比天气预报还准。

没多久，闵阿公的子女挨个过来给他讲置换膝盖的风险。闵阿公气得直嚷嚷："你们就是舍不得给我花钱，我自己有钱，用不着你们的。"他的样子气急败坏，听不进去任何人的劝告，对子女们更是从早到晚阴沉着脸，就连脾气向来温和的保姆都被他骂哭了好几回。

所有人都不知道该怎么办。闵阿公天天躺在理疗床上计算着他的退休金，每天的理疗训练都做得心不在焉，有一次还差点跌倒了，要不是医助及时扶了他一把，后果不堪设想。

直到有一天闵阿公的孙子推着轮椅，带来了另一个面生的阿公。据说那个阿公就是做了膝盖的置换手术，刚开始还算是不错，到最后才发现这个东西根本就不顶用，隔三岔五会疼不说，人工膝盖的磨损也很厉害。阿公之所以站不起来，就是因为抛弃了自己的膝盖。

从此以后闵阿公就消停下来了，他不再多想不属于自己的东西，反而给自己的膝盖戴了一副护膝。伺候闵阿公的保姆说，现在闵阿公爱上了泡脚养生，还买了个全自动的泡脚桶，谁动都不行。

从前别人问我我的腿怎么了，我会习惯性地去撒谎，说自己爬山摔的，出车祸被撞的，或者从楼梯上滚下来摔的。谎言比现实让我更有安全感，就像是理疗科的大夫一再告诉我，他可以帮我调整好走路的姿势，但要想做到跟常人一样，根本是不可能的。

我把前半句话当成了信仰与佛音，自动忽略了后半句。我心里明白吗？明白的。但我不接受，不接受这样的自己，就像我还在妄想自己不可能的爱情。

凌然再也没有出现过，我把所有的希望都押在了理疗室，明知一切都不可能，但仍然心存妄念。

直到晨晨能在器械的帮助下，歪歪扭扭地走路了，我都还在理疗室徘徊。

琴姐站在晨晨的身边，第一次在孩子面前流泪。她哭得一点都不好看，蜡黄的脸比从前圆润了些。眼泪挂在她的脸上，就像是挂在一棵老枯藤上，没有半点美感。

但我知道，这些委屈她忍了很久。晨晨站不起来她不敢哭，晨晨的腿硬得像铁棍山药她不敢哭，老公一再地忽视她她也不敢哭；可晨晨能够站起来，她哭了。

我递给她一张纸巾，她顺手接过擦了擦脸，似乎又嫌不够，她撸起袖子，抹了一把脸。她把眼睛笑成了一条线，拍了拍我的肩膀，说道："这日子总算是熬过去了。"她那天的话难得地温柔，我仿佛看到了从前的琴姐，她也曾漂亮，张扬，爱打扮。

两年过去，理疗室里的闵阿公出院了，琴姐每天都会带着已经上小学的晨晨趁着午休的两小时过来。

她说，等晨晨再大一些，就可以去北京或上海做手术了，她这辈子的任务总算是有着落了。那时，琴姐已经离婚了，晨晨也多了一个同父异母的弟弟。

唯独我，好像把理疗室当成了家，我不想走，总觉得自己会好。

理疗科的主任是个小伙子，他说："小诺，我只能帮你到这里了。"他这一句话就让我红了眼睛。

来做理疗的第一天我就知道，我的腿能够好一些，但不可能好得分毫不差，可我总觉得我在这里就还有希望。

离开理疗室之后，我的腿依旧还是会让路人侧目不已，但我知道，这些东西理疗室帮不了我，能帮我走下去的，唯独只有自己。

说不紧张是假的，即使是作为医生，面对亲人在手术室里，我也只能是盯着钟表，站在手术室门外，除此之外，我什么也做不了。

24

第二十四个故事

身为肿瘤科医生，我的老婆患了癌

秋爸

肿瘤科医生

说不紧张是假的，即使是作为医生，面对亲人在手术室里，我也只能是盯着钟表，站在手术室门外，除此之外，我什么也做不了。

01

我和老婆相识于大学时期，铁杆异地恋，相隔九百多公里苦恋五年多，最终走入婚姻的殿堂。我们异地这几年来，经常乘坐火车往返于石家庄和西安，这些火车票被老婆积攒起来做了一本纪念册。老婆大学毕业后成了一名光荣的列车乘务员，这件事经常被她自己笑称为“久病成医”。

婚后，我们很快迎来了可爱的儿子，可享受了短暂的天伦之乐之后，生活又陷入无尽的奔波。

一条京广线被老婆跑得烂熟于心，高速行驶的列车一闪而过时，她可以通过观察一座无名石桥告知旅客下一站还有几分钟到达。只是颠倒的昼夜、透支的体力，还有车厢连接处从未熄灭过的二手烟，让她几乎每个月都会发一次烧。然而，老婆与我这个医生结婚，从来没有什么所谓的“近水楼台”，往往她生病的时候，我常常是在另一个城市照顾别人。

孩子过完百天，我便回到北京工作，小生命给我们的生活带来翻天覆地的变化，当然也包括无穷无尽的鸡毛蒜皮和“刀光剑影”，以至于有一段时间我看到家里来的电话就会心律不齐。小生命人人都视如珍宝，这也让生活的千头万绪在这小家伙身上系上了死结。

异地夫妻本就难做，更何况我这个丈夫还是个身在异乡的医生。医生是那种经常需要放下碗筷冲回医院抢救病人的职业，有时忙得电话都接不了，更不要提照顾家庭。科室的领导也能体谅我的不易，占用周末的工作基本不安排给我。当然，有时不加担子也就意味着不给机会。

在一次视频吵架后，老婆讲：“我的工作本来就辛苦，你还总气我，我早晚得癌。”第二天，她就给自己买了大病保险。

2019年3月，老婆的单位组织体检，超声检查的结果显示她的甲状腺和肝脏分别有一块可疑肿物，肝脏上的那块甚至达到5厘米。年轻人患癌更加凶险，预后往往很差，这次体检让我忧心忡忡。在我的要求下，老婆决定请假去医院复查。

因为在外地医院上班，请假不易，我和老婆商量，等她做完检查我再请假回家。

出于经验，我告诉她，肝脏的那个肿物要做增强核磁（磁共振增强检查），甲状腺的肿物要复查B超，去了医院只需挂普通号，普通号相对人少，做了检查再带片子去挂专家号，这样省时省力。

“记住，做增强核磁前，早晨别吃饭，有人注射造影剂后容易吐，把机器弄脏了不好收拾。”检查前夜，我不忘职业病式地提醒她。

“你就不担心我对造影剂过敏，最后万一挂在台子上啊？”老婆看样子并不领情。

说不担心是假的，想着老婆身上的两个肿物，第二天工作时，我的效率很差。

一通电话响起，我急忙接通。

“我肝上的那个是血管瘤，5.1厘米，这可怎么办啊？对了，人家医生说了，我这是被你气的。”老婆说。听到这里，我竟长舒一口气，“血管瘤”名字是瘤但并不是恶性，只是一种血管的迂曲，生长缓慢，并无大碍。但她这个血管瘤体积巨大，已经到需要治疗的程度。

“还有呢？甲状腺超声怎么说？”

“甲状腺左叶低回声结节伴少量钙化，T什么分级4a类。”超声诊断十分专业，以至于她阅读有些困难，但这个分级引起了我的注意。

“4a类的意思是，你这个肿块有5%到10%的概率是恶性的。”顿了顿，我说，“来北京吧，我给你找个专家。”说到这时，我其实有些后悔，病人在等待检查报告时就好像等待判决书一样，我不该让她独自面对这种残酷。

“才10%啊，赌一下？马上春运了，不好请假呀。”老婆受我平日的影响，知道甲状腺癌属于并不十分恶性的癌种，语气还比较轻松。

“1%都不能赌，赶紧过来。”

癌分许多种，比如腺癌、鳞癌等等，甲状腺癌再细分，绝大部分都是预后很好的乳头状癌，有不少因其他疾病死亡的患者尸检时发现同时伴发甲状腺癌，许多媒体上常见的抗癌明星，大部分也是这种疾病的患者。但甲状腺癌也有十分凶险的类型，例如髓样癌、未分化癌等等，所以甲状腺上的肿块不能掉以轻心。

我态度坚决，老婆听了我的话，乘高铁来到北京。她在火车上给我打电话，告诉我，作为一名乘客被人服务的感觉真好。我告诉她，作为一名疑似肿瘤患者，她的心态真不错。

辗转到我所在的医院，我找到超声科的专家。老师给的意见是“4b”，意味着恶性的概率更高，建议直接做超声引导下的穿刺取样病理检查。

从诊室出来，老婆也有些呆住了，问我：“穿刺？疼吗？如果真的是癌，正反都要切，我不就白挨了一针吗，手术还得再受一次罪。”

日常工作中，这个问题每次都问得我不胜其烦，我一般都告诉患者：“不疼能看病吗？良药还苦口呢，直接手术切出来不是癌不就亏大了吗？”其实这涉及一个医疗程序的问题，“术前穿刺”用来确诊，给了做手术充分的理由。当下的医患关系如此紧张，这可以规避一些医疗风险。可即便在工作中我再斩钉截铁，面对自己的老婆时，我还是犯了嘀咕。

为此，我又咨询了超声科的那位专家。“老师，我是本院的，这是我老婆，依您的经验判断，这个肿块是恶性的概率到底多大呢？”

“七八成吧。”专家说。

02

那天晚上，我与老婆谈了很久，把所有的情况一五一十地告诉了她，包括甲状腺癌良好的预后、大概率是癌、是否放弃穿刺等等。

最终我们决定，跳过穿刺确诊的环节，直接手术，并且选择我所在的医院。这样我可以少请几天假，也可以亲自照顾她。用老婆的话讲就是“指使别人我不好意思，你比较顺手”。

如果不是在我所在的医院，或者如果我不是医生，或是我在医生面前表现出丝毫犹豫，大多外科医生是不会直接做手术的。毕竟现在恶劣的医疗环境下，没有医生愿意把自己置于刚做完手术就走上被告席的境地。放弃穿刺意味着我相信那位超声科医生的判断，并且愿意承担他判断失误的风险，毕竟医生是人不是神。

之后我们分头行动，老婆回家办异地医保转诊、联系保险公司、收拾行李；我在医院联系住院科室，并且找到了一位院内口碑非常好的手术医生。这位医生没有名气，有的专家一号难求，而他却是那种隐藏在普通诊室里的专家。这样的医生在医院有不少，原因大多是没有像样的科研文章，职称上不去。

我向那位老师说明不想做穿刺直接做手术的想法，并且表示所有风险我们自己承担，即便不是癌，我们也认，也愿意签字确认。

老师看了看我，笑着说：“给同行看病真是省舌头。既然你都决定了，那就来吧。”

然而，老婆在家里那边的手续却出了问题。甲状腺癌手术早已普及，难度不大，省医保拒绝开出转诊证明，并认为省内的水平完全可以胜任这个手术，想去北京只能自费。医保规定也没错，但老婆又不舍得自费，表示保险赔的钱一分不能少，得留着给孩子报课外班用。没办法，原计划只好作废。

既然决定不在我所在的医院进行手术，接下来挑选医院，还是有些讲究的。

石家庄的省级医院有好几家，但名气最大的医院并不一定是最合适的，挑医院不如挑科室，挑科室不如挑医生。医学是一门经验学科，一名外科医生的技术水平绝对是在手术台上一刀一刀地练出来的，“无他，惟手熟尔”。

经过多方了解，我们通过挂号找到了专家田主任，让老婆住进了耳鼻喉科。

住院的前几天，老婆老是拿着手机在网上搜自己的病：“你看，这人做完手术之后嗓子坏了，声音变嘶哑了，我不会也这样吧？”老婆艺术细胞充足，上学时就经常参加各种晚会，还一度想参加好声音的海选。我本想去安慰她，但还是严肃地说：“这种可能是有的。谁也避免不了。”

我们把3岁的儿子送到奶奶家，告诉他，爸爸妈妈最近有点事，可能之后几天见不到爸爸妈妈。

从家里出来，我们去了一家KTV，我要让老婆唱个痛快，并把老婆唱歌的样子用手机录下来。

那天晚上，老婆在KTV发挥完美，“等下一个天亮，去上次牵手赏花那里散步好吗……”，唱着唱着她哭了起来。我也泪眼婆娑地对她说：“老婆，你得的是甲状腺癌，不是胰腺癌，不用这样。”

03

住院那天，我们起得很早，带上一个小拉杆箱便出发了，像是要出一趟远门。

每个医院都有一套自己的工作流程，即使像我这样每天在医院工作十几小时的医生也会被溜得七荤八素。在管床医生的指挥下，我在门诊楼、住院楼上上下下跑来跑去。像学生交作业一样，我将这些跑来跑去的成果交到管床医生的手中。这位医生姓刘，是田主任正在读研三的学生。我将资料放下后，转身要走。

“哎，哎，等一下。你不看看你老婆各项检查的结果吗？”刘医生赶忙叫住我。

“哦，刘医生，这些我都看了，一切正常。”

“你说的不算，得我说正常才可以。”

刘医生将各项术前检查结果一一看完，又完善了病历，交代了手术可能出现的风险。我又在三四张单子上分别签了字。最后，刘医生满脸疑惑地问：“病理呢？你们没做穿刺？”

我把事情的前因后果对刘医生叙述一遍。刘医生说：“不行，没穿刺不能手术。”我问她为什么。她说不为什么，这不符合医疗程序。

我说：“要不您给田主任打个电话请示一下。我们的决定就是不穿刺直接手术，一切后果我们自己来承担，我可以给您签免责书。”

稍显激烈的讨论最后，以我签免责书结束。刘医生看我的眼神有些异样，我能感觉出来，估计她开始怀疑我是同行。我不方便透露，在学科高度细化的今天，同为医生也是隔行如隔山，一知半解的同行有时更加难以沟通。

最终，手术日期确定在两天后的上午第一台。

回到病房，老婆已经和隔壁床的阿姨聊上了。

这位阿姨60岁出头，热心肠、爱聊天，旁边坐着的是她的爱人。

进门时，阿姨正在说话：“小姑娘啊，告诉你，咱们这个病就是太爱操心。你看你才30岁，旁边病房还有个31岁的，也是个爱操心的命啊，自己干吧嫌累，让别人干吧又不放心，每天就是操不完的心，你说咱们不得病谁得病啊。”

我本以为老婆会觉得这位阿姨聒噪，悄悄问她要不要换个安静一些的病房，不料老婆却认真拒绝道：“我觉得我跟阿姨特投缘，她句句都说到我心坎里了。你要是能干点，我也得不了这个病。她说得特别对，都怪你。”

原来老夫妻俩都是我们这个城市热电厂的退休职工，这次是阿姨的甲状腺第二次手术，十年前切了左侧甲状腺，如今右侧复发，用她的话说是“二进宫”“受二茬罪”，所以她十分建议我老婆把双侧一股脑全切了，“一了百了”。

两人互相倾诉工作、生活中的各种不如意，看人看世界的观点竟十分相似，“爱操心”被她们定义为甲状腺癌最主要的病因。

当然，她们边聊边分别指示大叔和我干这干那，大叔和我边干边被她俩吐槽。

现代医学认为，肿瘤的产生主要是受先天基因状态和后天环境因素共同影响。“爱操心”究竟是不是病因，需要大量研究和统计结果来支撑。

甲状腺癌发病的男女比例大约是1比3，病房里聚集着很多30—50岁的女性，性格里居然有诸多相似之处，于是患者间的关系异常和谐。走廊里，老婆看到颈部缠绷带的女性就会凑上前去，一番眼神试探后，上前接头：“疼吗？”

刚做完手术的患者还不能说话，有的点头，有的摇头，无论是哪个动作都可以算上接头成功。早些手术的人等到可以张口时，就会操着嘶哑的声音到床边传授经验。

04

该来的总是要来的。

那天，老婆怀着忐忑的心情跟随两位麻醉师进了手术室。手术室大门关上的一瞬间，我们对视一眼，我能看出她的恐惧。

后来她告诉我，当时她差点尿出来。

老婆是上午的第一台手术，7点一刻，我俩准备完毕，家人朋友还堵在路上。

时间一分一秒过去，手术室的大门无论因为什么被打开，都会有一众家属上前观望。

9点半，不知哪里发出的广播声叫了我老婆的名字，让家属到谈话区。

大家纷纷朝我看来，我告诉大家不要紧张，应该是术中病理的结果出来了。

说不紧张是假的，即使是作为医生，面对亲人在手术室里，我也只能是盯着钟表，站在手术室门外。除此之外，我什么也做不了。

随着时间一分一秒地流逝，我也在反思这几年自己在事业与家庭之间的失衡。现在回想起来，老婆生病半年前，就对我讲过她的脖子有点粗，我没有在意，竟然上手查查体都没做过。我每天的工作就是在病人身上寻找哪里长了个结节，哪里长了个疙瘩，到自己老婆这儿竟疏忽大意到如此地步。

田主任手里拿着几个标本袋，对我说："你赌对了，确实是癌，乳头状的。"

我的心情复杂，谈不上喜悦，毕竟是癌，这是一场没有胜利的赌局。

田主任接着说："清扫出四个淋巴结，看形态疑似转移，结论还要看后面的病理。现在看来另一侧的甲状腺也保不住了，建议全切。"

我签了字，田主任转身回了手术室。

10点钟，手术结束。

做完全麻手术的老婆还闭着双眼，呼吸微弱，蓝色的头套配上绿色的被子，颈部缠着的绷带让几位老人哭了出来，我也跟着心酸。

跟随麻醉师同老婆回到病房，她已经有了简单反应，被呼唤名字时可以微微点头，还能微抬手臂迎来送往。很多好友对着我老婆喊："别睡，别睡。”其实没必要，只要患者呼吸正常，想睡就睡会儿，毕竟手术对人体来说是非常大的刺激，体力消耗很大。待麻醉药物代谢完毕，她自然就会恢复正常的作息。

等我把各位亲朋温柔且坚定地送走后，病房中只留下我和岳母照顾我老婆。不一会儿，隔壁床阿姨手术结束，也被推了进来。病房里瞬间变得安静祥和，我们像守护两个婴儿般期待着她们平安，这可能是病人家属最虔诚的时刻。

岳母看我熬了三个晚上，让我回家休息。为了术后的妥善照顾，我也没有逞强。

甲状腺手术的创伤相对较小，老婆恢复得也很快。三天后，我们就顺利出院了。

回家的路上，老婆拿出手机，开始计算保险赔付的数额，脸上居然露出了笑容。“可以给儿子报个英语班，报个思维课，再让他学个游泳，还可以买架钢琴。我告诉你，这钱是我用脖子换来的，你可别惦记。”我的心里满是愧疚。

一年后，我离开北京，回到了我该在的地方。

我其实有些庆幸小孟的爸爸自始至终都没说过要放弃治疗，想起当初那个 21 岁的脑出血女孩，她出院的那一幕我至今都还记得。

25

第二十五个故事

作为ICU护士的她，却突然确诊患了急性白血病

初一

县城医院护士

我其实有些庆幸小孟的爸爸自始至终都没说过要放弃治疗，想起当初那个 21 岁的脑出血女孩，她出院的那一幕我至今都还记得。

01

小孟是我的同事，我们是同一年进的医院。

2022年8月底，小孟确诊了急性髓细胞白血病。那个时候，我们到医院工作还不到两年，刚结束轮转定了科室。

我和她都定科在ICU，如果没什么特殊情况的话，我们将会在这个岗位上工作许多年。

很多人都不愿意来这个科室，都觉得这里又脏又累。只要一踏入ICU这道门，精神时刻处于紧绷状态，因为你面临的是病情随时都可能恶化的病人，以及随时都会响起的仪器报警音。

但小孟不这样想，她说，定科在ICU也挺好的，虽然辛苦些，但这里的绩效比别的科室多一点。

我一直都知道她节俭，之前轮转那阵，我们每个月拿到手的只有一点基本工资，根本不够维持日常开销，很多时候都还要家里贴补。可小孟从来没问家里要过钱，她说，省着点也够用了，她也不买什么。

小孟人老实，也很细心能干。对待病人，她从不含糊，就是性子有些软。别人跟她搭班的时候，偶尔会吐槽她干活慢。但我知道，她是真心对每一位病人负责。

ICU的病人基本都是意识不清醒的，他们下不了床，吃喝拉撒全在床上。护士是他们接触最多的人，也是最了解他们的人。

小孟常跟我说，这些病人躺在床上就已经够难受的了，有的病人可能再也出不了ICU，我们能做的就是尽量让他们在这儿待得舒服一点。

有的病人在ICU住久了，皮肤会破溃，身上还会有味道。

每日的清洁擦身，小孟都会给他们清理得非常干净。她说，在她班上的病人，必须清清爽爽地交给下一班。她最受不了的就是每次一到病人床旁就臭气熏天的，掀开被子一看，病人身上黏黏腻腻的，看着都不舒服。

科室有段时间收了个脑出血的女孩，做完手术一直没醒过来。她年纪不大，才21岁。转入ICU还不到两天，她父母便要办理出院手续。我们都非常不理解，若是年纪大一点的，家属放弃治疗也情有可原，可她才21岁，正是大好的年华。

在主治医生的仔细询问之下，家属才说这是无奈之举，家里不富裕，几个孩子都还上着学，做手术已经用了很大一笔钱，后续的治疗费实在拿不出了。把她接回去，后面就看她自己的造化了。

听完病人家属说的，我们所有人都沉默了。

女孩走后，我跟小孟一起去整理病床。

我叹了口气："也不知道她会不会好起来，家属就这样放弃，实在是可惜。"

小孟什么都没说，许久之后才开口："可能家里也实在是没办法了，其实我挺能理解他们的。"

她整理着床旁的心电监护，小声道："杨露，你或许想象不到，像我们这种家庭，孩子又多，本来日子就过得捉襟见肘，再遇到这样的意外，真的挺难的。假如我有一天也遇到了什么不好的事，我宁愿我爸妈像他们一样。"

我立即反驳她："别拿自己瞎比，你这辈子都身强力壮，病人需要你这样的牛马。"

她笑了笑："你还别说，我们确实挺像牛马的。"

02

我从未想过，当时一语成谶，小孟的身体竟真的出了问题。

那个时候，邻县疫情严重，医院要抽人去支援采核酸。我和小孟主动报了名，名单确认后，我们随便收拾了点东西就出发了。

那段时间真的挺辛苦的，没日没夜地采集，回去之后倒头就睡。

大约在我们支援的第二个月初，小孟出现了发热的症状。一开始我们都以为她阳了，但她每日的核酸检测结果都是阴性。负责我们的组长给她拿了药，让她暂时休息两日，等症状缓解再说。

好在其他医院的支援队伍已经到了，我们隔离几日便可以回去。

当时我们都没太在意，包括小孟自己也是，都以为只是普通的感冒发热，症状缓解之后也就没什么了。

回了医院，小孟也没有什么不适的，护士长给她正常排班，我们的生活又回到了正轨上。

大概过了四五天的时间，小孟又出现了低热，上班的时候无精打采，吃东西也没胃口，一点都不像往日的她。

那天晚上，她一直没睡着，一整晚都是昏昏沉沉的。第二天实在难受，坚持不下去了，她才请假去做了检查。本想着输几天液，吃点药也就没事了。

血液报告出来后，医生皱了皱眉头，说让她到血液科看看。到了血液科，小孟又做了一系列的检查，医生说不能排除白血病的可能。

她打了个电话给护士长，话都还没说出口就哭了。护士长让小孟先不要慌，等她下去。

骨髓穿刺结果出来后，小孟确诊为急性髓细胞白血病。

从那天开始，她就住进了血液科的病房。我们下去看她，每个人的面色都很沉重，不知道该说什么，只能安慰她放松心态，好好治疗。

小孟的父母是在隔天一早过来的，她家离这儿有些远，得知消息后，她堂哥连夜开了车赶过来。那天我正好休息，便去病房陪她。当时已是初秋，天气渐渐凉了，有时候早上还会有点冷。小孟的爸爸只穿了一件薄薄的T恤，肩膀处已经磨得破旧了些。她妈妈跟在后面，个子小小的，进来后什么都没说，径直坐到了小孟旁边。那一瞬间，我看到她妈妈眼底有些红润，似乎这一路都是哭着过来的。

主治医生耐心地跟小孟的爸爸说：“检查结果已经出来了，后面需要做化疗。她人太瘦了，必须加强营养，不然熬不住的。”

小孟的爸爸忙点头。“医生，都听你的，不管用什么药，需要多少钱，我们都尽量配合，只要我姑娘的病能好就行。”那一刻，我能感受到小孟爸爸的声音有些颤抖。

他们去交住院费的间隙，小孟转钱给我，说她爸妈第一次来，对医院附近也不太熟悉，让我先带她爸妈去吃点东西。我给她退回了，让她不要啰唆。

我们在医院外面找了一家小餐馆。

小孟爸爸说，他们听到这个消息的时候，感觉天都塌下来了。

我艰涩地咽下了口中的饭菜，安慰道：“我们刚得知这个消息的时候也实在难以接受，但现在也只能宽着点她的心，只要好好配合治疗，她一定能好的。”

他叹了口气，说：“我这个姑娘从小就懂事，我和她妈基本不用操心。她身体一向很好的，也不知造了什么孽，怎么就得白血病了。”

小孟妈妈擦了擦眼泪，说：“现在说这些有什么用，想办法给姑娘治病才是要紧事。”

回医院的路上，我们聊了一路。

小孟妈妈告诉我，她们一共有四个孩子，小孟是最大的，下面还有两个妹妹和一个弟弟。在家里，小孟做什么都很勤快，弟弟妹妹小的时候基本都是小孟在带。她也争气，读完书找了一份稳定的工作，村里人都说小孟命好，以后不用像他们一样，整日面朝黄土背朝天地守着那几亩地。

我一阵感慨，别人永远无法体会你一路走来的艰辛，他们只会看到你光鲜亮丽的一面。就像现在，小孟得了白血病，那些人又会怎么说呢？

我突然明白了为什么她性子那么软，还一直都很节省。或许因为她是家里的老大，做什么都要先让着弟弟妹妹，才让她养成了这样的性子。

小孟妈妈还说，她刚工作那阵就往家里转钱了，还总说让他们买点好吃的，不要太节省。我回想起那个时候我们发到手的工资也就一千多元，小孟没让家里贴补就已经很不错了，竟然还给家里转钱，我都不知道她是怎么节省下来的。

接下来的日子，小孟开始了她的化疗之路。我一下班就去血液科看她。她那段时间精神状态很差，什么都吃不下去，总是恶心呕吐，还经常发热。她说自己从来没这么难受过。我安慰她要慢慢来，生病肯定会很难受，但好事多磨，总会好起来的。

那天我过去时，她爸爸正用热毛巾给她擦着脸和手。他擦得很细致，像是在照顾一个小孩子一般。

看我进去，她爸爸笑着跟我打了招呼，说让我在这儿陪小孟一会儿，他下去买饭。

我叫着她到外面的走廊坐了一会儿。

“你爸爸把你照顾得很好。”我说。

她笑得恬淡，说：“其实我都有些不习惯，从我记事起，我爸妈对我基本是放养状态，包括我弟弟妹妹，我也从未见过我爸爸给他们洗脸洗澡什么的。”

“但我知道，他很爱我们。”她又补充道。

我相信小孟所说的，从这段时间她爸爸事事亲力亲为我便能看出。

第一次化疗结束，效果并不是很好。主治医生建议她转到省第一人民医院去治疗，那儿的条件或许要好一点。

小孟说她不去，就在这儿治。

护士长和科室里的同事都劝她不要傻，赶紧去把病治好，不要再拖下去耽搁病情。

其实她也有难处，从工作到现在，她的工资除了自己的开销之外，还转了一部分回去，她根本就没攒下钱来。父母在家种地，一年到头挣不了几个钱，妹妹和弟弟都还在读书，正是需要用钱的时候，家里哪还有闲钱给她看病？她从确诊开始化疗到现在，已经用了家里很多钱了，如果后续转到省第一人民医院治疗，不知道还要花多少钱。

小孟爸爸听了医生的建议，坚决要带小孟转院。

科室里的同事自愿凑了一笔钱让护士长拿去给她。虽然这笔钱对她来说是杯水车薪，可大家都希望她能好起来。

小孟没拗过她爸爸，最后还是转了院。

我其实有些庆幸小孟的爸爸自始至终都没说过要放弃治疗，想起当初那个21岁的脑出血女孩，她出院的那一幕我至今都还记得。如果小孟的爸爸决定放弃治疗，小孟是不是也会像她那样，生死由命？

04

小孟转院后，大家都挺记挂她的。那天下班，我给她打了个视频，能明显地看到她憔悴了许多。

我问她这段时间情况如何。

她拿掉了头上的帽子给我看。因为化疗，她掉发很严重，索性就全部剃光了。

我朝她笑了笑，说："没事的，这样看上去也挺漂亮的，你要实在觉得别扭，我给你买几顶假发，换着戴，一天换一种发型。"

她沉默着没说话，过了一会儿才说道："我后续可能要做骨髓移植。"

我知道骨髓移植需要很大一笔费用，对一个普通家庭来说，根本承担不起。

小孟开始哽咽，不住地用纸巾擦眼泪。

她说："我不知道怎么会突然得这个病，我爸妈这些年供我读书不容易，好不容易我工作了，想着能给家里减轻一点负担，现在却变成了这副样子。"

看她这样，我喉咙处也涌上一阵刺痛。

她继续说："杨露，我真的不想治了，就想回家待着。这段时间我化疗已经用了不少钱，家里能借的都借过了，如果后面真的要做骨髓移植，真不知道该怎么办。我只要一提我不治了，我爸爸就骂我，他让我不要多想，钱的事他会想办法。可我家里的情况我自己清楚，那么大一笔钱，他去哪儿想办法？"

说到这儿，她有些激动，甚至哭出了声。我也没忍住，跟着她一起流眼泪。

护士长也时刻关心着小孟，还将她的情况上报给了医院，大家都为她捐款。听说她爸爸回去把家里留着盖房子的地卖了，家里养着的一群羊也都卖了，又借了好几万元。这些钱全部加起来才凑够了小孟的手术费。

她手术那天，护士长和科室里的李老师一起去看她。我们都为她加油打气，希望她能赶紧好起来。

05

小孟术后在医院住了一个多月。她出院回家休养时，我刚好休假，便打算去她家看看她。

坐了三小时的大巴，又转客运公交折腾了一个多小时，才到小孟家。

老式的两层土坯房，由于年久，墙壁的裂缝也有些大，屋子里很暗。我知道她家的情况不好，但看到这一幕的时候还是有些震惊。

小孟瘦了很多，整个人看上去苍白无力。

她爸爸妈妈还在地里干着农活，家里只有小孟一人。

那天，我们似乎有说不完的话，不知不觉便聊到了晚饭时间。她妈妈提前从地里回来，还做了一大桌子菜，热情地招呼我吃。小孟说，她爸妈知道我要来，一大早上便去买了菜。

我顿时有些不好意思，对她妈妈说道："阿姨，随便吃一点就可以了，我过来还给你们添麻烦了。"

她边不住地用勺子舀菜到我碗里边说："你来的时候慧慧（小孟的名字）不知道多高兴，我们也高兴。慧慧生病后，你们这些朋友同事帮了不少忙，我和她爸爸感激还来不及呢。"

周末的时候，小孟的弟弟妹妹回来了，她大妹读高中，要到周日才放假，学校离家远，便没回来。

那天刚好是小孟的生日，她爸爸早早便到镇上买了个蛋糕回来。那蛋糕上插了个哆啦A梦，小孟有些哭笑不得。她说，她从来没过过生日，她爸爸也是第一次买生日蛋糕，就觉得她可能喜欢这个。

小孟的弟弟妹妹倒是挺开心的，她弟弟把蜡烛点上，兴奋地喊姐姐吹蜡烛许愿。

小孟许完愿后，她弟弟又把蜡烛点上了："姐姐，让我也许一个好不好，等我许完，再让三姐许一个。"

小孟拍了拍他的头，说："知道了知道了，鬼精灵。"

我看着这活泼好动的小孩，问他："你许了什么愿？"

他一个劲地笑着说："当然是让姐姐快点好起来，永远都不要生病，还有，让姐姐的头发赶紧长长，她还是长头发好看一点。"

我们都被他逗笑了。

他看向小孟，说："姐姐，可以吃蛋糕了吗？我很早之前就想尝尝这种蛋糕了。"

小孟切了一大块递给他，还将上面插着的哆啦A梦也一并拿给了他。

我挺心疼他们的，跟正常的孩子比起来，他们的童年或许缺失了很多东西。但好在这一大家子人都彼此爱着对方，我相信，他们会越来越好的。

假期结束前一天，我离开了小孟家。小孟送我去坐车，我看出她有点难过，其实我也挺不舍的。

我用轻快的语气对她说道："你照顾好自己，赶紧恢复，整个科室的人都等着你回去呢。还有，你别忘记了，我们科的病人需要你这样的牛马。"

她白了我一眼，说："知道了知道了，你自己先回去做着牛马吧。"

回去这一路，我其实挺开心的，小孟恢复得很好，期待她回来的那天。

全民故事计划

其实，每个人的故事都惊心动魄

寻找每个有故事的人，发现打动人心的真实故事。
用真实故事，记录中国当下日常风貌。

特约监制 / **吴又**　特约策划 / **蒲末释**　文案编辑 / **小白**　营销编辑 / **李泽**　新媒体运营 / **陈磊**　插图绘制 / **伟达**